Copyright © 2020 by Stephen Graham Jones
Todos os direitos reservados.

Os personagens e as situações desta obra
são reais apenas no universo da ficção,
não se referem a pessoas e fatos concretos,
e não emitem opinião sobre eles.

Imagens: © 123RF, © Shutterstock,
© Stocksy, © Edwin Landseer

Tradução para a língua portuguesa
© Leandro Durazzo, 2022

Diretor Editorial
Christiano Menezes

Diretor Comercial
Chico de Assis

Gerente Comercial
Giselle Leitão

Gerente de Marketing Digital
Mike Ribera

Gerentes Editoriais
Bruno Dorigatti
Marcia Heloisa

Editora
Nilsen Silva

Editora Assistente
Talita Grass

Capa e Projeto Gráfico
Retina 78

Coord. de Arte
Arthur Moraes

Coord. de Diagramação
Sergio Chaves

Designers Assistentes
Aline Martins / Sem Serifa
Vitor Willemann

Finalização
Sandro Tagliamento

Preparação
Marcela Filizola

Revisão
Retina Conteúdo

Impressão e Acabamento
Gráfica Geográfica

DADOS INTERNACIONAIS DE CATALOGAÇÃO NA PUBLICAÇÃO (CIP)
Jéssica de Oliveira Molinari - CRB-8/9852

Jones, Stephen Graham
  Temporada de caça / Stephen Graham Jones ; tradução de
Leandro Durazzo. — Rio de Janeiro : DarkSide Books, 2022.
  320 p.

  ISBN: 978-65-5598-181-0
  Título original: The only good indians

  1. Ficção norte-americana I. Título II. Durazzo, Leandro

21-2347   CDD 813

Índices para catálogo sistemático:
1. Ficção norte-americana

[2022]
Todos os direitos desta edição reservados à
DarkSide® Entretenimento LTDA.
Rua General Roca, 935/504 — Tijuca
20521-071 — Rio de Janeiro — RJ — Brasil
www.darksidebooks.com

STEPHEN GRAHAM JONES

Temporada de Caça

TRADUÇÃO
LEANDRO DURAZZO

DARKSIDE

Para Jim Kuhn.
Ele era um grande fã do horror.

NOTA SOBRE A TRADUÇÃO

Muitas vezes, as palavras que falamos todo dia são naturalizadas ao ponto de passarem batido por nós, quando as dizemos, quando as ouvimos, quando escrevemos ou lemos. É um processo comum e que representa muito de uma sociedade, de um período histórico e de suas lutas políticas. Veja este livro que você tem em mãos. Escrito por um autor indígena do território Blackfeet, onde hoje se encontra o norte dos Estados Unidos, *Temporada de Caça* traz referências que não são as mesmas das gerações mais jovens desse mesmo território, indígenas ou não. Por isso a opção de traduzi-lo de acordo com o tempo e a postura de seus personagens: onde o original nos diz sobre *Indians*, a tradução nos fala *índios* — e não "indígenas", "povos originários" ou "nativos", como tem sido mais comum nos últimos anos.

Isso significa que os personagens principais partilham do universo, inclusive linguístico, em que o autor cresceu. Ele próprio, autor, reconhece isso em sua narrativa, numa ótima passagem em que dois índios de meia-idade conversam com um jovem indígena sobre os nomes mais adequados para designar pessoas das chamadas *First Nations*, os povos originários das terras da América do Norte. Parte das opções de tradução também dizem respeito à localização geográfica da história, e não apenas à sua temporalidade. Assim, se *índio* está para os mais velhos como *indígena* ou *nativo* está para os mais jovens, a palavra *tribo* corresponde, nos Estados Unidos e Canadá, ao que no Brasil atualmente se prefere designar por *povos*.

Historicamente, *tribo* foi uma palavra utilizada para classificar populações ao redor do mundo que — na ideologia da época — não tivessem "evoluído" à condição de sociedades complexas como acreditava-se que eram as da Europa. Quase não é necessário dizer, mas diremos: a ideia de evolução social é parte de uma história de expansão colonial, de violência e espoliação contra outros povos, e faz parte de um período da chamada "história universal" em que algumas nações com certo nível tecnológico acharam por bem dominar, explorar, escravizar e colonizar outros povos. Evolucionismo, racismo, etnocídio. Tudo isso faz parte do contexto em que *tribo*, a palavra, surge para designar aqueles outros, normalmente não europeus, que possuíam outros modos de vida.

Acontece que, assim como *índio* traduz *Indian*, mantivemos *tribo* neste livro porque nos países de língua inglesa da América do Norte, onde esta história se passa, *tribe* segue sendo uma palavra bastante presente — no Brasil também, embora aqui os povos indígenas evitem se autonomear assim, preferindo justamente *povos*, *nações* etc. Por essa razão, assim como fizemos para *Indians*, o termo *tribe* segue como *tribo* na tradução, porque é enunciado por indígenas que, como vemos ao longo da narrativa, têm suas próprias histórias pessoais e entendimentos sobre a realidade indígena em que vivem.

As palavras, como fica cada vez mais evidente, trazem consigo uma série de marcas históricas, sociais, às vezes preconceitos e discriminações. No caso dos povos indígenas, sejam de que parte do mundo forem, essa história de preconceito e etnocentrismo se revela nas relações linguísticas que os envolvem — chamar de *índio* ou *indígena*, *tribo* ou *povo* —, mas também nas situações sociais que, por vezes, trazem palavras belas e sensíveis, mas nem sempre favorecem a garantia de direitos sociais dos povos. Um exemplo brasileiro: temos uma legislação bastante consistente sobre direitos indígenas, escrita desde a Constituição de 1988, e nela está prevista a garantia e o reconhecimento dos direitos fundamentais dos povos originários, dentre eles o direito à terra. Se as palavras fossem suficientes para garantir a efetivação dos direitos sociais, todas as terras indígenas já estariam demarcadas e seguras, mas o Brasil — como todos os países coloniais — segue desrespeitando esse direito, e muitos povos indígenas sofrem dia a dia pela inação do poder público.

O preconceito contra os povos originários e o racismo estrutural, tanto aqui como na história de Stephen Graham Jones, lamentavelmente seguem vivos. Mas, felizmente, os povos indígenas também seguem vivos, firmes e combativos na luta por seus direitos. Eis uma luta fundamental para o futuro do mundo.

Leandro Durazzo
Doutor em Antropologia Social pela Universidade
Federal do Rio Grande do Norte e pesquisador em
estudos interculturais relacionados à etnologia
indígena, à literatura e à esfera das religiões orientais.

*Esta cena de horror sempre se repete na
área de caça aos cervos a cada temporada.
Ao longo dos anos, o grito agonizante
dos caçadores tem vergado as árvores.*

— Don Laubach e Mark Henkel, *Elk Talk* —

WILLISTON, DAKOTA DO NORTE

A manchete sobre Richard Boss Ribs diria índio é morto em briga de bar.

É um jeito de ver a coisa.

Ricky havia sido contratado junto a uma equipe de perfuração na Dakota do Norte. Por ser o único índio, era chamado de Chefe. Por ser novato e provavelmente temporário, sempre o mandavam descer para guiar a correia. E, a cada vez que voltava com todos os dedos, passeava pela plataforma com o polegar levantado para mostrar o quanto era sortudo e como nada daquilo jamais o atingiria.

Ricky Boss Ribs.

Ele tinha deixado a reserva de repente, quando Cheeto, seu irmão mais novo, morreu de overdose na sala de alguém; a tv, pelo que Ricky ficou sabendo, estava sintonizada naquela câmera que olha o estacionamento do mercado o tempo todo. Era a parte que Ricky mais remoía: apenas os anciões *muito* velhos assistiam àquele canal. Servia como um constante lembrete da merda que era a reserva, o quanto era chata, o quanto era um nada. E seu irmão caçula nem assistia a tanta televisão comum, nunca parava quieto na frente da tela, gostava bem mais de ler gibis.

Em vez de perturbar o velório e chamar atenção na área de enterro atrás de East Glacier, vendo todos que estacionaram na estrada de exploração de madeira que ficava ali para que tivessem que ir direto à cova para manobrar o carro, Ricky fugiu para a Dakota do Norte. Seu destino era Minneapolis — conhecia uns caras lá —, mas no caminho encontrou trabalho com a equipe de perfuração. Diziam gostar de índios porque resistiam bem ao frio, o que significava que não iam escapulir no meio do inverno.

Ricky, sentado naquele trailer laranja para a entrevista, havia dito que sim, é isso aí, nenhum Blackfeet liga para o frio, e não, ele não largaria o trabalho e os deixaria na mão no meio da semana. O que ele não disse foi que a resistência ao frio não vem porque seu casaco é uma bosta, mas sim porque depois de um tempo você simplesmente deixa de reclamar, já que reclamar não aquece ninguém. Também não disse que depois do primeiro contracheque ia pegar a estrada para Minneapolis e tchau.

O supervisor que o havia entrevistado era atarracado, com a pele fustigada pelo vento e meio loiro, e barba igual a uma palha de aço. Ao se esticar sobre a mesa para cumprimentar Ricky e olhá-lo nos olhos, o mundo moderno havia se desfeito num instante eterno. De repente os dois estavam em uma barraca de lona, o supervisor num fardão de cavalaria, e Ricky, já de olhos nos botões de latão da roupa, nem mais pensava no papel sobre a mesa que tinha acabado de assinar.

Nos últimos meses, aquilo vinha lhe acontecendo com mais frequência. Desde o fiasco da caçada no inverno anterior chegando até mesmo naquela entrevista, não dando trégua nem quando Cheeto morreu no sofá.

Cheeto não era seu nome de batismo, mas ele tinha sardas e um cabelo laranja, então não era como se pudesse se livrar daquilo.

Ricky perguntava-se como tinha sido o funeral. Perguntava-se se naquele exato instante um veado-mula enorme não estaria enfiando o focinho na tela de galinheiro que cercava tantos índios mortos. Perguntava-se o que aquela mula via, na verdade. Talvez estivesse apenas esperando que aquele monte de bípedes sumisse.

Cheeto teria achado que era um belo veado, suspeitava Ricky. Nunca tinha sido um garoto que acordava cedo com Ricky para ir à mata ao raiar do dia. Não gostava de matar nada que não fosse uma cerveja, e talvez seria vegetariano, se isso fosse uma opção lá na reserva. Mas o cabelo laranja já colocava um alvo grande demais nas costas dele. Se ainda por cima comesse feito um coelho, haveria uma fila de índios bestas para sentar a mão nele.

Mas daí ele foi morrer naquele sofá de qualquer forma, morto por ninguém além dele mesmo. Foi naquele momento que Ricky decidiu que ia sair fora também, foda-se. Tudo bem que tivesse de ser o pau mandado daquela equipe por uma ou duas semanas. Sim, conseguia dormir com um monte de moleque branco no cubículo, com o vento sacudindo o trailer. Não, não ligava de ser chamado de Chefe, mas sabia que se estivesse nos velhos tempos de caça ao búfalo, era provável que seria apenas um ajudante mesmo. Qualquer que fosse o equivalente na versão arco e flecha de um pau mandado da correia de perfuração, lá estaria o posto de Ricky Boss Ribs.

Quando era criança, havia um livro ilustrado na biblioteca que mostrava o precipício de Heads-Smashed-In, ou qualquer que fosse seu nome — o salto do búfalo, onde os antigos Blackfeet tangiam manada após manada rumo ao despenhadeiro. Ricky lembrava que o menino eleito para vestir a pele de um bezerro e correr na frente de todos os búfalos tinha que ser o grande vencedor das corridas que os anciões preparavam, e também devia subir em todas as árvores melhor do que ninguém, porque era preciso ser rápido para correr na frente de toneladas de carne, e tinha que ter boas mãos para, no último instante, após saltar do despenhadeiro, se agarrar à corda que os homens já haviam preparado, e que o ergueria são e salvo.

Qual teria sido a sensação de sentar ali enquanto os búfalos voavam para baixo a um braço de distância, urrando e com as patas provavelmente estiradas porque não sabiam bem quando chegariam ao solo outra vez?

Qual havia sido a sensação de levar carne para a tribo inteira?

Quase haviam feito aquilo na última Ação de Graças, ele e Gabe e Lewis e Cass, eles *queriam* ter feito, iam enfim ser aquele tipo de índio, mostrariam a todo mundo em Browning como é que se fazia, mas aí veio a nevasca e tudo foi ladeira abaixo, deixando Ricky aqui na Dakota do Norte como se não fosse nem capaz de sair no sereno.

Foda-se.

Tudo que iria caçar em Minneapolis seriam tacos e uma cama.

Até lá, uma cerveja daria conta.

No bar só havia petroleiros, de uma ponta a outra. Nenhuma briga ainda, mas bastava esperar. Tinha outro índio ali, provavelmente Dakota, de chamego com uma garrafa perto das mesas de sinuca. Ele tinha notado a presença de Ricky, e Ricky havia acenado de volta, mas a distância entre os dois era tanta quanto entre Ricky e sua equipe.

Mas o mais importante era uma garçonete loira andando para lá e para cá com uma bandeja na mão, recolhendo os copos. Cem olhos a seguiam, fácil. Ricky a achou parecida com aquela moça alta que tinha fugido com Lewis para Great Falls em julho, mas ela com certeza já tinha lhe dado um pé na bunda, e isso significava que Lewis também devia estar num bar igualzinho a este, arrancando o rótulo de sua garrafa do mesmo jeito.

Ricky ergueu sua cerveja num brinde, mesmo à distância.

Quatro cervejas e nove canções country depois, ele entrou na fila do urinol. Só que a fila serpenteava quase de volta ao salão, e, da última vez que foi lá, uns camaradas já haviam mijado até na lixeira e na pia. O ar lá dentro era fétido e amarelado; Ricky quase sentiu nos dentes quando sem querer abriu a boca. Não era pior que as latrinas do trabalho, mas no campo de perfuração bastava abrir o zíper em qualquer lugar e pronto.

Ricky desencanou, virou a cerveja de uma vez, porque a polícia adora um índio com garrafa na mão andando pela rua, e foi atrás de ar fresco, talvez de uma cerca pedindo para ser regada.

Na saída, o segurança espalmou a mão cheia de dedos no peito dele e o alertou sobre ir embora. Algo a ver com lotação máxima do lugar e brigada de incêndio.

Ricky espiou porta afora aquele monte de petroleiros e caubóis esperando para entrar, os olhares se cruzando com o dele, mas sem grande comunicação. Ele teria de enfrentar aquela fila para entrar de novo. Mas já não tinha muita opção, né? Em um ou dois minutos, se muito, ia mijar onde estivesse, então era bom encontrar um canto onde pudesse fazer aquilo sem se molhar todo.

E, sem dúvida, podia aguentar meia hora de fila para olhar a garçonete loira mais um pouco. Ricky se desvencilhou do leão-de-chácara, dizendo que sabia o que estava fazendo, e no mesmo instante um petroleiro veio adiante para tomar seu lugar.

Ele não teve nem tempo de correr para trás do bar, onde o lixo ficava amontoado. Só seguiu reto, atravessando o mar de caminhonetes estacionadas mais ou menos em ordem, e foi tirando para fora conforme ainda andava, tendo que afastar o corpo porque era realmente uma situação tipo mangueira de incêndio.

Ricky fechou os olhos, curtindo o mais puro prazer que sentia em semanas, e quando os abriu, teve a sensação de não estar mais sozinho.

Ele se preparou.

Só um índio muito burro corta caminho em meio a um grupo de caras brancos mal-encarados, cada um cheio de certeza de que o lugar de Ricky no bar devia ser deles por direito. Eles ficam de boa com o Chefe quando ele faz o que mandam no trabalho, mas quando o papo é sobre quem tem a melhor vista para a mulher branca, bom, aí são outros quinhentos, não é?

Idiota, disse Ricky para si mesmo. *Idiota idiota idiota.*

Ele olhou para a frente, para o capô sobre o qual ia saltar, torcendo para a caçamba não estar cheia de tralha do tipo que quebra os tornozelos porque era nela que aterrissaria. Um bando de homens brancos é capaz de acabar com um índio na porrada, claro, ninguém duvida disso, acontece todo fim de semana ali em Hi-Line. Mas eles têm de pegá-lo primeiro.

E agora que, por suas contas, estava uns dois litros mais leve e quase sóbrio, era impossível que mesmo o mais ligeiro deles chegasse a encostar um dedo em Ricky, nem na pontinha da camisa.

Ricky sorriu com os lábios tesos e sacudiu a cabeça para espantar o medo, desalojando todas as espingardas que ele não conseguia manter na cabeça, espingardas que estavam *de fato* atrás do banco do carro dele no local de trabalho. Ao deixar Browning, ele pegara todas, até as espingardas do tio e do avô — estavam todas no mesmo armário, junto à porta da frente —, bem como a sacola cheia de munição, imaginando que alguma delas serviria naquelas armas.

A ideia era que precisaria de grana ao chegar em Minneapolis, e armas rendem dinheiro mais fácil e rápido que qualquer coisa. Mas ele tinha conseguido um emprego no caminho. E começou a pensar nos tios sem nada com que abastecer o congelador para o inverno.

Parado no vasto estacionamento daquele bar barra-pesada na Dakota do Norte, Ricky prometeu que as enviaria de volta. Mas seria preciso desmontar as armas e postá-las em pacotes separados para não serem mais consideradas armas?

Ricky não sabia. O que sabia era que ali, naquele momento, queria a calibre .30-06 em suas mãos. Para ter com o que atirar se chegasse a isso, mas sobretudo para usar de porrete, com a ponta do cano rasgando uma meia-lua nas fuças, sobrancelhas e costelas, com a coronhada sendo perfeita para maxilares.

Podia até ser que terminasse nadando no próprio mijo, mas aquele monte de branco azedo ia se lembrar desse Blackfeet e pensar duas vezes na próxima vez que vissem um deles entrando no bar.

Se ao menos Gabe estivesse ali. Gabe curtia esse tipo de merda — brincar de caubói contra índio em todo estacionamento do mundo. Daria aquele grito de guerra estúpido e partiria para cima com tudo. Era como se, para ele, todo santo dia de sua vida besta fosse 150 anos atrás.

Mas, quando se está com ele, com Gabe… Ricky estreitou o olhar e balançou a cabeça outra vez, procurando força. Fingindo força, pelo menos — tentando ser como Gabe seria, ali. Quando Ricky estava com ele, também sempre queria dar aquele grito de guerra, do tipo que o faria sentir ter uma machadinha na mão ao partir para cima dos branquelos. Faria Ricky sentir como se tivesse o rosto pintado de preto e branco, talvez a marca vermelha de um único dedo na face direita.

O tempo voa demais, cara.

"E aí?", disse Ricky, punhos cerrados, a respiração já pesada, virando-se para resolver aquilo de uma vez, trincando os dentes para não ser pego de jeito caso desse de cara direto num soco.

Mas… não havia ninguém?

"Que porr…?", soltou Ricky, estacando no meio da frase porque, na verdade, *tinha* algo ali, sim.

Uma silhueta enorme estava trepada sobre um Nissan perolado antigo e meio deslocado.

E não era um cavalo, como a princípio havia imaginado. Ricky não pôde conter o sorriso. Era um cervo, não era? Com um chifre enorme e graúdo, ignorante a ponto de não saber que ali era lugar de gente, não de animal. O bicho bufou pelas narinas e saltou sobre a picape da direita, deixando o capô do Nissan afundado que nem tigela, com a lataria apontando para cima. Pelo menos o carro não tinha feito alarde. Já a caminhonete na qual o cervo tinha se atirado se sentiu bem mais insultada, disparando um alarme agudo alto o bastante para assustar o chifrudo, que foi com as quatro patas ao chão. Em vez de fugir do barulho por uma das vinte rotas de fuga que facilmente existiam ali, o bicho se lançou sobre o capô do veículo ruidoso, caindo rente a um carro do outro lado.

E lá se foi o cervinho bêbado, trombando em outra picape, depois outra.

Todos os alarmes dispararam, *todos* os faróis começaram a piscar.

"O que aconteceu contigo, bicho?", perguntou Ricky, com espanto, ao chifrudo.

A sensação não durou muito. O animal tinha se virado e estava correndo entre os carros, bem na direção de Ricky, a cabeça baixa feito a de um macho adulto...

Ricky se jogou para o lado, batendo em *outra* picape, disparando *outro* alarme.

"Quer tirar meu couro?", berrou Ricky para o cervo, remexendo uma caçamba aleatória. Ele agarrou uma enorme chave inglesa e imaginou que serviria como intimidação. Pelo menos era o que esperava.

Não importava que o animal tinha uns bons duzentos quilos a mais do que ele.

Não importava que cervos não *faziam* aquele tipo de coisa.

Ao ouvir a respiração do chifrudo atrás de si, Ricky virou-se já no ataque, arrebentando o espelho lateral de um Ford alto com a cabeça da chave inglesa. O alarme do carro disparou, piscando todas as luzes possíveis, e quando ele girou ao ouvir os cascos se arrastando, viu que não eram cascos, mas botas.

Todos os petroleiros e caubóis que esperavam para entrar no bar.

"Ele... ele...", tentou explicar Ricky, agarrado na chave inglesa como se fosse um cassetete, com tudo quanto era caminhonete em volta berrando em desespero, mostrando claramente as marcas das porradas. Ele viu aquilo e então entendeu como *eles* enxergavam aquilo: um índio tinha sido maltratado no bar e, como não sabia qual picape era de quem, tinha resolvido descontar em todos os carros do estacionamento.

Típico. Num instante um dos caras brancos ia dizer algo sobre Ricky não estar na reserva, e aí o que deveria acontecer poderia começar de fato.

A menos que Ricky, digamos, quisesse continuar *vivo*.

Ele largou a ferramenta na hora, ergueu as mãos para o alto e disse: "Não, não, vocês não estão entendendo...".

Mas eles estavam.

Quando foram para cima, caindo de pau como mandava o figurino, Ricky deu meia-volta e se estatelou contra o Nissan que até então ele *não* havia amassado, passou uns maus bocados ao ser agarrado pelo cinto, mas conseguiu girar o corpo e se soltar, indo de encontro ao chão e tentando se equilibrar com as mãos no asfalto e tudo. Uma garrafa zuniu rente a sua orelha, espatifando-se num para-choque a sua frente, e ele ergueu as mãos para proteger os olhos, desviou do que achava que havia ao redor da caminhonete, mas não o suficiente — seu quadril pegou na ponta do para-choque, o que o arremessou em cima de *outra* picape, com *outro* alarme de merda.

"*Vai tomar no cu!*", gritou ele para o carro, para todos eles, todos os caubóis, para a Dakota do Norte e os campos de petróleo e os Estados Unidos de forma geral, e aí, correndo feito louco por entre os carros, arrebentando mais um monte de espelhos, dois deles saindo em suas mãos, ele sentiu um sorriso brotar. O sorriso de Gabe.

Essa era a sensação, então.

"Isso!", berrou Ricky, adrenalina e medo pulsando no fundo dos olhos, tomando conta de sua mente. Ele deu meia-volta e tornou a correr, com os punhos mirando os arruaceiros. Mas não deu nem quatro passos naquela pose imponente e tropeçou num monte de terra, parecida a uma leira de plantação, seu pé esquerdo ficou preso em uma pedra ou na merda de um torrão de terra congelada, e Ricky se espatifou no chão.

Podia ver, às suas costas, os vultos saltando nas caçambas das caminhonetes, junto dos chapelões de caubói, tornando-se parte da noite.

"Até que os branquelos sabem correr...", pensou consigo mesmo, já menos confiante, então girou o corpo e num pulo estava correndo outra vez.

Quando as passadas e as botas chegaram perto demais, tão perto que ele não teria como evitá-las, sabendo que aquele era o fim, Ricky se agarrou ao para-choque duplo de fibra de vidro, usando-o para balançar o próprio corpo num ângulo reto e súbito em direção ao que deveria ser a lateral do carro, seu lado mais comprido, mas então ele deslizou, indo para baixo, usando o calcanhar das botinas de trabalho para isso.

Era o tipo de truque que havia aprendido aos 12 anos, quando podia serpentear pelo chão com facilidade.

A picape tinha a altura certinha para que ele se enfiasse embaixo, em meio à sujeira, com seu impulso já o levando à metade do chassi. Para percorrer o resto da largura, Ricky procurou apoiar as mãos, com a palma e os dedos queimando imediatamente ao toque no escapamento de sete centímetros.

Ele gemeu, mas não parou a fuga, saindo do outro lado do carro tão rápido que foi bater contra uma lata-velha que não tinha alarme. Dois carros adiante, os vultos giraram 180 graus e se dividiram para pegar o índio pelos dois lados.

Abaixa!, pensou Ricky, desaparecendo e buscando cobertura como se fosse um militar, como se estivesse numa trincheira com tiros voando sobre sua cabeça. E talvez estivessem mesmo.

"Olha ele lá!", gritou um dos caras, com a voz distante o suficiente para Ricky saber que era um engano e que eles estavam prestes a cair de pau sobre outra pessoa por uns dez ou vinte segundos, até perceberem que não era um índio.

Quando por fim se afastou uns dez carros, Ricky se levantou e conferiu se não era aquele cara da Dakota que estava levando porrada em seu lugar.

"Olha eu aqui", disse Ricky, dirigindo-se aos caras, mas não alto o bastante. Então ele se virou, cruzou a última fila de caminhonetes e alcançou o acostamento por onde havia chegado, uma faixa que corria entre o estacionamento do bar e quilômetros e quilômetros de pastagens congeladas.

Ia ser uma noite de caminhada. Uma noite para se esconder de cada par de faróis que cruzasse seu caminho. Uma noite fria. Ainda bem que sou índio, disse a si mesmo, prendendo ar para fechar o zíper do casaco. Índio não sente frio, não é mesmo?

Bufou uma risadinha, mandou o bar à merda sem nem olhar para trás, apenas fazendo um gesto sobre os ombros, e pisou no asfalto desgastado no mesmo instante em que uma garrafa se espatifou a seu lado.

Ricky se encolheu, recuou e olhou para trás. Lá vinha um bolo de sombras, só de braços, pernas e cabelos com corte militar, passando pelas picapes.

Eles o tinham visto, tinham decifrado sua silhueta de índio no contraste com a brancura da grama congelada.

Já puto, ele sibilou entredentes, sacudiu a cabeça devagar e caminhou a passos largos, atravessando a pista para ver o quanto estavam dispostos. Estavam assim tão doidos por um índio que correriam em campo aberto em pleno novembro, ou ficariam satisfeitos apenas em escorraçá-lo?

Em vez de confiar no cascalho e no gelo acumulados no lado oposto, Ricky deslizou e pôs-se em pé assim que o calcanhar das botas tocou a grama. Então aproveitou o impulso para jogar o corpo para a frente e correr, o que teria virado um tombo mesmo que ele não tivesse dado com o bucho na cerca. Ele passou por cima dela como se nem estivesse ali, o arame cedendo no meio do caminho, como se quisesse ter certeza de que ele ia terminar com a cara *enfiada* na terra do outro lado.

Ricky saiu rolando, com a cara voltada para as estrelas que iluminavam a escuridão, e então pensou que talvez tivesse sido melhor ficar em casa, ter ido ao funeral de Cheeto, talvez não devesse ter roubado as armas da família. Talvez nem devesse ter saído da reserva, afinal.

E estava certo.

Quando se levantou, viu que um mar de olhos verdes o encarava *bem ali*, onde ele esperava ver apenas grama e granizo.

Era uma enorme manada de cervos, a postos, bloqueando sua passagem, e outra manada enorme o cercava por trás, essa de homens vindo pela pista, gritando alto, os punhos fechados e com sangue nos olhos.

ÍNDIO É MORTO EM BRIGA DE BAR.

É um jeito de ver a coisa.

*Casa
encarnada
rubra de
sangue*

SEXTA-FEIRA

Lewis está na sala da casa que ele e Peta acabaram de alugar, olhando para o teto abobadado e para a luminária sobre a lareira, desafiando-a a piscar outra vez, agora que está de olho nela.

Até agora, a luz fraca apenas surge em momentos aleatórios. Talvez por alguma combinação misteriosa e improvável entre interruptores da casa, ou talvez por causa do ferro na tomada da cozinha enquanto o relógio do segundo andar *não está* — ou está? — conectado. E nem queira saber sobre as possibilidades envolvendo a porta da garagem, o congelador e os refletores no jardim.

É um mistério, não tem jeito. Mas — e isso é o que importa — é um mistério que ele vai solucionar para fazer uma surpresa para Peta, e, ainda por cima, vai fazer isso no tempo que ela leva para ir ao mercado e voltar para o jantar. Lá fora, Harley, o cão malamutante, late sem parar, choroso por ter sido amarrado ao varal, mas o latido já começa a soar rouco. Logo, logo ele vai cansar, Lewis já sabe. Se soltasse a coleira, ele é quem estaria sendo adestrado pelo cão, e não o contrário. Não que Harley seja novo o bastante para *ser* adestrado, mas Lewis também não é. Sério, Lewis acha até que merece um prêmio de honra ao índio por ter chegado aos 36 anos sem nunca ter ido a um drive-thru para comprar hambúrguer e batata frita e saído de lá com diabetes, pressão alta e leucemia. E ainda merece os outros troféus por ter evitado acidentes de carro, prisão e alcoolismo, que poderiam preencher toda a cartela do bingo cultural. Ou talvez a recompensa por ter tido a sorte de escapar de tudo isso — metanfetamina também, provavelmente — era estar casado há dez anos com Peta, que *não* tinha de aturar um monte de peças de moto lavadas na pia, o molho de chilli que ele sempre deixava respingar entre a mesa e o sofá, nem as tralhas da tribo que ele sempre tentava pendurar nas paredes das casas para onde se mudavam.

Lewis imagina, como faz há anos, a manchete que o *Glacier Reporter*, lá na terra dele, estamparia: EX-CRAQUE DO BASQUETE É PROIBIDO DE PENDURAR MANTA DE FORMATURA NA PAREDE DA PRÓPRIA CASA. Não importa que não seja porque o limite de Peta são mantas gigantes na parede, e sim porque ele a usou para carregar uma lava-louças que tinha ganhado, uns dois anos antes, e a máquina tombou na caçamba do carro bem na última curva do caminho, lançando aquela nojeira oleosa direto na baía de Hudson.

Também não importa que ele não tenha sido um craque do basquete nos velhos tempos.

Não é como se alguém além dele lesse essas manchetes mentais.

Qual seria a de amanhã?

O ÍNDIO QUE FOI ALTO DEMAIS. História completa na página 12.

Isso porque o bocal daquela lâmpada não ia descer até ele, então era ele quem teria de subir.

Lewis encontra a escada de alumínio de quatro metros embaixo de umas caixas na garagem, atravessa o quintal com ela como os Três Patetas, passa pela porta de vidro corrediça que ele prometeu arrumar um jeito de trancar e, enfim, a monta sob a luminária infeliz, aquela que não vai servir para nada mesmo se funcionar, a não ser iluminar a cornija de tijolinhos da chaminé que Peta insiste em chamar de "lareira".

Mulheres brancas sabem o nome de tudo.

É até uma piada interna, porque foi assim que se conheceram. Peta, com 24 anos, estava sozinha em uma mesa no parque, bem perto da grande cabana em East Glacier, até que Lewis, que tinha 26 anos, foi flagrado cortando o mesmo pedaço de grama um milhão de vezes enquanto tentava ver o que ela desenhava.

"Você tá fazendo o quê? Escalpelando a grama?", havia gritado ela na direção dele.

"Oi?", tinha respondido Lewis, desligando o cortador.

Ela explicou que não era uma ofensa, que aquele era um termo usado para descrever um corte bem rente, como o que ele estava fazendo. Lewis sentou-se à sua frente, perguntou se ela era uma mochileira, uma turista ou outra coisa qualquer, Peta disse que tinha gostado do cabelo dele (que àquela altura era comprido), ele havia pedido para ver as tatuagens dela (ela quase já não tinha mais espaço), e em duas semanas já estavam de rolo toda noite na barraca dela, e na caminhonete dele, e basicamente por toda a sala da casa do primo dele, pelo menos até Lewis contar que ia se mandar, que ia embora da reserva, foda-se esse lugar.

Ele soube que Peta era uma mina legal porque ela não olhou em volta e disse *Mas aqui é tão bonito* nem *Você não teria coragem* ou — pior ainda — *Mas aqui é sua* terra. Ela encarou aquilo como se fosse um desafio, pensou Lewis na época, e em três semanas o rolo era todas as noites *e* todos os dias, indo viver no porão da tia dela em Great Falls para ver no que daria. E de algum modo continuava dando certo, talvez por boas surpresas como consertar a luminária sem conserto.

Lewis escala feito uma aranha a escada bamba e precisa movê-la uns vinte e cinco centímetros, para evitar ser atingido no rosto pelo ventilador, pendendo em seu suporte de metal de mais de um metro. Se conferisse o *Manual do Bom Senso* para situações assim — se é que saberia em qual estante encontrá-lo —, imagina que veria, já na primeira página, que, antes de subir escadas, deveria desligar todas as coisas pontudas que por acaso pudessem quebrar o nariz do desavisado.

De todo modo, superada a altura do ventilador e já sentindo a borda das pás lhe coçando o quadril através do jeans, as pontas dos dedos buscando apoio no teto curvo, ele faz o que qualquer um faria: olha para baixo, pelo redemoinho suspenso, vê as pás cortando o ar no mesmo lugar da sala por tanto tempo que... que...

Que é como se elas tivessem *escavado* algo?

Não apenas o passado, mas um passado que Lewis reconhece.

Tombada de lado, através das pás girando com velocidade, está uma jovem cerva. Lewis sabe que é jovem pelo tamanho do corpo — pela falta de certos traços, na verdade, e pela magreza meio desengonçada. Se descesse e ainda pudesse vê-la quando estivesse com os pés no chão, ele sabia que podia remexer o quanto fosse com uma faca em sua boca que não encontraria nenhum marfim. Era jovenzinha nesse nível.

Porque ela está morta, e não se importaria se ele remexesse sua gengiva com uma faca.

E Lewis tem certeza de que está morta. Sabe disso porque, dez anos antes, foi ele quem a deixou daquele jeito. Sua pele ainda se encontrava no freezer da garagem, para fazer luvas caso Peta voltasse a trabalhar com curtume. A única diferença entre a sala e a última vez que ele tinha visto aquela cerva era que, dez anos antes, ela estava sobre a neve ensanguentada. Agora, encontrava-se num carpete bege, meio encardido.

Lewis estica o corpo para enxergar por outro ângulo através do ventilador, ver suas ancas, se aquele primeiro buraco de bala está lá, mas então para e volta para o lugar onde estava antes.

Aquele olho direito amarelado... estava aberto antes?

Quando vê um piscar, Lewis solta um grito involuntário e se assusta, largando a escada e agitando os braços em busca de equilíbrio, e, naquele instante de queda, ele sabe que é isso: acabaram seus créditos de passe-livre-do-cemitério, já era, a quina da "lareira" parecendo mais angulosa do que o normal, pronta para rachar seu crânio.

A escada se inclina para o outro lado, parecendo não querer se envolver com algo tão grotesco, e tudo se passa bem em câmera lenta aos olhos de Lewis, sua mente capturando um trilhão de imagens ao cair, como se elas pudessem se empilhar para amortecer a queda.

Uma das capturas é Peta, de pé junto ao interruptor e com uma sacola de mercado no braço esquerdo.

Mas como é Peta, atleta de salto com vara durante a faculdade, campeã estadual de salto triplo na escola, corredora compulsiva ainda hoje, sempre que arranja um tempinho, como ela é *Peta*, que nunca na vida teve um momento de indecisão, na imagem seguinte ela já soltou a sacola do que seria o jantar e voa pela sala de algum jeito, não exatamente para agarrar Lewis, o que não daria certo mesmo, mas para trombar com seu corpo em queda livre e desviar sua trajetória, livrando-o da morte certa para a qual caía.

Sua interceptação o atira direto na parede, com força suficiente para chacoalhar a janela e fazer o ventilador bambolear no próprio eixo, e no instante seguinte lá está ela de joelhos, correndo os dedos pelo rosto de Lewis, pelas clavículas, e então ela passa a gritar que ele é um imbecil, um grande, grande *imbecil*, ela não pode perdê-lo de jeito nenhum, ele precisa ter mais cuidado, precisa começar a se importar consigo mesmo, precisa começar a tomar decisões melhores, por favor, por favor, *por favor*.

Ao fim disso, ela bate com a lateral dos punhos contra o peito de Lewis, mas bate de verdade, para machucar. Ele a puxa para si, com Peta já em prantos, e o coração tão acelerado que batia por ambos.

E então começa a chover neles — Lewis quase sorri ao perceber — uma poeira superfina e marrom-acinzentada vinda do ventilador, que Lewis deve ter batido com uma das mãos ao cair. O pó é feito cinzas, parece açúcar de confeiteiro se açúcar de confeiteiro fosse feito de pele humana descamada. A poeira se dissolve ao cair nos lábios de Lewis, desaparece dentro d'água de seus olhos.

E não tem nenhum cervo na sala com eles, embora ele estique o pescoço para confirmar isso.

Não tem nenhum cervo porque aquele animal *não tinha como* estar ali, diz Lewis para si. Não tão distante da reserva.

Foi só a consciência pesada se infiltrando num momento de descuido.

"Ei, olha lá", comenta ele acima da cabeleira loira de Peta.

Ela levanta a cabeça devagar, vira-se e procura o que Lewis está indicando.

O teto da sala. Aquela luminária.

Piscando uma luz amarela.

SÁBADO

No intervalo do trabalho — ele devia estar treinando a garota nova, Shaney —, Lewis liga para Cass.

"Quem é vivo sempre aparece", diz Cass, o sotaque da reserva cantarolando cristalino de um jeito que Lewis não ouve há sabe-se lá quanto tempo. Em resposta, a voz de Lewis, já monótona por só falar com gente branca, soa alta como se nunca tivesse deixado de ser assim. Parece meio estranha na boca dele, aos ouvidos, e ele se pergunta se não está fingindo de alguma maneira.

"Tive que ligar pro seu pai e pedir seu número", conta ele a Cass.

"É o que acontece quando você fica longe por dez anos, né?"

Lewis passa o fone para a outra orelha.

"E o que tá pegando?", pergunta Cass. "Não tá ligando da cadeia, tá? O correio enfim percebeu que você é índio ou o quê?"

"Certeza que eles já sabem", responde Lewis. "É a primeira pergunta do formulário."

"Então foi ela", diz Cass, parecendo sorrir. "*Ela* finalmente percebeu que você é um índio, né?"

O que Cass, Gabe e Ricky haviam dito quando Lewis estava para fugir com Peta era que ele devia tatuar seu endereço no braço, para que fosse despachado de volta quando ela estivesse cansada de brincar de Doutora Quinn e o Pele-vermelha.

"Bem que você gostaria", responde Lewis a Cass pelo fone, virando-se para ter certeza de que Shaney, sua sombra naquele dia, não estava parada à porta espiando a sala de descanso. "Ela até deixa eu pendurar minhas tralhas de índio pelas paredes."

"Mas de índio *de verdade*?", quer saber Cass, "ou de índio só porque são tralhas que pertencem a um índio?"

"Liguei pra perguntar uma coisa", corta Lewis, com a voz mais baixa, séria.

Entre Gabe, Ricky e Cass, sempre foi mais fácil mudar o tom com Cass para levar uma conversa "séria". Como se o verdadeiro eu dele, a identidade real mesmo, não estivesse tão atolada em piadas e atitude como era com Ricky e Gabe.

Não que Ricky, estando morto, pudesse atender o telefone.

Merda, pensa Lewis.

Ele não pensava em Ricky fazia quase dez anos. Nenhuma vez desde que soubera.

A manchete pipocou em sua mente: ÍNDIO SEM RAÍZES PENSA QUE AINDA É ÍNDIO SE FALAR IGUAL A UM.

Lewis respira fundo e tapa o bocal do fone antes de expirar, para que Cass não o ouça do outro lado, tão distante.

"Aqueles cervos", comenta ele.

Passa tempo suficiente, de modo que Lewis tem certeza de que o amigo sabe bem sobre quais cervos ele está falando, então Cass responde: "Aham?".

"Por acaso, de vez em quando, você...", começa Lewis, ainda inseguro sobre como completar a pergunta, mesmo que tenha ensaiado na cabeça por toda a noite anterior e a caminho do trabalho. "Por acaso, de vez em quando, você, sei lá, *pensa* sobre eles?"

"Se ainda estou puto por causa deles?", dispara Cass à queima-roupa. "Se eu encontrar Denny pegando fogo na beira da estrada, não paro nem pra mijar nele."

Denny Pease, o fiscal de caça.

"Ele ainda trabalha lá?", pergunta Lewis.

"É o chefe da fiscalização agora", responde Cass.

"E ainda é durão?"

"Maior defensor do Bambi", explica Cass, como se aquilo ainda fosse uma referência. Era o que costumavam dizer sobre os fiscais: bastava o Homem entrar na floresta, os guardas já ficavam de orelha em pé, com o caderninho de multas a postos.

"Por que tá perguntando dele?", questiona Cass.

"Dele não", diz Lewis. "Tava só pensando. Acho que por fazer dez anos, sei lá."

"Dez anos quando? Em uma semana?", pergunta Cass.

"Duas", corrige Lewis, dando de ombros como se não quisesse ser tão preciso. "Foi no sábado antes da Ação de Graças, não foi?"

"Foi, foi", confirma Cass. "Último dia da temporada..."

Lewis estremece em silêncio, apertando os olhos. O jeito como Cass disse aquilo, de um modo tão sugestivo, foi quase como se lembrasse Lewis de que *não era* o último dia da temporada. Apenas o último dia em que puderam estar todos juntos para caçar.

Mas foi também, no fim das contas, o último dia da temporada deles de uma maneira diferente.

Ele balança a cabeça três vezes, como se quisesse limpá-la, e tenta mais uma vez se convencer de que não é possível que ele tenha visto aquela cervinha no chão da sala dele.

Ela está morta. Já era.

Para pagar por ela, inclusive, e isso um dia antes de ir embora com Peta, Lewis tinha batido de porta em porta com peças da carne por todo Corredor da Morte, oferecendo-a aos anciões. Afinal, a cerva tinha vindo da área dos anciões — a bela mata preservada junto ao lago Duck, para que os velhos pudessem encher os congeladores ali em vez de ir ao mercado — e porque ela *veio* de lá, oferecer pessoalmente a carne a eles, de porta em porta, fechava o ciclo de forma perfeitamente indígena. Tudo bem que Lewis não tinha conseguido encontrar nenhum de seus carimbos de carne e havia usado os da irmãzinha de Ricky. Então, em vez de BIFE OU CARNE MOÍDA OU ROSBIFE, o papel de açougueiro que embalava a carne de cervo vinha carimbado com a pata preta de um guaxinim, porque esse era o único carimbo que ela possuía sem ser de flor, arco-íris ou coração.

De todo modo, era impossível que aquela cerva tivesse saído de dentro de trinta potes de guisado, tanto tempo depois, caminhado quase duzentos quilômetros ao sul apenas para assombrar Lewis. Primeiro porque cervos não fazem isso, mas em segundo lugar porque, no fim, a carne dela foi para onde devia ir, ele nem tinha feito nada errado. Não tinha mesmo.

"Tenho que desligar, cara", diz Lewis a Cass. "Meu chefe."

"É sábado", retruca Cass.

"Faça chuva, faça sol ou faça sábado", rebate Lewis, desligando o telefone de modo mais brusco do que pretendia e mantendo a mão no gancho por cerca de meio minuto antes de erguê-lo outra vez.

Ele disca o número que o pai de Cass lhe deu como sendo o de Gabe. É do pai de Gabe, na verdade, mas o pai de Cass tinha espiado pela janela e dito que o carro de Gabe estava lá naquele instante.

"Tippy's Tacos", diz Gabe após o segundo toque. Ele sempre atende assim, não importa onde esteja ou de quem seja o telefone. Nunca houve um lugar com aquele nome na reserva, até onde Lewis sabia.

"Dois de carne de caça", responde Lewis.

"Ah, tacos de *índio*...", diz Gabe, entrando no jogo.

"E duas cervejas", completa Lewis.

"Você deve ser Navajo", diz Gabe, "talvez de algum povo pescador. Se fosse Blackfeet, ia pedir pelo menos seis."

"Conheço uns Navajo que beberiam isso num instante", responde Lewis, desviando do roteiro de sempre, como se desse a brincadeira por encerrada. Gabe, por uns cinco segundos, não fala absolutamente nada, então diz: "*Lewdog?*".

"Na mosca", responde Lewis, o rosto corando por saber que foi reconhecido.

"Tá na cadeia?", pergunta Gabe.

"Você continua uma comédia", comenta Lewis.

"Entre outras coisas", responde Gabe, e em seguida, provavelmente para seu pai, diz: "É o Lewis. Lembra dele, velho?".

Lewis não consegue escutar a resposta, mas escuta um jogo de basquete rolando alto o bastante para ser ouvido na casa toda.

"E aí, o que conta?", pergunta Gabe ao retornar. "Tá precisando de um trocado pra voltar de ônibus, é? Se for isso, te passo o contato de alguém. Tô meio duro no momento."

"Ainda caçando?"

"A categoria 'entre outras coisas' cobre isso, não cobre?", diz Gabe.

Claro que ele ainda caça. Denny teria de trabalhar 24 horas todos os dias da semana para multar metade do que Gabriel Cross Guns caça furtivamente por semana, e os guardas florestais de Glacier teriam de trabalhar dobrado para achar seu rastro, indo e voltando nos limites do parque, com as pegadas ao redor, quase mais fundas do que aquelas que entravam sorrateiramente.

"Denorah tá bem?", pergunta Lewis, porque é isso que se fala depois de tanto tempo.

Denorah é a filha de Gabe com Trina, Trina Trigo, e deve estar com 12 ou 13 anos a essa altura — já tinha aprendido a andar quando Lewis foi embora, disso ele tinha certeza.

"Minha campeã, você quer dizer?", responde Gabe, parecendo enfim envolvido na conversa.

"Sua o quê?", pergunta Lewis.

"Lembra do Branquelo Curtis, lá de Havre?", pergunta Gabe.

Lewis não consegue recordar o sobrenome verdadeiro do Branquelo — era algum nome alemão? —, mas claro que se lembrava dele: Curtis, o basqueteiro, aquele garoto de fazenda com um dom de nascença para estar em quadra. Ele nem precisava ver tudo que acontecia com os olhos, pois *sentia* o jogo com os pés feito um radar, e nem tinha de pensar para saber qual o melhor caminho por onde avançar. E aquela bola fazia tudo na mão dele, cem por cento de aproveitamento. A única coisa que o impedia de ir à faculdade era a altura, e sua teimosia em querer ser líbero em vez de um bom arremessador. No colégio, claro que alguém com quase um metro e noventa era capaz de dominar o jogo como líbero. E ele dava bons saltos, é verdade, conseguia enterrar — somente durante os treinos e com a jogada armada, mas mesmo assim. Mas não tinha o porte de um Karl Malone, no fim das contas, e sim de John Stockton. Só que o cara não aceitava aquilo, tinha enfiado na cabeça que conseguiria entrar na liga, abrir caminho entre os grandes e não ser feito de bobinho junto deles. Pela insistência em ser líbero, acabou perdendo tantos dentes que parecia um jogador de hóquei, pelo que Lewis ficou sabendo. E as concussões não estavam fazendo muito bem para sua memória recente. Teria sido melhor se ele nunca tivesse descoberto que jogava bola.

Mas e daí?

"Tinha um belo *jump*", responde Lewis, revisitando a cena, o jeito como Branquelo Curtis esperava e esperava, até que todo mundo voltava ao chão, só então ele fazia o arremesso perfeito, seus olhos teleguiando a bola mais e mais ao alto e, por fim, à cesta.

"Denorah é assim", sussurra Gabe, como se fosse um segredo incrível. "Só que *melhor*, cara. Sério. Browning nunca viu nada igual."

"Tenho que assistir a um jogo, então", comenta Lewis.

"Tem mesmo", afirma Gabe. "Só não conta pra Trina que eu te convidei. Ou não fala com ela se ela ver você, tá? Se isso acontecer, talvez seja bom cortar o cabelo, mudar de nome e embarcar no primeiro navio."

"Ela ainda quer te matar?"

"A mulher sabe guardar rancor", responde Gabe. "Tenho que admitir."

"Totalmente sem motivo, óbvio", comenta Lewis, voltando ao roteiro já conhecido.

"Enfim, a que devo a honra desta ligação, sr. Carteiro?", pergunta Gabe, fingindo formalidade. "Esqueci algum selo, foi?"

"É que faz um tempo", diz Lewis.

"Uns oito, nove anos", completa Gabe. "Pode falar, cara. Sou eu."

Lewis sente um nó na garganta. Ele deixa a cabeça pender para trás e fecha os olhos.

"Eu tava lembrando da vez que Denny..."

"Fodeu de vez com a gente?", interrompe Gabe. "É, isso traz uma ou outra lembrança..."

"Você voltou alguma vez ao lago Duck?", pergunta Lewis.

"Só dá pra ir com alguém das antigas", responde Gabe. "Você sabe disso, cara. Quanto tempo faz que você foi embora, hein?"

"Digo, onde aconteceu aquilo", continua Lewis. "Aquele barranco."

"Ah, aquele lugar, sim, sim", responde Gabe, enterrando um prego no peito de Lewis. "É assombrado, cara, você não sabe? Nem os cervos voltam lá. Aposto que até contam histórias em volta da fogueira dos cervos, né? Sobre o que aconteceu naquele dia. Porra, nós somos lendários para eles, cara. Os quatro bichos-papões — os quatro *carniceiros* do lago Duck."

"Três", corrige Lewis. "Os três bichos-papões."

"Eles não sabem disso", fala Gabe.

"Mas acha mesmo que eles lembram?", pergunta Lewis, escancarando o assunto de uma vez.

"*Lembram*?", questiona Gabe, o sorriso presente na voz. "Porra, eles são cervos, cara. Não fazem fogueiras de verdade."

"E a gente matou todos eles, de todo modo, não foi?", pergunta Lewis, piscando para aliviar o ardor dos olhos, outra vez conferindo se Shaney não está ali.

"Que papo é esse?", quer saber Gabe. "Ainda está sentindo falta daquela faca de merda?"

Lewis precisa se esforçar para voltar ao que Gabe está dizendo: aquela faca que ele havia comprado, com três ou quatro lâminas intercambiáveis, uma mais fraquinha, serrilhada, para o esterno e a pélvis.

"Aquela faca era uma merda", comenta Lewis. "Se você a encontrar, faça o favor de perder de novo, tá?"

"Pode deixar", concorda Gabe, com a voz meio distante do fone por um momento, o jogo de basquete caindo dentro de seu lado da linha. "Ei, a gente tá assistindo a um..."

"Também tenho que desligar", afirma Lewis. "Mas foi bom ouvir sua voz imbecil outra vez."

"Merda, devia ter cobrado por minuto", ironiza Gabe, e uns dez, vinte segundos depois a linha fica muda outra vez, e Lewis, recostado na parede, bate o fone na testa como se fosse uma baqueta.

"Era pra eu estar anotando, Blackfeet?", pergunta Shaney na entrada da sala.

Lewis leva o fone ao gancho.

Shaney é uma Crow, então chamá-lo de "Blackfeet" é uma piada interna, com as duas tribos sendo inimigas de longa data e tal.

"Algo que Peta disse ontem", desconversa ele, sempre fazendo questão de mencionar sua esposa a ela, repetindo o nome apenas por segurança. Não que ele fosse o garanhão do correio — não tinha nenhum garanhão ali —, mas porque ele e Shaney eram os únicos índios da agência, e desde a semana anterior, quando Shaney havia sido aprovada e contratada, todo mundo os vinha tratando como se fossem um jogo de poltronas ou mesinhas: tentando juntar os dois e deixá-los num canto, como um conjunto perfeito.

"Algo que sua *esposa* disse?", pergunta Shaney, enquanto Lewis passa por ela e os dois seguem para a máquina de triagem. Ele a liga para continuar com a aula.

"Temos uma luminária de merda na sala lá de casa", conta ele. "Não liga quando deveria. Ela acha que pode ser algum curto na instalação. Daí tava ligando pra um cara que faz uns bicos de eletricista."

"Uns bicos...", repete Shaney, enfiando um envelope atravessado na máquina em vez de colocar do outro jeito.

Lewis acompanha as correspondências indo direto para o bucho do bicho, e chacoalha a cabeça admirado quando vê que nada emperra, nada engancha.

Shaney abre um sorriso malicioso, mordendo o lábio inferior.

"Quem sabe na próxima?", diz ela, batendo com o quadril no de Lewis.

Ele deixa passar, não fala nada. Está a quilômetros e anos de distância.

SEGUNDA-FEIRA

Dando ré com os pés na moto barulhenta e maltratada, uma Road King prestes a dar partida, Lewis avista Jerry já no fim do estacionamento da agência, a mão direita pendendo junto à traseira de sua Springer modificada, os dedos indicador e médio fazendo um paz e amor ao contrário antes de se fecharem num punho. Lewis não faz ideia do que aquilo significa, ele nunca andou com uma gangue de verdade feito Jerry em sua juventude *Sem Destino*, mas imagina que seja algo como *Por aqui* ou *Tudo limpo* ou *Dê uns tragos enquanto pode*, porque Eldon e Silas aceleram bem atrás dele, deixando Lewis na retaguarda como sempre, mesmo que todos estejam indo para a nova casa de *Lewis*, longe pra cacete, lá na rua 13.

Mas hierarquia é hierarquia, e Lewis, mesmo estando há cinco anos separando cartas, ainda é o novato. Estar por último, contudo, significa que, quando Shaney aparece correndo porta afora, é na garupa dele que ela sobe, quase não chegando a tempo.

As mãos dela se encaixam perfeitamente em seu quadril, o tronco dela em suas costas, tudo ficando no lugar perfeito.

"Oi?", diz ele, diminuindo e equilibrando a moto.

"Também quero ver", responde ela, balançando a cabeça para soltar os cabelos.

É, aquilo é exatamente o que Peta quer ver chegando em sua garagem.

De todo modo, Lewis acelera e volta ao comboio, torcendo o cabo para acompanhar os outros.

Todos estavam indo à sua casa porque Harley, com quase 10 anos de idade, tinha resolvido começar a pular a cerca de quase dois metros como se fosse um cachorro jovem, e Eldon disse que só acreditaria quando visse aquilo. Por isso estava indo ver. Todos estavam, inclusive Shaney, pelo visto.

O terceiro da fila é Silas, em sua *scrambler* caindo aos pedaços, ruinzinha demais para chegar aos cinquenta quilômetros por hora, mas a partir dos setenta e cinco fica divertida, se você for do tipo que se diverte à beira da morte. Eldon, na cola de Jerry, pilota sua *bobber* amassada, que ele só consegue usar porque mora perto do correio e pode ir andando se o tempo fechar, então não precisa manter um carro ou uma caminhonete com seguro. Dos quatro, é o único solteiro, o que também dá uma economizada. Jerry fala para ele que é só uma questão de tempo, que vai acontecer — "Vão brotar mais cedo ou mais tarde", hahaha. Aos 53 anos, Jerry é o mais velho de todos, com o pacote completo: bigodão grisalho, careca sardenta, um rabo de cavalo desgrenhado e os olhos azuis.

Silas é praticamente mudo, e Lewis tem a impressão de que pode até ser um pouquinho índio. Não o bastante para que o apelidassem de Chefe antes de Lewis ganhar o título, mas... talvez tanto sangue de índio quanto Elvis tinha, fosse qual fosse a quantidade. Seria o suficiente para calçar um par de *"Blue Suede Shoes"*? Eldon diz que é parte grego e parte italiano, o que talvez seja uma piada que Lewis não entende. Já Jerry não diz muita coisa além de pedir outra cerveja.

É bom tê-los encontrado depois de perder Gabe, Cass e Ricky.

Quer dizer, depois de tê-los abandonado.

Não há manchete alguma sobre isso. É apenas a velha notícia de sempre.

Quando atravessam o congestionamento de fim do expediente em River, todo mundo espicha o pescoço para espiar Shaney por mais uns três ou seis metros. O que quer dizer que a camisa de flanela dela provavelmente está desabotoada e ameaçando se abrir de vez por causa do vento.

Ótimo.

Maravilha.

Lewis não devia ter dito nada sobre Harley, sabe disso. Seria muito melhor estar voltando para casa sozinho, talvez treinar uns arremessos na garagem antes que Peta chegasse. Mas... Harley, né? Ele não é apenas não jovem, é mesmo um ancião para um cão daquele tamanho, que foi atropelado duas vezes, uma delas por um caminhão de lixo, e ainda tinha levado um tiro certa vez, bem nas ancas. E isso é só o que Lewis sabe. Ainda havia as picadas de cobra, porcos-espinhos, crianças com espingarda de chumbinho e os arranca-rabos com cachorros da vizinhança que todo cão tem que enfrentar.

Não tinha como Harley conseguir saltar aquela cerca. Não tinha sequer motivo para tentar. Mesmo assim, Lewis já havia encontrado o cachorro quatro vezes na rua, e Peta, duas.

Ele *só pode* estar pulando, talvez patinhando um pouco para alcançar o outro lado.

E Lewis deveria ter guardado o assunto para si.

Mas...?

Matutando sobre a cerva que não tinha como estar no chão da sala dele, enquanto Harley latia feito doido lá fora, ele tinha criado uma conexão entre as duas coisas. Seria possível que Harley estivesse latindo para a cerva? Será que ele conseguia vê-la *sem* o ventilador ligado? Será que ela havia estado ali o tempo todo nos últimos dez anos?

Pior ainda, se Harley conseguia senti-la, seria ela que o estaria fazendo saltar a cerca? Talvez não estivesse indo *atrás* das cadelas no cio lá fora. Talvez quisesse *fugir* da casa, isso sim.

O problema era que eles tinham assinado um contrato de doze meses, e perderiam o depósito se apenas fizessem as malas e sumissem.

"Segura firme", diz Lewis a Shaney, acelerando para cruzar mais rápido o rio, saltando com a moto depois de quicar na linha do trem e evitando bater os dentes não uma vez só, mas duas — uma para cada trilho.

Shaney dá um grito pela adrenalina e Lewis diminui para pegar a 6ª, seguindo até 4ª para pegar uma reta na American Avenue e assumir a dianteira, porque nenhum desses palhaços conhece sua casa nova.

Dobrando rápido três esquinas, talvez mais rápido que o necessário, para ver se Shaney estava ligada, chegam a sua porta.

"É aqui", anuncia Lewis, em meio ao silêncio súbito, sem os roncos de motor *panhead* ou V2.

Jerry, Eldon e Lewis começam a desmontar das motos, mas Lewis espera Shaney.

"Ah, é!", diz ela, pondo as mãos em suas costas e pulando do assento de uma só vez, uma imagem que Lewis felizmente não teria de rever em sua mente ao longo da semana.

"Então cadê esse tal cachorrão voador?", grasna Jerry.

"Já tá na hora de ir pra cama, vovô?", provoca Eldon, a mais de um braço de distância, mas mesmo assim fazendo um jogo de pernas como se estivesse se preparando para lutar.

Silas abre um sorriso diante da casa, e Lewis acha que seu olhar está focado numa janela alta. Ele também se põe a olhar. É só o quarto dele e de Peta, mas a janela ainda não tem cortina.

"E aí, seu carteiro?", pergunta Jerry outra vez.

É assim que ele chama a todos, Lewis tem certeza. Talvez porque os nomes já começaram a sumir da mente.

Lewis destrava o alarme da garagem, bate bem os sapatos antes de entrar e aí conduz todo mundo ao Grande Espetáculo do Cão Saltador.

"Ele começou a fazer isso de repente", comenta enquanto atravessam a cozinha, caminhando de costas feito um guia turístico. "Sempre pensei que, no fundo, ele fosse meio lobo, além de puxador de trenó e cão de briga. Agora tô achando que é meio canguru."

"Canguru das neves", completa Jerry, com a pele maltratada se enrugando em volta dos olhos.

Silas solta um riso abafado, passando o dedo sobre o tampo da mesa e depois o erguendo, como quem confere a poeira do lugar.

"Um cão precisa do que tem do outro lado da cerca, é por isso que cães aprendem a saltar", informa Shaney.

Jerry fala algo sobre o assunto, por sob os bigodes, mas não se ouve nada, e sempre que Lewis lhe pede para repetir alguma coisa, ele só acena para deixar para lá.

"Cadê a patroa?", pergunta Eldon, dando um tapão no encosto do sofá.

"Trazendo grana de verdade pra casa", responde Lewis, imitando com os braços o movimento das raquetes de sinalização com que Peta guia os aviões na pista de táxi, usando-os para conduzir sua pequena comitiva por aqui, por aqui.

"Nem tem grana de verdade em Great Fa...", Eldon começa a dizer, mas não termina porque se depara com a lingerie de renda que Peta deixou secando nas costas de uma cadeira.

"Meia-volta, meia-volta", Lewis os conduz, agitando de volta suas raquetes de faz de conta, mas sem deixar de sorrir.

Mesmo assim, quando Lewis passa, "*Bacana*" é o que Shaney diz a ele, a respeito do sutiã vistoso.

Atrás dela, felizmente, Silas liberou a caixa para o conjunto do farol da Road King da mesa da cozinha, levantando-a para ver de perto.

"Ainda tá procurando um baú?", pergunta ele.

"Tem algum?", quer saber Lewis, destrancando a porta corrediça. "De que cor?"

"Como se todas as partes estivessem combinando tão bem...", intromete-se Eldon.

"Falta! Falta!", grita Lewis, apontando as raquetes para ele porque, obviamente, ele se transformou num árbitro.

Não, sua moto não estava combinando muito. Mas ia combinar. Ele ia transformar a carcaça que ela era no momento na belíssima moto que estava destinada a ser. Os baús laterais eram um desejo de Peta, porque numa queda eles protegem do calor do asfalto e mantêm a carne e os músculos nos devidos lugares. Lewis tentou argumentar que os baús eram importantes para motoqueiros que faziam longas viagens, mas o argumento lhe garantiu no máximo um olhar mal-encarado, sem sequer esboçar um sorriso.

"Alguma coisa na lambreta de Silas dá a entender que ele tem peças sobressalentes, da cor que for?", comenta Jerry por sobre o ombro. "Quando sobra qualquer pecinha ele já tasca na moto, não é não?"

A moto de Silas, neste instante, está no meio da transformação, em algum ponto entre uma *café racer* e um desenho infantil esboçando sua moto dos sonhos, e ele só pode rir e dar de ombros, pois é verdade.

Lewis retira um cabo de vassoura do trilho da porta corrediça, abre o vidro com cerimônia e mostra o quintal àqueles descrentes, deixando-os passar primeiro para que vejam não ter qualquer truque ali.

Ele sabe que Harley estará ali, e não correndo feito doido pelos quintais alheios, porque amarrou a coleira do cão a um arame do varal antes de ir trabalhar, como faz toda manhã. Da última vez que viu, Harley corria de um lado para o outro e tinha uma tigela de água, alguma sombra, uma graminha e uma expressão besta na fuça — tudo que um cão pode querer. Amarrá-lo no varal não é uma solução permanente, mas é boa o bastante até que Lewis arrume umas telas para prolongar a cerca.

"Talvez pratique salto com vara feito a mãe", grita Eldon do deque empenado do quintal.

Lewis se gabou um monte sobre Peta para todos, e Jerry e Silas já até a haviam conhecido um par de vezes quando chovia e ela precisava apanhar Lewis de carro.

"Ou um artista de fuga", completa Silas.

Lewis sai depois dele, afastando-os para averiguar os postes enferrujados do varal, e é verdade: nada de Harley. Aliás, nada de arame no varal também, nada onde pendurar as roupas molhadas.

"Vou matar esse cachorro", diz ele, andando pelo quintal para garantir que Harley não está sentado em algum lugar vigiando a casa. É nessa hora que Shaney, num dos cantos dos fundos da casa, conclui o pensamento dele: "Acho que você chegou tarde, Blackfeet".

Com os lábios, ela aponta para onde Lewis deve olhar, e pelo tom, que não é de brincadeira, ele se vê alarmado e imediatamente sente o remorso subir à garganta.

É Harley. Está pendurado pela coleira enganchada no alto da cerca, com os olhos abertos, mas já sem enxergar. Há arranhões e marcas de unhas na madeira da cerca porque ele demorou para sufocar, sem dúvida.

"Mas que merda", diz Jerry.

Harley foi o primeiro presente que Peta deu a Lewis, nove anos atrás. Uma das cadelas de sua tia tinha dado cria, e diziam que o pai era um cachorro batalhador, e Lewis já tinha lhe contado algumas vezes sobre o último cão de verdade que tivera na reserva, quando ainda era criança, e como um cavalo num certo desfile havia lhe dado um coice na cabeça enquanto Lewis ia atrás de doces com as outras crianças. Pois bem, Harley tinha sido perfeito, quase fez Great Falls parecer um lar naquele primeiro ano — eles se afeiçoaram pelo lugar juntos. E agora ele estava morto na coleira com que Lewis o havia amarrado.

"Meus sentimentos, cara", diz Eldon, olhando para as botas caras que sempre calçava para pilotar.

"Parece que ele quase conseguiu", comenta Shaney em nome de todos. Isso queria dizer que acreditavam em Lewis quando ele dizia que Harley, já velho, havia descoberto ter molas nas patas.

"Cachorro estúpido", diz Lewis, falando apenas o necessário, porque não confia que sua voz não vá fraquejar e deixá-lo aos soluços.

Nesse momento, uma das patas traseiras de Harley estremece, exatamente no ritmo com que o olho daquela cerva na sala se contraiu. A cerva que não estava morta no chão da sala de Lewis, que não estava *viva* — que sequer estava lá.

A resposta de Lewis a Harley estar semivivo não é a melhor, não é uma resposta da qual se orgulhe: ele respira fundo e dá um passo para trás, quase caindo de bunda.

Dos cinco, é Silas quem corre para agarrar Harley, erguê-lo e aliviar seu pescoço. Jerry usa uma manopla para soltar a guia do topo da cerca, e logo Shaney arranca a coleira do pescoço ensanguentado de Harley, tomando cuidado com as orelhas.

Silas se vira, com Harley aninhado em seu colo, e Lewis por um instante desvia os olhos, indo pousá-los em Shaney, que talvez estivesse prestes a avançar e tomar Harley em seus braços, mas de repente recua de uma só vez, assustada pelo som denso que de repente os atinge.

Eldon agarra o ombro de Lewis, como que para tirá-lo do caminho, ou como apoio para sair da frente, e até Jerry olha para cima de forma mais veloz do que sua aparência de morsa o permite fazer.

O quintal inteiro chacoalha, ruge, agitado e ameaçador, com o tipo de trauma sensorial que faz Lewis ter certeza de que, se houvesse ali um irrigador de jardim, fazendo um arco-íris contra a luz, aquela folha iridescente de cor iria colapsar, se dispersaria em névoa.

É o trem que passa por trás do bairro duas vezes por dia, que Peta chama de Expresso Trovejante. A razão pela qual ela e Lewis conseguem pagar o aluguel de uma casona daquelas. É também a razão pela qual Harley não pode mais sair do quintal.

Lewis vê o borrão cinza grafite cortar o ar e a manchete do dia seguinte lhe vem à mente: HOMEM QUE JÁ FOI DA REGIÃO É INCAPAZ DE TOCAR SEU CÃO MORIBUNDO.

Às vezes, as manchetes acertam na mosca. E a história da página 12 agora vem acompanhada de uma fotinha fora de foco, preta e branca, que a mente de Lewis capta por reflexo, já que ele não consegue suportar a visão daquele momento, ainda mais com o trem aos berros enquanto rasga um buraco no mundo: a boca de Harley abrindo, os dentes reluzentes, e abocanhando aquilo que julga ser a causa de sua dor.

Silas afasta a cabeça bem na hora da mordida, bem na hora em que os dentes de Harley cravam a pele de seu rosto, mas isso só piora as coisas, na verdade.

TERÇA-FEIRA

Lewis utiliza uns pedaços de fita crepe para desenhar a silhueta de um animal morto no tapete da sala. É para provar que aquilo não pode ter acontecido, que ela sequer caberia direito ali. Pelo menos é nisso que ele insiste em acreditar.

Teve de arrastar o sofá para trás e a mesinha de centro, antiguidade da avó de Peta, para o lado. A família de Peta não é do tipo ricaça de Great Falls — se é que alguma é —, mas, de um jeito ou de outro, vivem ali há bastante tempo, desde os primeiros avanços sobre as terras da reserva.

Ela está na garagem com Harley, no ninho que improvisou para ele com cobertores e sacos de dormir logo que voltou do trabalho. Após caminhar do estacionamento improvisado a duas quadras da casa, Peta encontrou Lewis, Shaney e Eldon no alpendre dos fundos dando água na boca de Harley. Jerry tinha pegado a caminhonete para levar Silas ao hospital, com o rosto enrolado em toalhas.

Assim que partiram, Jerry com uma das mãos na direção e com a outra ajudando Silas a se manter firme, Eldon comentou que era de se imaginar que um carteiro seria mordido por um cão, né?

É.

Segundo Peta, que passou a maior parte da infância cuidando de cachorros, gatos e filhotes de passarinho, Harley ainda não estava fora de perigo. Silas nem de longe corria o mesmo risco — embora, antes de partir, Lewis tivesse visto os dentes amarelados através da pele do rosto rasgada e aberta.

Jerry insistiu que Lewis não devia culpar o cão. Ele não sabia o que estava fazendo. Afinal, quando o mundo inteiro machuca, você morde de volta, não é?

O ninho de sacos de dormir e cobertores de Harley servia de isolamento em torno da tenda do suor que Lewis tinha planejado construir no quintal dos fundos, mas foda-se. Talvez ainda sirvam. Talvez no ano seguinte, envolto em calor, escuridão e vapor, Lewis tire um pouco da água do balde e a derrame em homenagem a Harley. Em sua memória e tal.

Você pode fazer isso para um cão, assim como faz para os humanos, ele tem quase certeza disso. E, mesmo que não possa, até parece que um chefe velho vai descer dos céus para lhe dar um tapa na mão.

Lewis arranca outro naco de fita, cola-o no carpete em frente ao sofá, daí o desgruda e cola outra vez, tentando traçar a curva que desce da barriga pela pata traseira. O problema é que essas fitas coladas e descoladas acabam se enrolando depois de uns minutos, se recusando a tomar a forma que Lewis quer dar a elas.

O casco traseiro está quase desenhado quando Peta aparece com o pano de prato sobre o ombro, a garrafa de leite de cabra na mão, e por um curto instante ela é uma mãe, esgotada no cuidado com um bebezinho que ainda mal engatinha. Mas essa é uma vida distinta daquela que levam normalmente, Lewis lembra a si mesmo. Ela não quer filhos, sempre foi enfática nisso, desde as primeiras semanas, ainda em East Glacier. Não por Lewis ser índio, mas porque ela acha que sua versão pré-Lewis tomou muitas decisões ruins envolvendo tóxicos, e qualquer criança que viesse teria de pagar a conta, então iria começar já com o pé esquerdo.

A manchete pipoca na mente de Lewis no mesmo instante, direto da reserva: não a manchete ÍNDIO PURO DESTRÓI LINHAGEM que ele sempre tinha esperado caso se casasse com uma branca e com a qual já havia se preparado para lidar, porque nunca se sabe, mas sim ÍNDIO PURO TRAI ANTEPASSADOS. É o sentimento de culpa por ter aqueles incríveis nadadores nativos — provavelmente parecem salmões microscópicos, mesmo que os Blackfeet sejam um povo relacionado aos cavalos —, é o sentimento de culpa por ter aqueles nadadores sempre a postos, preparados, sem nunca os deixar nadar pela correnteza, e isso significa que os poucos de seus antepassados que conseguiram sobreviver a ataques e epidemias, massacres e genocídios, diabetes e carros vagabundos que o resto do país já não queria mais, aqueles índios poderiam apenas ter se enfiado na frente da imensa metralhadora da história, né?

"Como ele tá?", pergunta Lewis, apontando a cabeça para a garagem.

"Acho que o leite tá ajudando", responde Peta, erguendo a garrafa.

De acordo com um dos carregadores de bagagens lá do aeroporto, leite de cabra ajuda a curar filhotes com parvovirose canina. Harley não tem essa doença, mas se o leite serve para manter filhotinhos vivos quando suas tripas estão virando purê, com certeza pode ajudar um cão que passou metade do dia anterior morrendo e voltando à vida, certo?

Faz tanto sentido quanto qualquer outra coisa.

Mas, alguma hora, e Lewis odeia odeia odeia pensar nisso, alguma hora, e não demoraria muito, iam ter que resolver aquilo na ponta da espingarda, e seria a última caminhada de Harley, ou o último colo, não importava.

E não seria por Harley ter sido um mau cachorro. Seria por ele ser o melhor de todos.

E vai ter que ser com a mesma arma de dez anos atrás. Lewis vai dirigir até a reserva para pegá-la emprestada com Cass — foi a espingarda que usou para dar cabo da cerva. A mesma cerva que ele estava desenhando com uma centena de pedacinhos de fita crepe no carpete.

"Quer ajuda?", oferece Peta com relação àquele projetinho.

Qualquer outra pessoa, qualquer outra mulher, qualquer outra esposa de um marido idiota que buscasse fugir do cachorro moribundo desenhando um cervo no chão da sala com fita crepe, diria a ele que parasse de bagunçar a casa, de gastar fita, que se certificasse de deixar tudo limpo e organizado quando acabasse.

Peta se achega a Lewis, pega o rolo de fita, corta alguns pedaços e os cola um em cada dedo, a postos para quando ele precisar.

Ela sustentava a seguinte teoria sobre o que Lewis tinha visto: assim como você pode colocar luzes nos raios de uma bicicleta e eles formarão uma imagem em alta velocidade e manterão aquela imagem brilhante e embaçada, deve ter havido um padrão aleatório feito de luz e poeira na parte de trás das pás do ventilador. Ao girar, formaram uma mancha que Lewis, pela culpa que carrega, interpretou como sendo a cerva.

Mas ele não havia contado a história completa a respeito daquilo.

Ela é vegetariana, e não por questões de saúde, mas por motivos éticos. Na maioria das noites, ele come batatas, tofu ou feijão. E tudo bem. Todo índio de meia-idade precisa de uma dieta exatamente igual a essa. Então Peta poderia, *sim*, ouvir a história inteira, reagir da forma certa, sustentando um olhar que diria que ela estava entendendo, mas ouvir aquilo a magoaria, e ela teria que ir até a escola, correr diversas vezes ao redor da pista para tentar absorver essa história. É melhor não contar nada, não a sobrecarregar com aquilo, não deixar marcas em sua memória. Quem poderia dizer o que sairia disso? Ela poderia muito bem se levantar e ir embora após ouvir, para nunca mais voltar.

Vinte minutos depois, talvez uma hora, Lewis está com a forma da cerva mais ou menos bem delineada. Ênfase em "mais ou menos".

Ele se levanta para olhar do alto, e não faz ideia de como os Blackfeet das antigas, os de arco e flecha, faziam isso. Os cavalos que desenhavam nas rochas ou nas laterais das cabanas não eram anatomicamente precisos — assim como esse não era —, mas ao menos indicavam certa intimidade com aquele corpo, aquela forma, que essa cerva de fita crepe nem de longe sugeria. Ficava parecendo que Lewis tinha ouvido falar de cervos, sem nunca ter visto um ao vivo e a cores.

Peta cobre a boca com a mão, evitando rir, e até Lewis acaba abrindo um sorriso.

"Parece que uma criança de 5 anos tentou desenhar uma ovelha gigante, né?", comenta ele. "Enquanto virava a terceira cerveja no café da manhã."

Peta desaba no sofá, puxa as pernas para baixo do corpo e completa: "Mas a ovelha seguiu agitada, tentando se soltar".

"Ovelhas não entendem nada de arte", diz Lewis, jogando-se no sofá ao lado dela.

Da nova posição, ele acaba olhando através do ventilador de baixo para cima, e então para o foco de luz que está apagado no teto de novo. É um mistério que se resignou a jamais entender. Algumas luzes você só não compreende, e é melhor nem tentar.

"E agora?", pergunta Peta.

Lewis fica sem responder, talvez por trinta segundos, e por fim diz: "É idiota".

"O quê?", Peta quer saber. "Você quer dizer tipo escalar uma escada bamba no meio do dia e quase partir a cabeça?"

Pode crer.

Depois de passar para dar oi a Harley e dizer a ele que Eldon estava cobrindo o turno da manhã, Lewis outra vez carrega a escadona de alumínio para a lateral da casa.

"Estava bem aqui", diz Peta, colocando a escada a um milímetro do ventilador.

"Como você sabe?", questiona Lewis.

Para explicar, ela gira para o outro lado, apoiando bem os pés para abaixar a escada até que a tampa de plástico vermelha no topo se encaixe perfeitamente no buraco arrombado na parede do outro lado da sala.

"Ah", exclama Lewis. "Acha que a gente consegue a caução de volta?"

"Caução é um negócio superestimado", brinca Peta, e não é que talvez ela seja índia?

"Espera um pouco", pede Lewis, indo até a garagem e voltando de lá com um saco de lixo que tirou do freezer, um que carregam com eles pelas últimas seis casas onde moraram, bem como um porão mal-acabado.

Talvez comece a feder. Talvez não.

"A gente ainda tem isso?", pergunta Peta.

Lewis tenta abrir o saco, mas é quase como se despelasse uma pamonha, pois o saco se desfaz de tão velho. Lá dentro, fazendo seu coração bater mais forte, está a pele que ele prometeu àquela cervinha que usaria um dia, para que tudo que ela passou não fosse em vão.

A história que ele contou para Peta foi que nevava muito forte e ela parecia mais uma fêmea adulta que uma jovenzinha. Que ele jamais teria puxado o gatilho se tivesse visto direito.

Não é uma mentira deslavada. Mas também não é toda a verdade.

Lewis engole a memória e volta a fazer seja lá o que está fazendo. Reconstituindo a cena do crime? Não. Parece mais estar preparando o palco para encenar o acidente de novo. Mas com adereços dessa vez.

"Ainda está...?", pergunta Peta, referindo-se ao fardo amarrado que ele carrega, a pele de cervo ainda com pelos.

Lewis encolhe os ombros, sem saber o estado da pele, se está inteira ou aos pedaços. Já carrega uma porção de ranhuras e buracos, isso ele sabe, primeiro de tudo porque ele é um peleiro de merda, mas também porque aquela faca vagabunda que tinha usado perdeu o fio em menos de cinco minutos.

Será que ele devia descongelar antes de desenrolar? Será que o micro-ondas funcionaria? Seria possível comer qualquer coisa esquentada nele depois daquilo?

"Deixa só eu...", começa ele, e com cerimônia deposita a pele no meio do desenho de fita crepe. Parece uma panqueca peluda e carnuda, e Lewis precisa se segurar para não engasgar, porque viraria ânsia de vômito e seria um desrespeito à memória dela.

"Acho que tá bom o suficiente", diz Peta, sentando-se e encarando a pele, as fitas, o conjunto inteiro.

"Então tá", responde Lewis, já com um pé no primeiro degrau, a mão agarrando o de cima.

"O ventilador tá na mesma velocidade?", pergunta ela.

"Nem mexi nisso", afirma ele. "Você mexeu?"

Peta faz que não com a cabeça, depois acena para que vá logo, que ela vai ficar de olho.

"Eu tava nesse degrau", conta ele, tocando o degrau com a mão e depois subindo mais.

Lewis espera ficar com o ventilador à altura do peito e só aí olha para baixo através dele. Para Peta no sofá. Para a cerva morta feita de fita crepe, com uma panqueca peluda no lugar das tripas.

"Talvez seja a luz", diz Peta, levantando-se do sofá e indo para o canto da sala, exatamente onde estava quando Lewis começou a queda livre em câmera lenta. "Estou fazendo sombra?", pergunta ela, acendendo e apagando a luz do corredor atrás de si, sem sair do lugar.

"Você tava com uma sacola", recorda Lewis, ainda torcendo para que aquilo funcione, para que haja uma explicação.

"Ah, tá...", diz ela, não tão confiante quanto ele a respeito da história da sacola, mas mesmo assim indo até a cozinha para pegar uma.

Enquanto ela se afasta, ele dá uma olhada por sobre o ventilador, vendo o buraco que a escada abriu na parede da sala. A nova ferida da casa.

Mas ali, movendo-se como uma ilusão de ótica, uma pós-imagem que tivesse ficado para trás, esforçando-se para não ser vista, ele tem noventa por cento de certeza de que há a sombra de uma pessoa contra a parede. Uma sombra tênue, que dura um instante apenas.

Uma mulher com uma cabeça que não é humana.

É muito pesada, muito comprida.

Quando ela se vira como se para fixar os olhos enormes nele, Lewis ergue as mãos para bloquear a visão, para se esconder, mas é tarde demais. Faz dez anos que já é tarde demais. Desde que ele puxou o gatilho.

QUARTA-FEIRA

O que o desperta na manhã seguinte é uma... bola de basquete? Quicando?

Lewis salta da cama e veste a primeira calça de moletom que encontra, a mão esquerda segurando-a na altura da cintura enquanto desce a escada — a secadora tinha carcomido o cordão quando ainda era nova.

Definitivamente, alguém está jogando basquete na frente da garagem.

Lewis sai da cozinha para a garagem e pergunta a Harley: "Quem será, bicho?".

Harley bate pesadamente com o rabo num saco de dormir de Star Wars, mas é o máximo que consegue fazer.

Seria o filho de algum vizinho? Talvez os antigos moradores tivessem dito às crianças da rua que poderiam ir lá quando quisessem, treinar uns arremessos.

Se for isso, tudo bem. Lewis precisa de alguém com quem jogar que esteja no mesmo nível que ele. Jogar contra Peta — ou fazer qualquer coisa atlética com ela — é sempre um estudo sobre vergonha, basicamente. Mesmo quando agarra no cós da calça, ou dá um empurrão por trás quando ela salta para finalizar uma bandeja, ele nunca chega aos 21 pontos antes dela. Ele nem mesmo chega a 10 antes que ela o vença.

Lewis bate com o punho no botão que abre a porta da garagem, a braveza já preparada no rosto porque é isso que se faz quando você está para enfrentar uma possível situação de invasão de domicílio. Podia ser o inquilino anterior, por exemplo, voltando bêbado para onde acha que ainda mora.

Bem devagar — aquela é uma porta velha, pesada —, os tênis lá fora se transformam em pernas, então ganham a forma de uma mulher e se tornam... *Shaney*?

Ela dá um giro e se esquiva de um marcador imaginário, depois se volta adiante e salta num arremesso, as pernas formando uma tesoura no ar e uma delas pousando no chão bem na hora que a bola desliza na cesta feito manteiga. Shaney apanha a bola no rebote, batendo-a entre as mãos e erguendo o rosto, então dá o passe, uma jogada limpa e direta ao alvo.

Lewis pega a bola porque a alternativa seria receber a bolada no estômago.

"Te acordei, dorminhoco?", pergunta ela em desafio.

"Dia de folga", responde Lewis.

"Pra ficar com ele", devolve Shaney, aproximando-se de Harley, uma vez que a porta se abriu.

Ela toma a cabeçorra do cão entre as mãos, aproxima-a de seu nariz e fecha os olhos, ficando um tempo assim.

"Você consegue sentir, né?"

"Ele tá morrendo", responde ela, massageando as orelhas chanfradas do cachorro.

Shaney senta-se em meio ao monte de panos e diz, olhando Harley e suas muitas cicatrizes: "É um velho guerreiro, né?".

"Você veio só pra ver Harley?", quer saber Lewis, fazendo o possível para não soar grosso. Ela percebe, de todo modo.

"Sua mulher não ia gostar de me ver aqui, né? Branca casada com pele-vermelha é quem sempre tem mais ciúmes do meu tipo."

"Seu tipo?", pergunta ele, meio que já sabendo a resposta.

"Índia, solteira, uma raba dessas", enumera Shaney. "Sei que Jerry diz que eu trago confusão."

A manchete que se lê na reserva: BEISEBOL BEISEBOL BEISEBOL.

"Qual é a do nome dela mesmo?", pergunta Shaney. "É aquele pão sírio ou o povo que protesta contra casaco de pele, qual é?"

"É Peta com *e*, não *i*", declama Lewis, repetindo exatamente o que Peta diz. "Era pra ter nascido um menino, o nome do pai dela é Pete, daí ele só colocou um *a* no final e passou adiante."

Shaney meneia a cabeça como quem segue o raciocínio, sim, com certeza, e quando ela afasta a franja do rosto, Lewis percebe que seu olho esquerdo está todo vermelho e que — será que ele nunca tinha visto sua testa? — a pele em volta da sobrancelha é toda encarquilhada, como se tivesse se chocado contra o painel de um carro, ou como se uma lata de aerossol tivesse explodido junto a um pilha de lixo em chamas.

Mas o olho... Deve ter tido um encontro ruim ontem, imagina Lewis. Ou isso, ou um namorado escroto. Ele não pergunta, tenta não dar muito na cara que está olhando. O que quer dizer que ele acaba telegrafando palavra por palavra do que pensa a ela, sabe bem.

"Enfim, vim buscar um livro, sr. Biblioteca", diz ela, sacudindo o cabelo de volta para a frente da testa e do olho. "Não vim pra dar em cima de você. Liga pra ela, avisa, eu espero. Tô de folga também, tá?"

Lewis a observa desconfiado, pensando nessa história de livro. Esse normalmente é o começo de alguma piada com a cara dele. Ficar lendo sobre feiticeiros e druidas no shopping ou lobisomens e vampiros detetives não é a coisa mais descolada para um cara de 36 anos. Imagina se soubessem que têm centauros e sereias às vezes no meio disso? Ou demônios e anjos? *Dragões?*

Melhor esconder as capas desses livros, Lewis sabe.

Mas desta vez tem uma mina realmente pedindo para vê-los.

Nem Peta entende bem aquele fascínio, aquela compulsão, o vício. Como, quando acampam, ele sempre enfia um ou dois volumes na mochila, cada um numa sacola de plástico separada. Mas ela é uma superatleta. Sempre esteve correndo rápido demais, ou saltando alto demais, para se deter numa leitura. Não é algo ruim sobre ela.

Continue se enganando, diz Lewis a si mesmo.

Continue se enganando e bata a bola enquanto sai da garagem, sob um claríssimo céu aberto. Fazia esse tipo de dia de novembro.

"Alguma coisa em particular?", pergunta Lewis a Shaney sem olhar para ela, a vista atraída pelo aro, dando um salto para arremessar. Tinha planejado uma cesta de tabela, para se exibir e para se igualar ao arremesso que ela havia feito com tanta facilidade, mas no último instante que salta tem de mudar os planos para manter a calça no lugar. Nada por baixo.

"Nada que eu não tenha visto antes", comenta Shaney. "Índio alto pisando na bola, quero dizer."

A bola quica para o lado das tralhas atrás da cesta. Lewis atravessa o entulho com os pés descalços para buscá-la e volta para o concreto por um caminho ainda pior.

"Intriga palaciana ou jornadas heroicas para salvar o reino?", pergunta Lewis. "Navios ou cavalos, elfos ou..."

"Não sei. Alguma coisa *empolgante*", responde Shaney. "O primeiro de uma série, talvez? Uma séria boa e longa. Algo que me prenda a madrugada inteira."

Será que ela nunca consegue falar uma coisa de cada vez?

"Tá falando sério?", questiona Lewis, passando a bola tão devagar que ela a arranca do ar no percurso, como se estivesse decepcionada com a fraqueza daquele passe sem graça. Sua camiseta ondulada agarra na bola pegajosa com o rápido movimento que ela faz para trazer a bola para junto de si, e aí, puta da vida, ela quica a bola alto e rapidamente amarra a camiseta nas costas, diminuindo a folga do tecido e pegando a bola de volta. Peta, nessas situações, normalmente enfia a camiseta por dentro do top, mas essa definitivamente não é uma opção para Shaney, Lewis pode ver.

"Ah", diz ela, acompanhando o olhar que Lewis acaba pousando sem querer em sua barriga.

É uma cicatriz enorme e grosseira, de cima a baixo, e não na horizontal como uma cesárea. É a cicatriz de uma cirurgia cardíaca, só que baixa demais para ser do coração, com bastante tecido e bordas bem irregulares. Será que aquilo fazia um par com seja lá o que tenha acontecido a seu olho e testa? Uma noite realmente ruim em vez de várias ruinzinhas?

Lewis quer perguntar sobre a batida de carro, ou se o bebê sobreviveu, ou se pegaram o responsável por aquilo, mas e se ela tivesse sido a única a sobreviver àquela desgraça? E se o bebê não tivesse resistido? Se o cara ainda estivesse por aí, sem nenhuma cicatriz?

"Pode falar", comenta Shaney sobre a própria cicatriz, "vai, já ouvi de tudo. Fui ao hospital ou ao açougue?"

Ela gira a bola entre a ponta de dois dedos, usando o polegar de motor, mantendo-a no meio de Lewis e de sua barriga. Mesmo com daquele blefe, ela não quer que ele fique olhando, ele percebe.

"Quase não dá pra ver", mente ele. "Ficou tudo... ficou..."

Os olhos dela saltam para a cesta, e sua não resposta é toda a resposta de que ele precisa. A história dela vem toda de uma vez à mente dele, composta pelas várias outras histórias que já conhece: ela era jovem, o clínico da emergência era um rejeitado pelo sistema de saúde norte-americano, e ela fugiu o mais rápido que pôde daquele caixãozinho, o que significa mais ou menos um tanque de gasolina de distância de sua reserva de origem.

"Sinto muito", diz Lewis. Não por ter visto a marca, mas pelo que quer que tenha acontecido.

"A gente vem de onde vem", retruca ela. "As cicatrizes são parte do negócio, né?"

Lewis dá uns passos para a quadra propriamente dita, entrando no jogo.

"Então você quer mesmo um livro?", pergunta ele, ainda pensando que aquilo é uma pegadinha.

"Eu *leio*, aham", diz ela, como se estivesse ofendida, erguendo um dos ombros e indo para cima dele batendo bola, então virando-se de costas como num convite. Algo que todo basqueteiro pode aprender sobre o jogo das garotas é aquele truque: virar a bunda para o defensor para proteger a bola e cortar por qualquer um dos lados. O problema é que os caras sempre levam aquilo como uma afronta ao ego, que é um golpe maior olhar para cima, encarar, então enganá-los da forma que bem entender. E talvez seja mesmo. Mas os caras acabam perdendo a bola muito mais vezes também.

Shaney joga o corpo contra Lewis, batendo a bola distante de si para que ele não a alcance.

Seria uma péssima hora para Peta aparecer, ele sabe. Daria na mesma se ele estivesse no bar encoxando uma mulher seminua que fingisse não saber jogar sinuca. Mas Peta não estava para chegar. Faltavam horas até que saísse do trabalho, e, mesmo quando saísse, ainda teria pela frente uma caminhada de uns bons dez minutos desde a estação, a mochila pendurada no ombro, o protetor auricular dependurado no pescoço e o mundo sendo apenas silêncio, depois de um dia inteiro de aviões acelerando em volta dela.

Peta.

Lewis promete manter seu nome em mente pelos próximos minutos.

Shaney se inclina para a direita, como se fosse sair pela esquerda, batendo a bola até chegar perto da cesta, onde poderia tentar uma bandeja, depois trocar de mão e ir com a bola baixa, naquele estilo, e nisso já está girando pela esquerda, e Lewis, como sempre, igual é com Peta, cai no truque. Shaney se esgueira por ele, algum treinador lhe ensinou mesmo um belo trabalho de pés, e a cesta já balança com a bola caindo.

"Tive que segurar minhas calças", protesta Lewis.

"Teve nada", devolve Shaney, batendo a bola garagem adentro, mas bem longe de ambos os Harley: o cão moribundo e a moto estacionada. "Agora, seu guarda, vamos a algo que me prenda."

Lewis leva um segundo para entender aquilo. E ele está perfeitamente ciente de que ela conseguiu infiltrar "algemas" em sua imaginação. Ele a conduz para dentro mesmo assim, uma das mãos agarrando a calça, e quando ele faz a volta para subir as escadas, vê Shaney ainda parada à mesa da cozinha.

"Blackfeet?", diz ela.

Shaney está prestes a tocar a pele de cervo embrulhada sobre a mesa, e ou ela acaba de dizer seu nome a Lewis, ou está perguntando se aquela pele vem da reserva.

"O quê?", pergunta Lewis, parando com a mão-que-não-segura-a-calça apoiada no começo do corrimão.

"Eu não sabia", comenta ela, olhando-o com um novo olhar. "Você é... você é um portador do fardo? Eles deixaram que você o trouxesse até aqui?

Pela expressão dele, ela explica: "É como se fosse um portador do cachimbo. Mas é um fardo, em vez disso".

"Ah, isso aí é só...", começa Lewis, mas não termina. "Não fui criado nas tradições."

"Acho que as tradições te encontraram mesmo assim", comenta ela, impressionada, quase tocando os pelos castanhos, mas recolhendo a mão como se temerosa do que podia acontecer, do que podia passar desse fardo Blackfeet para o seu ser Crow.

É só uma pele de cervo, Lewis não diz. Em parte porque ela já foi em direção ao sofá e pode ver aquele insulto aos cervos feito em fita crepe no tapete da sala. Shaney corre os olhos daquilo para ele, e outra vez para aquilo, e, sem dizer uma palavra, já está lá, com a fita crepe nas mãos, arrancando pedaços compridos e os colando na lateral do sofá. Parecem longas ripas de madeira cuidadosamente encurvadas.

Lewis também não diz nada, apenas se aproxima como se tivesse sido descoberto, uma centena de explicações possíveis se agitando em sua mente, todas ruins.

Movendo-se com confiança, Shaney cola as longas tiras ao tapete, não para acrescentar ao cervo, mas para dar-lhe algum preenchimento — aquele canal que seguia pelo interior que Lewis sempre viu em barracas e túmulos, aquele tubo correndo da boca direto ao estômago, por alguma razão que ele nunca tinha entendido. Por que o esôfago e o estômago seriam mais importantes que o coração ou o fígado?

"Agora sim", conclui Shaney.

Agora sim. Antes era uma ovelha esmagada. Agora... não era exatamente uma cervinha, mas o formato representava uma cerva melhor do que uma cerva de verdade, ali no chão da sala.

"Como você sabia?", questiona Lewis.

"Tá perguntando isso porque sou uma garota?"

"Era só uma maçaroca com patas", diz Lewis a ela.

Naquele instante, ela presta atenção na escada aberta na sala, no nada que acontece junto ao teto.

"Meus livros estão..." Lewis tenta, mas já não é mais uma visita à biblioteca.

"Por que fazer isso aqui, colado no sofá?", pergunta ela como quem não quer nada, virando-se para fitá-lo com os olhos sedentos. Shaney abre a mão sobre a cerva de fita crepe e deixa os dedos se estirarem por ali.

"Onde quer que eu tivesse feito, você faria a mesma pergunta", responde Lewis, enrolando.

"Mas você fez isso *aqui*, não em outro canto", devolve Shaney, sem confrontá-lo dessa vez, mas buscando respostas.

"É besteira", responde ele, sentando-se no terceiro degrau da escada. "Só uma coisa que pensei ter visto no outro dia."

Ela se reclina sobre o braço do sofá, com os olhos ainda cravados nele, e diz: "Que coisa?".

"Não é como nos livros", explica Lewis. "Quando você... quando você enxerga algo que não encaixa, tipo..."

"Como um lobisomem vasculhando uma lixeira", conclui ela no lugar dele, tomando, de cima da mesa de centro, o livro que Lewis tem lido e mostrando-lhe a capa, que é de... um lobisomem vasculhando uma caçamba de lixo, emporcalhando todo o beco.

Ele faz que sim, ainda mais envolvido, com as mãos em concha diante da própria boca e o hálito quente nas palmas das mãos.

Lewis vai mesmo contar a ela? Será que a gata do trabalho deve ficar sabendo de algo que sua esposa não sabe?

Mas ela sabia como completar aquela cerva no chão, não sabia? Aquilo devia querer dizer algo. E... Lewis se odeia por dizer isso, por pensar isso, mas lá está: ela é uma índia.

E, mais importante, ela está perguntando.

"Foi no inverno antes de eu me casar", começa ele. "Seis... não, *cinco* dias antes da Ação de Graças, sabe? Foi no sábado antes da Ação de Graças. A gente saiu pra caçar."

"A gente?"

"Os caras com quem cresci", responde Lewis, dando de ombros, como se não fosse o foco da história. "Gabe, Ricky, Cassidy... *Cass*."

Shaney balança a cabeça, indicando que ele está indo bem, e olha outra vez para a cerva de fita crepe. A sensação é que parece ser pelos dois, e então Lewis está falando, confessando, dizendo aquilo tudo pela primeira vez em voz alta, o que deve querer dizer que isso realmente aconteceu.

AQUELE SÁBADO

O céu cuspia aquelas bolinhas de neve duras que grudavam nos cílios meio femininos de Lewis, cílios que ele sempre tinha achado que eram normais.

"Tá de rímel, princesa?", caçoou Gabe, dando um encontrão no amigo. "Vai bater os cílios pra atrair os machos todos, é?"

"Você que me diz", devolveu Lewis, apontando com o queixo para os cílios já congelados do próprio Gabe.

Fora da reserva, as pessoas sempre achavam que Lewis e Gabe eram irmãos. Gabe, com quase um metro e oitenta, sempre foi um pouco mais alto, mas fora isso, sim, por que não? Fosse no tempo de John Wayne, Lewis e Gabe seriam escolhidos para morrer em meio a um tiroteio, seriam os índios 16 e 17 de quarenta. Mas Cass? Cass seria mais do tipo "ficar sentado em frente à tenda", do tipo "perfeito para o século xx", talvez até usando uma primeira versão dos óculos escuros de John Lennon. Ricky seria tipo Brutus, do *Popeye*, só que mais sinistro; se o pusessem diante de uma câmera, tudo que conseguiria interpretar seria aquele índio valentão encostado num canto e que ninguém confia que vá memorizar meia linha de fala. Entre Lewis, Gabe e Cass, ele era o único que conseguia deixar crescer uma barbicha, se aguentasse a fase dos pelinhos pinicando e não tivesse uma namorada na época. "Vai tomar no Custer",[1] era o que ele vivia dizendo, afagando meia dúzia de fios compridos que lhe corriam a partir das bochechas, feito Grizzly Adams.

Gabe se inclinou na direção de Lewis, fazendo beicinho e dizendo: "Um xavequinho talvez funcionasse melhor do que o que estam...", mas nessa hora Cass, que estava na frente do carro, ergueu a mão esquerda e os calou.

"Viu algo?", perguntou Ricky, voltando para perto.

Ele sempre perambulava mais longe, certo de que estavam perdendo a manada, que todos os cervos estavam em fila fora do campo de visão, de cabeça baixa para que a galhada não despontasse em meio à neve.

"Shh", fez Cass, apoiando um joelho no chão para ler os rastros feito um índio de verdade.

Pegadas.

Algum cervo tinha fuçado na caçamba, talvez porque lembrava que algumas picapes carregavam feno, e *sempre* sobrava feno ali atrás. Pelo menos até que um cervo alto o bastante se espichasse pela lateral do carro, com o pescoço comprido o bastante para enfiar até o cantinho atrás do último filete de feno.

"Pesados, esses bichos", comentou Gabe, abaixando para enfiar o indicador numa pegada funda de casco. Ele tinha uma técnica complicada pela qual descobria que o animal pesava não sei quanto se a pegada chegasse até a segunda falange, não sei quanto mais se passasse um pouco dela, mas Lewis nunca tinha acreditado naquilo.

"Eu disse que eles tavam aqui", comentou Ricky, olhando em volta como se pudessem fazer aqueles cervos simplesmente virarem na linha de árvores como se fossem veados-de-cauda-branca idiotas, abanando o rabicho e observando.

---

[1] Referência a George Armstrong Custer (1839-1876), general que atuou na Guerra Civil Americana e nas Guerras Indígenas nos Estados Unidos. [As notas são da editora.]

"Aqui" não queria dizer escondido de verdade, como se fosse no meio do mato, mas na metade do caminho, logo antes de Babb, lá perto do lago Duck. Com o tempo fechando, os cervos deviam estar saindo da floresta para esperar o fim da nevasca. A ideia era encontrá-los no meio do caminho.

"Mas que *bosta*", disse Cass, e Ricky respondeu o obrigatório: "Literalmente", passando sobre um monte escuro recém-feito, as pelotas mais fundas de um lado só, não em ambos. Nove entre nove vezes isso significava "macho" e não "fêmea".

"Estão tirando onda da nossa cara", observou Gabe, reacomodando a alça da espingarda no ombro.

"Cai dentro", gritou Lewis na direção dos cervos, então se posicionou no meio da trilha, com olhos acompanhando-os encosta abaixo, mais baixo, até…

"Merda", disse Cass, virando-se para chutar a neve.

"Eles sabem", falou Ricky, rindo, meio impressionado.

"Espertinhos, espertinhos…", disse Lewis, estourando uma bola de chiclete alto demais, levando Cass a lançar um olhar na direção dele, sem ter certeza se havia mesmo ouvido a palavra direito, mas também sem vontade de perguntar.

Gabe não disse nada, apenas continuou observando para onde os grandes cervos tinham ido — onde *estavam*.

"Alguém trouxe uma corda no kit de caça?", disse ele, com seu sorriso característico, aquele que quase sempre acabava lhe rendendo uma surra no fim da noite ou o sol nascendo quadrado no dia seguinte. Às vezes, as duas coisas. Cem anos antes ele seria o cara sempre em busca de confusão, sempre juntando um grupo para sair dos limites fronteiriços impostos, voltando às pressas para casa na manhã seguinte e deixando meio Estados Unidos de ponta-cabeça.

"*Não viaja*, cara", disse Ricky, com um olhar tão cortante que não deixava margem para dúvida. "Se pegarem a gente lá, vai…"

"É só a gente não ser pego, ué!", respondeu Gabe, olhando um a um aqueles rostos, como se contasse os votos de todos.

"Não podemos", disse Lewis a ele, referindo-se à área além dos limites. "Ricky tem razão, se Denny pegar a gente outra vez, ele v..."

"Mas não é justo", chiou Cass, dando um peteleco no ar e fazendo algo voar de seu dedo. "Aquela área é para os velhos caçarem, mas e se nenhum ancião caça mais, hein?"

"Os velhotes acordam cedo", arrematou Gabe, como se tivesse acabado de se dar conta do argumento brilhante. "Se fosse pra caçar nessa área hoje, já teriam vindo e ido embora. A gente só vai dar cabo daqueles que eles não conseguiram abater. Vai dar em nada. Cassidy tem razão."

"Cass", corrigiu Cass.

"Qualquer que seja o nome dele hoje, ele tá certo", afirmou Gabe, ficando do lado de Cass.

Não era como se a área dos anciões estivesse completamente fora dos limites, mas é que apenas eles — e uma única outra pessoa — podiam entrar e sair de lá de carro. Todo mundo mais jovem teria que chegar ali a pé, o que significava pelo menos duas horas de caminhada, e já era quase o meio da tarde. O sol se poria pouco depois das quatro, e a temperatura iria despencar com ele.

"Os anciões não são os únicos com a geladeira vazia", comentou Cass, claramente impaciente. "Enfim, a caminhonete é minha. Vocês três vazam, a responsabilidade cai em mim."

Quando Ricky não falou nada, Lewis apenas olhou ao longe, outra vez para a área dos anciões.

Era uma puta terra boa em volta do lago Duck, ninguém podia questionar isso. E Gabe conhecia cada estrada de terra, cada trilha, toda picada antiga que tinha sido alargada por carros e motosserras. E é mesmo uma merda ser o único índio sem um cervo.

"É o último dia da temporada...", lembrou Gabe a todos.

Tecnicamente, não era, mas era a última vez em que eles poderiam, todos juntos, passar um sábado feito aquele. Depois daquilo, ainda poderiam fazer uma pausa para o almoço sozinhos, comendo enquanto seguiam alguma estradinha onde alguém talvez tivesse visto passar um cervo. Ainda chegariam tarde *no* trabalho por causa de um rastro atravessando tal e tal regato. Mas Lewis entendeu o que Gabe estava dizendo, sacou seu argumento: no último dia da temporada as regras são diferentes. Pode tudo. Qualquer coisa que encha o congelador. Você já passou tantos dias no frio e na neve que é quase como se sentisse que o cervo lhe deve essa.

Incluídos nisso estão quaisquer alces e veados-mulas que possam cruzar seu caminho.

"Merda", soltou Lewis, percebendo que começava a ceder.

"Foi lá que você encontrou o Júnior, não foi?", perguntou Cass a Ricky, mas Ricky olhava outra vez para as árvores, sempre enxergando uma orelhinha balançar onde não havia orelhinha nenhuma.

Cass estava mencionando a vez em que Ricky achou Big Plume Junior boiando com a cara na água no lago Duck, e foi famoso em toda a reserva durante um fim de semana.

"Cala a boca", retrucou Ricky, com a maior expressão de caçador, aquela cara de índio de madeira de tabacaria. Ainda assim, Cass deixou passar.

Gabe aproveitou o silêncio para dar uma boa olhada no rosto de todo mundo, encará-los nos olhos e ver se estavam amarelando. "Bom, os cervos não vão se caçar sozinhos, cavalheiros", terminou por dizer, com certeza satisfeito com o que tinha visto. Ele pegou a espingarda para inspecionar o cano, uma regra de Cass desde que tinham aberto um buraco no assoalho de seu carro, o buraco pelo qual Gabe tentou convencê-lo de que agradeceria quando chegasse o verão, e é exatamente nessa cena que Lewis queria ter pausado o dia, congelando-o completamente e pendurando na parede com o título "Caçada" ou "Neve" ou "Cinco Dias Antes do Peru e do Futebol Americano".

Mas ele não podia. O resto do dia já estava correndo, já tinha quase acontecido bem no instante em que Gabe ficou vidrado colina abaixo, na direção onde disse ter visto os cervos.

"E ele tava certo?", pergunta Shaney, sentada apoiada nas pernas e com elas para o lado como se faz em seu povo.

Lewis dá uma risadinha triste e diz: "Sobre os cervos não se caçarem sozinhos?".

Shaney faz que sim, e Lewis desvia o olhar, dizendo que Ricky também estava certo.

"Sobre o quê?", questiona Shaney.

"Sobre pegarem a gente."

Como a caminhonete quadradona de Cass não tinha guincho, sempre que ele perdia a estrada de vista e atolava em algum lugar, todo mundo tinha que descer do carro, se revezar puxando o cabo de aço enquanto os outros dois enfiavam tábuas sob os pneus, tentando fazer mágica com o macaco, e alguém no volante pisava no acelerador e ia trocando o câmbio, fazendo a picape balançar.

Quase morreram umas quatro vezes, pelo menos, mas em todas ou o macaco frouxo mergulhava na neve macia em vez de num crânio duro, ou o cabo de aço ricocheteava contra a lataria em vez de bater na cara de alguém.

Era tão engraçado que até Lewis dava risada.

Era como se nada pudesse dar errado.

Quer dizer, claro, ele queria um cervo, queria muito, mas, ainda assim, é disso que se trata a caçada: você e uns camaradas se arrastando pela neve, gelo nas narinas, a luva direita perdida em algum lugar, as botas molhadas por dentro, Chief Mountain sempre um borrão no horizonte a noroeste, como se vigiasse aqueles Blackfeet imbecis.

Pelo menos até chegarem no lugar onde tudo aconteceu.

Era uma colina íngreme, a uns oitocentos metros do lago. A nevasca já vinha se formando, atiçando o vento. É a única coisa em que Lewis consegue pensar que explique por que os cervos não ouviram o Chevrolet de Cass batendo pino pela neve. Os esquilos comentavam o assunto, as poucas aves ainda por ali se incomodaram tanto que foram pousar em árvores bem, bem distantes, mas aqueles cervos, talvez pelo vento no focinho, pareciam distraídos, cuidando de pastar o máximo que podiam antes que tudo fosse soterrado.

Em retrospecto, Lewis diz a Shaney que a única coisa que poderia tê-los salvado seriam alguns cavalos, do tipo selvagem que sempre apareciam quando menos se esperava por toda a reserva, com os olhos arregalados e ariscos, caudas e crinas num novelo só. Se cinco ou seis deles tivessem surgido ali, em alguma missão cavalar importante, talvez tivessem assustado os cervos, ou pelo menos os teriam feito prestar mais atenção ao ambiente, ouvindo e farejando melhor.

Mas não havia cavalos naquele dia. Apenas cervos. E o que aconteceu foi o mesmo que vinha acontecendo a oitocentos metros: Cass saiu da estrada outra vez, mesmo com Gabe garantindo que era por ali, por ali, *por ali*. Em vez de dar ré e procurar a estrada novamente, Cass dirigiu *direto* para o caminho errado, pisando fundo, os pneus derrapando em busca de tração, e a única coisa que mantinha o carro em movimento era a ribanceira.

"Eu avisei, eu avisei...", disse Gabe, levantando a bunda do assento como se o peso dele fosse o motivo de estarem deslizando. Na parte de trás da picape, Ricky jogou o corpo adiante para ajudar no movimento. A seu lado, Lewis se perguntava qual era a punição por apenas *estar* na área dos anciões. Mas ele sabia: nenhuma, desde que você não estivesse armado. E se estiver? Denny joga a chave fora.

"A gente vai conseguir, a gente vai conseguir!", insistiu Cass, com uma das mãos no volante e a outra no câmbio, pronta para mudar a posição se eles tivessem a sorte de precisar dela. O que ele estava fazendo, não exatamente de propósito, era dirigir de uma parte da curva em S na estrada para a outra, jogando neve para tudo quanto era lado, os pneus fazendo um chuveiro de neve, e parte dessa neve nem mesmo caía no chão, voava com o vento para longe, tipo Cutbank ou Shelby — tão longe de lá a ponto de, naquele momento, ser apenas uma lenda, basicamente.

"Merda, merda", resmungou Lewis, agarrando com as duas mãos a alça do teto e esticando as pernas contra o chão do carro, mesmo sabendo que aquele era o jeito errado de passar por um solavanco. Mas fez pelo instinto de se agarrar a algo. Por três vezes passaram triscando um pedregulho gigante e musguento, largado no caminho por alguma geleira vinte mil anos antes. Uma hora ou outra eles iam receber uma bem na cara, né?

Mas, em vez de ser uma placa de PARE em granito, deram de cara com um espaço aberto e quase *mergulharam* nele.

Cass nem precisou pisar no freio, apenas deixou de acelerar.

"Que diabo é isso?", exclamou Ricky, incapaz de enxergar qualquer coisa do banco de trás. Lewis também não enxergava.

O motor estalou, e em seguida se fez um silêncio sepulcral.

"Boa...", reclamou Cass, aborrecido, tentando desembaçar seu lado do para-brisa, desistindo e por fim abrindo a janela, e Lewis apenas agradecia a qualquer deus que tinha ficado de olho neles: era para serem um destroço fumegante no fundo do barranco.

"Shh, shh", disse Gabe para todos, debruçando-se sobre o painel e olhando bem para baixo.

E aí.

"Quê?", pergunta Shaney.

E aí Gabe se esticou para apanhar a espingarda, agarrando-a com um dedo de cada vez, como se pegá-la com tudo fosse ser barulho demais.

O que Lewis recordava com mais clareza daqueles sessenta segundos, talvez dois minutos inacreditáveis, era o jeito como seu coração ribombava no peito, sua garganta sufocando... de medo? Era nisso que alegria e surpresa se transformavam quando chegavam de uma só vez?

Havia o suor instantâneo, a cabeça cheia de barulhos, os olhos captando luz demais para que o cérebro processasse. Era como se... Ele não tinha palavras para isso, na verdade. "Era a adrenalina de bater ou correr", dizia ele a Shaney, mas correr não era nem de longe uma opção. Era como ele sempre tinha imaginado que uma guerra seria: muito estímulo, tudo ao mesmo tempo, as mãos agindo quase automáticas porque tinham esperado aquele momento por tanto tempo que não permitiriam que ele o perdesse.

Nem Gabe.

Ele abriu a porta e se esgueirou pela neve, suave como se flutuasse, levando a espingarda.

Seguindo seu exemplo, ninguém disse nada, apenas foram atrás, Ricky saindo pela porta a seu lado, enquanto Cass tentava firmar a caminhonete, colocando o câmbio no modo "Estacionar" para que ela não rolasse ribanceira abaixo.

A porta de Lewis abriu num sussurro, feito fado, e quando seu pé direito tocou o solo granulado, que acabou se mostrando com sessenta centímetros de profundidade, ele seguiu caindo, indo bater com o queixo a um palmo do montinho de neve que o pneu da frente havia revirado. Mas não perdeu a compostura. Engatinhou adiante feito um soldado, com o apoio dos cotovelos, a espingarda levantada para manter o cano limpo.

E foi aí que a afobação tomou conta dele.

Ele já tinha visto manadas grandes no parque, em Two Dog Flat, em Babb durante a primavera, saltando à noite pela estrada, mas uma tropa como aquela, de corpos imensos e belíssimos contra o branco ofuscante, era algo de que jamais havia estado tão perto. Pelo menos não com uma espingarda nas mãos, e sem turistas em volta tirando fotos.

A arma de Gabe disparando era como um som distante, algo vindo do fim de um túnel bem, mas bem comprido.

Lewis, sabendo o que tinha de fazer para ser um bom índio, se lembrou de engatilhar a arma. E, tão logo o fez, posicionou a mira bem junto ao olho e já estava atirando, e atirando de novo, preparado para puxar o gatilho quando qualquer coisa marrom lhe cruzasse a mira. Quando passasse *perto* da mira — tinha como errar?

Não tinha.

Três tiros, e logo estava se mexendo, tateando os bolsos das calças atrás de mais balas, e o primeiro instinto dos cervos, treinados nas encostas, onde os estampidos ecoavam por toda parte por causa da queda diante da caminhonete, foi debandar ribanceira acima, onde deveria ser seguro.

Do outro lado do carro, Ricky lançava algum grito de guerra antigo, e Gabe talvez estivesse fazendo o mesmo, bem como Lewis, achava ele.

"Você não conseguia ouvir se estava ou não?", questiona Shaney.

Lewis sacode a cabeça dizendo que não, não se ouvia.

Mas lembrava bem de Cass de pé junto à porta escancarada, a espingarda apoiada na janela aberta, e ele atirando, atirando e atirando, parando apenas para recarregar, e recarregar de novo, uma cápsula voando no painel e indo cair, zunindo, na neve aos pés de Lewis.

"Dava pra alimentar a tribo inteira por uma semana com aquela carne toda", comenta Lewis, com os olhos em brasa. "Por um mês inteiro. Talvez até o fim do inverno."

"Se você fosse esse tipo de índio", observa Shaney, entendendo aonde ele quer chegar.

"Calma que piora", responde Lewis, por fim olhando a cerva de fita crepe no chão da sala.

No silêncio absoluto que se seguiu àquilo tudo, os quatro se viram parados bem na beirada pedregosa da ribanceira, a neve lixando o mundo, a tempestade quase que os alcançando, e Gabe — que sempre foi bom de olho — contou nove corpos enormes tombados na neve, cada um com pelo menos duzentos quilos.

E o Chevrolet de Cass era só uma picapezinha.

"Ca-ra-*lho*!", disparou Ricky, respirando fundo, sorrindo.

Aquele era o tipo de sorte que nunca os visitava, sobre a qual só tinham ouvido falar. Mas daquele jeito nunca. Nunca uma manada inteira. Nunca tanto quanto conseguiam derrubar.

"Tá tudo bem aí?", perguntou Gabe a Lewis, enquanto Cass, com o canto do dedo, enxugava o olho direito do amigo.

Sangue.

Antes, quando havia tido mira telescópica na infância — quando a mira tinha dado um tranco forte contra seu olho —, ele tinha sentido aquela onda de choque em câmera lenta, indo da frente da cabeça para trás. Aquilo fazia o cérebro parecer *gelatina* por um instante eterno, desnorteava a pessoa, e por isso nunca dava para entender como aquele coice no olho acontecia. A não ser o motivo óbvio: a mira colada ao olho na hora de puxar o gatilho.

Dessa vez, Lewis se lembrava de cada tiro, da bofetada do chumbo na carne a cada disparo, mas em nenhum momento havia sentido a força daquele coice repentino indo da frente para trás em sua cabeça.

Cinco anos depois, um dentista examinou seu raio x e percebeu o trauma nos ossos em volta do olho, perguntando se tinha acontecido num acidente de carro.

"Quase", havia respondido Lewis. "Era uma caminhonete."

Da última vez que viu o Chevrolet de Cass, estava largado junto a uma cerca de arame farpado bem ao norte de Browning, os eixos apoiados sobre blocos de concreto, o para-brisa afundado, o capô escancarado como se o carro berrasse. O motor ainda devia prestar, senão não o teriam roubado. Pneus e rodas tinham sido levados também. Pouco depois de Lewis abandonar aquela terra, algo que secretamente sabia ser para sempre, o primeiro bloco que dava suporte ao carro talvez tenha se desintegrado, Lewis imaginava, com um disco de freio todo enferrujado esmigalhando o concreto frágil, fazendo a picape parecer um cavalo ajoelhado, e depois daquilo seria só ladeira abaixo. A terra cobra o que a gente deixa para trás.

Mas, naquele dia, com aquele tanto de cervo, a caminhonete ainda estava na primeira ou, se muito, segunda idade, era nova e aventureira, dizendo aos quatro que era capaz de carregar quantos cervos precisasse. A bem da verdade, três cervos na caçamba de uma picape já seriam demais, já fariam o carro andar com a traseira rebaixada e a frente erguida, e os freios dianteiros perderiam qualquer utilidade.

Isso se aquele estúpido cabo de tração ajudasse, aliviasse o peso de tanto cervo encosta acima, e se quatro índios sem ganchos nem guindastes conseguissem empilhar o segundo e o terceiro animal por cima do primeiro.

"E foi aí que começou a nevar pesado", contava Lewis a Shaney, tocando o rosto com a ponta dos dedos como se pudesse sentir o gelo outra vez.

Ela não dizia nada, apenas observava, deixando assentar tudo aquilo. Não que ela quisesse saber, Lewis achava, mas... era como se ela soubesse que ele tinha de contar a história? Contar *para alguém*, pelo menos?

"Lá vai o salto do búfalo!", gritou Gabe, arremessando-se no ar da ribanceira, aterrissando de bunda e escorregando direto até aquela montanha de cervo morto e moribundo.

Lewis, Ricky e Cass foram atrás, desembainhando as facas e serras, e colocaram mãos à obra. Em cinco minutos ficava claro que conseguiriam apenas os quartos traseiros — flocos graúdos de neve já pousavam sobre os cortes vermelhíssimos dos corpos, dissolvendo-se instantaneamente pelo calor da carne. Mas em pouco tempo os flocos conseguiriam a vantagem e começariam a se acumular uns sobre os outros em vez de derreter, transformando aquelas carcaças em bichos de pelúcia esviscerados, com as entranhas todas para fora.

Gabe e Cass se juntaram para tratar do único macho que havia tombado, tentando conservar sua pele já que Gabe conhecia um taxidermista amador que faria o serviço em troca da carne, desde que pudesse escolher os cortes. Ricky fazia um monólogo sobre como aquela quinta-feira, Ação de Graças, ia ser um feriado *de índio* naquele ano, com os quatro chegando com aquela caça toda.

"Clássica Ação de Graças", disse Gabe, dando um nome apropriado ao que tinha acabado de acontecer.

Cass soltou um berro, reforçando aquele nome.

Lewis ergueu as mãos sobre a cabeça assim que terminou de despelar uma das fêmeas em tempo recorde — era um movimento de rodeio, estava em seu DNA — e passou para a seguinte, a jovenzinha, mas assim que se ajoelhou para cortar da pélvis ao esterno, ela estirou as patas e tentou se levantar da neve.

Ele caiu para trás e pediu a espingarda de Cass. Mas em nenhum momento tirou os olhos daquela cerva. Seus olhos eram... eram... Cervos não costumam ter olhos castanhos? Os dela eram mais para o amarelo, quase isso, ficando amendoados nas bordas.

Talvez porque ela estivesse apavorada, sem saber o que estava acontecendo. Sabendo apenas que doía.

O tiro que a derrubara havia atingido o meio do lombo, perfurado o corpo e partido a espinha. Então suas patas traseiras estavam mortas, e as tripas deviam estar um caos total também.

"Eia, eia!", soltou Lewis, sentindo, mais do que vendo, a espingarda de Cass cair na neve à direita de suas pernas. Ele tateou o chão atrás dela, a cervinha ainda se debatendo, borrifando vermelho pelas narinas, os olhos arregalados profundos e brilhantes.

"E eu não conseguia achar uma *bala*", conta Lewis a Shaney. "Imaginei que tivessem acabado, que eu tinha gastado todas ao pé do carro naquela maluquice."

"Mas ainda tinha uma", completa ela.

"Duas", corrige Lewis, baixando o olhar para as próprias mãos.

Daquela distância não precisava da mira nem nada.

"Desculpa, garota", disse ele, e, tomando cuidado com o olho ferido, ergueu a arma e puxou o gatilho.

O barulho foi colossal, indo bater na encosta e ecoando de volta com tudo.

A cabeça da cervinha caiu para trás como se fosse de mola, e ela afundou na neve.

"Desculpa", disse Lewis outra vez, em voz mais baixa para que Cass não escutasse.

Mas aquilo era apenas uma caçada, ele tentou se convencer. Era apenas má sorte para os cervos. Deviam ter ficado a favor do vento. Deviam ter se afastado para a parte da reserva que os caçadores não frequentavam — onde não dava para ir de *carro*, pelo menos.

Depois do tiro, Lewis olhou em volta procurando algum toco de galho ou um lugar para pendurar a espingarda, mas um ruído levou sua atenção de volta à cerva.

Era o barulho de neve sendo esmigalhada.

Ela o encarava outra vez. *Não* estava morta. A respiração estava pesada e irregular, mas continuava ali de algum jeito, mesmo que parecesse impossível. Impossível depois de ter a espinha partida e metade da cabeça destroçada.

Lewis deu um passo largo para trás, involuntariamente, e foi ao chão, apoiando a coronha da espingarda na neve antes de cair de bunda, porque não queria que a arma acabasse caindo de mal jeito e arrancando metade de sua cara.

O lance era que ela tentava se erguer de novo, como se não tivesse meia cabeça faltando, a coluna quebrada, como se não devesse estar morta, como se não tivesse mesmo que estar morta.

"Que diabo?", exclamou Cass. "Minha espingarda não tá *tão ruim* assim, cara."

Ele riu, recostando-se na fêmea enorme que insistia ter abatido. Lewis estava com a perna direita estendida na neve, tateando todos os bolsos atrás de mais uma bala, por favor.

Ao encontrar uma, ele carregou a arma e mexeu na alavanca para ter certeza de que o cartucho estava seguro. Dessa vez, conversando com a cervinha o tempo inteiro, prometendo que aproveitaria todo o seu corpo se ela jurasse, por favor, *morrer*, Lewis chegou com o cano bem junto ao focinho dela, para que o tiro rebentasse a parte de trás do crânio e seguisse pelo lombo onde ela já tinha sido atingida.

Seu único olho amarelo ainda o vigiava, com o direito descontrolado, a pupila dilatadíssima olhando para sabe-se lá onde, vendo algum lugar que ele não enxergava a menos que se virasse.

"Então foi ali que coloquei a arma dessa vez", explica Lewis a Shaney. "Pensei que... Não sei. O primeiro tiro devia ter passado de raspão na cabeça, né? Parecia pior do que era. Então na segunda vez não quis dar chance para o azar. O olho era quase como um túnel, um túnel para *dentro* dela."

Shaney nem mesmo pisca.

"Você ia ser durona, não ia?", disse o Lewis de antigamente, com o lábio inferior já estremecendo, e então puxou o gatilho.

A espingarda de Cass voou da mão de Lewis e a cerva tombou *de novo*, e o que ele remoía na cabeça, o que dizia a si mesmo para se convencer mesmo sendo um índio, mesmo sendo aquele grande caçador nato, o que ele pensava para amenizar as coisas, para poder levar o minuto seguinte, a próxima hora, era que atirar na cerva era como enfiar uma bala num monte de feno, como arrancar uma folhinha de grama, como pisar num gafanhoto. O bicho nem mesmo sabia o que estava acontecendo, os animais não tinham esse tipo de consciência, não do mesmo jeito que as pessoas.

"E você acreditou nisso, não acreditou?", pergunta Shaney.

"Por dez anos", responde Lewis. "Até vê-la outra vez, bem aqui."

"Ainda morta?", questiona Shaney, sentando-se no segundo degrau da escada, pondo uma das mãos no joelho dele, e é bem daquele jeito que os dois estão quando Peta entra pela porta.

SEXTA-FEIRA

Quando o Expresso Trovejante passa troando às 2h12 da manhã, a mente sonolenta de Lewis transforma o martelar das rodas em cascos estrondosos, galopando cada vez mais rápido em algum lodaçal, até que ele acorda no susto por causa de... *quê?*

Seu reflexo é pensar que o trem arremessou alguma pedra contra a cerca, tirando uma tábua do lugar e fazendo com que girasse no eixo feito um desenho animado, mas não foi o trem que fez nada daquilo, percebe ele. Foi uma... *corrente*? Ele se levanta quando aquela palavra se encaixa com o que está diretamente abaixo do quarto: a garagem. O barulho que o fez acordar com um salto foi o da correia do portão da garagem correndo no próprio trilho, o motorzinho roncando e puxando.

E o portão da garagem somente se abriria se alguém apertasse o botão. E Peta não está a seu lado na cama, está?

Lewis senta na beira da cama, pondo os pés no carpete, a cabeça tentando se arrastar à funcionalidade. Quando encontra equilíbrio suficiente, veste a mesma calça vagabunda de moletom, vai buscando o caminho do quarto até a escada, a mesma em que Peta o flagrou com Shaney. Eles não estavam fazendo absolutamente nada, mas mesmo assim, né? Lewis fez questão que Shaney fosse embora com um carregamento de livros, uma série completa, para provar a Peta a razão de ela ter ido lá, mas o tempo inteiro, enquanto empilhava livros nos braços de Shaney, sentia como se a emenda estivesse pior que o soneto, como se tentasse esconder um cadáver no jardim jogando mais oito cadáveres por cima.

E, além disso, Peta tinha acreditado na história, tinha isso também. Houve um instante em que tudo certamente podia ter se desenrolado de um jeito diferente, mas a razão por que não se desenrolou, como ela contou depois, estava no olhar dele. Lewis nem mesmo estava naquela escada, não de verdade.

De todo modo, ele sabe que Peta se magoaria menos se flagrasse os dois de calça arriada. Aquilo teria sido melhor do que Lewis contando a outra mulher algo assim tão íntimo, tão pessoal, tão secreto. E que ele estivesse contando a história da cerva para outra *índia*, algo que Peta jamais poderia ser, mesmo correndo tanto, mesmo saltando tão alto, deve ter sido a última punhalada. A mais funda, pelo menos. A que ela ainda estava tentando cuidar.

Na quinta, nas pouquíssimas vezes em que os dois se encontraram, Peta foi cordial, mas não foi ela mesma. Não era como se tivesse alguma coisa para falar, mas sim que não tinha. E agora tinha saído da cama às 2h, logo ela que valoriza cada minutinho de sono que consegue aproveitar antes do alarme soar às 5h.

Descendo a escada, segurando a própria calça, Lewis ultrapassa sem querer o último degrau e cai para a sala, prendendo o tecido na borda da fita crepe, e só porque não ela tem qualquer relação com um cronograma humano, aquela lâmpada estúpida pisca bem na hora. Tudo por causa dos tropeços de Lewis? É *aquilo* que a liga? Ou é a reverberação do portão da garagem que a faz piscar?

Mas antes do mistério da lâmpada vinha o mistério da esposa.

Lewis abre a porta que dá para a garagem quase com reverência, e a luz acoplada ao motor do portão ainda está acesa porque faz menos de quarenta segundos que a garagem foi aberta. Sentada no pavimento de concreto no limite da claridade daquela luz, com os joelhos colados no peito e os braços em volta deles, o cabelo loiríssimo desaguando pelas costas, está Peta de camisola, meias e com o elástico de cabelo no pulso esquerdo, parecendo uma menininha.

Ela andou chorando. Lewis não precisa ver o rosto dela para saber. É capaz de afirmar só pela curva de suas costas.

Ele pisa no chão de concreto frio da garagem, indo até ela, e é então que vê.

Harley, só que não. Não mais.

Aquele cachorro fofinho que teve quando criança, cuja cabeça foi atingida pelo coice de um cavalo? É o mais próximo do que aconteceu a Harley. Com a diferença que o outro levou um golpe rápido, caiu de uma vez só, de modo que ninguém que estava assistindo ao desfile sequer entendeu o que tinha acontecido por alguns segundos.

Mas esse — esse é um cachorro que foi *pisoteado* por um cavalo, e o cavalo devia estar acertando as contas, porque caiu com tudo e pisoteou o cachorro até não sobrar nada, até ele virar uma pasta vermelha, uns dentes aqui, carne e ossos ali, os pelos se emaranhando em tudo.

O vômito sobe à boca de Lewis antes mesmo que ele se dê conta. É quente, ralo e já se derrama em suas mãos, como se o mais importante fosse evitar que o líquido caísse no chão da garagem. Assim que sente a gosma entre os dedos, ele engasga, se tremendo todo, botando os bofes para fora debaixo da cesta de basquete, com as calças já caídas nos calcanhares.

Provavelmente não é uma visão agradável, mas Peta também não está olhando. Quando enfim consegue parar, ele sobe as calças de volta e apoia a testa no poste descamado da cesta de basquete, procurando algo que lhe dê apoio.

"Não tô entendendo", diz ele.

"Ele tá morto", responde Peta, com um tom de obviedade.

Sim. *Mas*, é o que Lewis não diz.

Se a porta estava só dez centímetros aberta, para circular o ar como ele costumava deixar, então... então: "O que pode ter feito isso?".

Peta lança um olhar do fundo de sua tristeza e diz: "Que tal ligarmos pra sua colega de trabalho e perguntar?".

Lewis merece aquilo, ele sabe. "Colega de trabalho" foi como chamou Shaney por alguns minutos depois de tê-la botado porta afora, carregada de livros.

"Não, melhor não", diz ele, limpando as mãos na terra. "Nem tenho o número dela."

Mas então ele percebe que tem, sim, não tem? Naquele tal diretório de trabalho, aquele novinho.

"O que pode ter feito isso com ele?", pergunta Lewis, sentando-se ao lado de Peta.

Ela se afasta um pouquinho, como se estivesse abrindo espaço para ele. Como se aquele pavimento de concreto sarapintado de óleo, aquela garagem para dois carros, fosse muito estreito.

Não: como se ela não quisesse ser tocada por ele.

"Não foi culpa dele", diz Peta, olhando para o nada ao redor, "ele era apenas um cachorro" — isso é mesmo uma resposta?

Sem querer, Lewis olha para os pés com meias de Peta.

Sem sangue, vivo ou seco.

Também sem cascos.

Mas o portão, ele estava apenas *dez centímetros* aberto. E Peta precisaria *levantá-lo* para poder sentar fora de casa com seus pensamentos. A única explicação era que um dos dois havia esmagado Harley, ou tinha sido outra pessoa... ou outra *coisa*.

Lewis anda um pouco, com o coração batendo forte no peito, e investiga a gruta escura da garagem atrás de uma figura alta e corpulenta que esteja pegada à parede, escondida apenas o suficiente, os olhos amarelentos sugando toda a luz.

Não foram cascos de cavalo que fizeram aquilo a Harley, disso ele tem certeza. Foi um cervo. E ele sabe disso porque já passou da meia-noite, e isso quer dizer que já é *sábado* — exatamente uma semana antes do aniversário de dez anos da Clássica Ação de Graças.

"Não sei se a gente deve continuar aqui", diz ele.

Peta nem se mexe.

"Casa nova é assim mesmo, demora pra se acostumar", observa ela, sendo racional como sempre. "Lembra daquela com sótão?"

Aquela que Lewis tinha certeza absoluta de que era assombrada. Aquela onde ele pregou uma tábua no alçapão do teto que dava acesso ao sótão, para o caso de alguma coisa querer sair de lá e aparecer a seu lado na cama. Ou em qualquer lado. *Índios são medrosos,* ele tinha explicado a Peta. É basicamente o que ele tem para dizer agora também.

"Não consigo dormir", comenta ele.

"Você tava dormindo cinco minutos atrás."

"Por que você levantou?", questiona Lewis, olhando a lateral do rosto de Peta.

"Pensei ter ouvido alguma coisa", explica ela, dando de ombros.

"Harley?", pergunta Lewis, porque é o óbvio.

"A escada", responde Peta, fazendo Lewis suar frio.

Ele respira, longa e tremulamente.

"Eu não te contei a história inteira sobre a... a tal *caçada* porque não queria que ficasse com isso na cabeça", conta ele.

Isso faz com que Peta o encare. Uma desculpinha furada feito essa ainda assim merece toda sua atenção.

"Você não gosta de ficar ouvindo sobre... animais", complementa Lewis.

"É sobre você", retruca ela sem hesitar. "É sobre quem *você* é."

"Não cheguei a contar o final da história pra ela", continua Lewis, a voz quase um chiado.

Peta ainda o observa. Ainda espera.

"Tem certeza de que quer saber?", pergunta ele.

"Você se casou com quem?", responde ela. "Com ela ou comigo?"

Lewis meneia a cabeça, levando o golpe, e se entrega outra vez à história, começando a contar como, ao estripar aquela cerva, ao cortar aquele animal que parecia não saber que estava morto, o que se esviscerou sobre a neve foram suas tetas. Eram de um azul claro, cheias de músculos e veias, os ductos ainda intactos e funcionando.

Era jovem demais para estar prenha, provavelmente a gestação não aguentaria até a primavera, e o filhotinho também era muito pequeno para sobreviver, mas mesmo assim — *por isso* que ela lutou tanto, ele soube na hora, e ainda sabia. Não importava que estivesse morta. Tinha de proteger sua cria.

E aquela cria, aquele embrião ou feto, aquele *bezerro,* continuava todo envelopado dentro dela, a cabecinha enfiada entre suas costelas como se fosse encarar Lewis naquele momento de carnificina de sua mãe, como se fosse se botar de pé sobre os quatro cambitos e ir embora, crescendo em tamanho, mas sem nunca se desenvolver, assim acabaria sendo um feto de trezentos quilos com olhões aquosos e a pele finíssima, sempre em busca da mãe morta.

Quando Cass não estava prestando atenção, que foi quase o tempo inteiro, Lewis usou a coronha da espingarda para cavar um buraco na terra congelada, aninhando no chão aquele bezerrinho incompleto que se saracoteava, cobrindo-o o melhor que pôde, e então — mesmo com a tempestade chegando, carregando montanhas e montanhas de neve — insistiu para que carregassem aquela mãe cervo do jeito certo, sem descuido.

Nada iria estragar. Nenhum pedaço seria desperdiçado.

Ele arranjou um galho grosso na mata, quebrou seu esterno usando apenas a faca — era tão novinha que nem mesmo precisava da serra — e partiu sua pélvis como quem arranca as asas de uma borboleta, fincando o galho em seu peito para mantê-lo aberto. Para ter certeza de que aproveitaria todas as vísceras, até o último pedaço do pulmão, debruçou-se sobre ela feito uma criança na primeira caçada, cavoucando o quanto podia, e quando por fim se levantou dali, tirando o galho do peito do animal, Gabe estava de pé a seu lado, apenas observando.

"Hoje é só o traseiro, Super Índio", disse ele, sorrindo, com um pernil enorme sobre o ombro, como se fosse o Fred Flintstone, agarrando com uma das mãos a pata escura enquanto sangue gotejava nas costas de seu casaco.

Lewis não mordeu a isca. Apenas seguiu trabalhando.

A parte seguinte de sua promessa à cervinha era a peladura, um tipo de trabalho que exigia pendurá-la pelas patas na viga de algum barracão, com um rádio tocando sobre a bancada. Mas o que ele *tinha* era apenas uma faquinha vagabunda que estava bem afiada no começo, mas logo havia ficado cega, e, no final de tudo, Gabe, Ricky e Cass estavam ali perto só assistindo, com a neve se aglomerando nos ombros sem nem sequer derreter mais em seus cabelos.

E Lewis talvez estivesse chorando àquela altura, admite ele a Peta. Ele não conta isso para gerar pena, mas apenas porque não contar pareceria uma mentira.

"O que Gabe e o resto disseram sobre isso?", quer saber Peta, com a mão no braço dele, porque ele está tentando não chorar *agora*, está tentando não ser tão bobo, tão carente.

"Eram meus amigos", diz Lewis, meio engasgado e tentando se controlar. "Eles não... não disseram nada."

Peta estica a mão para tirar da testa de Lewis um pedacinho de tinta da trave de basquete, e então o puxa para si, as mãos segurando seu rosto, e aquilo tudo, ela, é seu lar, e não é nada assombrado, nem um pouco. É ali que ele quer viver para sempre.

Mas ele *ainda* não contou tudo sobre aquele dia.

A parte que não conseguiu contar antes e só consegue dizer agora, envergonhado por ser esse adulto chorão, tem a ver com os quatro arrastando com esforço aquela jovem cerva ribanceira acima, finalmente usando o cabo de resgate depois de desatolarem a caminhonete, mesmo aquela beirada sendo o lugar exato da reserva onde sopra todo o vento do mundo como se fosse o apocalipse.

Mesmo sem fazer sentido, e gastando a força de vinte passos para dar um único passo ladeira acima, a cervinha chega lá no alto, intacta, mas os quatro estavam suando mesmo naquele frio. E nem Gabe, nem Rick, nem Cass sequer perguntam a Lewis por que aquilo é tão importante. Também não o culpam quando veem Denny Pease com seu quadriciclo de fiscal de caça parado junto à picape, encarando um por um como se estivesse impressionado por eles terem achado que escapariam dali com algo daquela grandeza bem em seu turno. Não faz mal. A neve já está alta demais, e caindo cada vez mais. Sem o rádio de Denny para chamar ajuda, a caminhonete ficaria atolada, Gabe, Cass, Ricky e Lewis não seriam encontrados até a primavera, e Lewis jamais conheceria Peta, nunca ganharia Harley, nunca trabalharia no correio nem construiria sua Road King.

A condição que Denny estabeleceu naquele dia foi a seguinte: ou os quatro largavam aquelas belíssimas caças ali mesmo no barranco, pagando *nove vezes* a multa pelo que haviam feito, sem contar os cervos que tivessem fugido feridos e estivessem agonizando mata afora, ou largavam a carne de caça ali no barranco e penduravam as chuteiras de vez, para nunca mais caçar na reserva. Feliz ação de graças antecipada, gracinhas!

Era um preço até que baixo a pagar. Não era como se Lewis fosse ter coragem de atirar outra vez em animais daquele porte. Não depois daquela guerra franca contra os cervos. A loucura, o calor do momento, o sangue nas têmporas, a fumaça subindo, aquilo era igual — essa era a razão pela qual ele mais se odiava —, aquilo provavelmente era igual a um século atrás, ou mais, quando o exército se organizava nas bordas dos penhascos sobre os acampamentos Blackfeet e sentavam o dedo no gatilho, terraplanando aquele novo território para a própria ocupação. Fertilizando-o com sangue. Plantando ali mesmo batatas que virariam porções de fritas, para então revender esses cubinhos crocantes e oleosos nos *powwows*.[1]

Mesmo depois de aceitar a segunda opção de Denny — nunca mais caçar na vida —, tudo em que Lewis podia pensar, parado ali, era naquela cervinha a quem dedicara tanto tempo. Ela estava dura feito pedra no chão entre eles, sem pele e cercada pelas patas que haviam serrado.

"Podemos ficar com esta, pelo menos?", pediu ele a Denny, enquanto Gabe já estava na beira do barranco para lançar a coxa de seu cervo direto no vazio, para ser devorada pela tempestade.

Como num ritual, Cass se adiantou e tacou sua pata ribanceira abaixo, então foi a vez de Ricky, sua coxa voando o mais alto antes de desaparecer, e os cinco acompanharam a queda até não poderem mais.

Denny encarou Lewis, pensando em seu pedido, e depois correu os olhos para a cerva, os músculos à mostra, um rombo no dorso, a cabeça quase despedaçada. Lewis, na garagem, bem depois de meia-noite, estremece contra o corpo de Peta. Não porque Denny tinha dado de ombros, tipo dane-se, sobre a cerva, mas porque Harley estava morto,

---

[1] Encontro entre diversas nações indígenas. Atualmente, o termo também é utilizado para indicar reuniões entre amigos.

não era? E não só morto, mas assassinado, e de uma maneira terrível. Era para *Lewis* ter sido pisoteado pelos cascos daquele cervo, Lewis sabia disso, era *ele* quem devia pagar pela morte dela. Não Harley.

"Não sei o que tá acontecendo", diz ele com o rosto contra o peito de Peta, os dedos agarrando sua perna, com seus músculos de corredora todos lá, e provavelmente estarão para sempre.

"Alguma coisa deve ter entrado aqui", responde ela, falando de Harley.

Ela está certa, sem dúvida, mas a questão não é se algo entrou ali, mas *quando* entrou.

Lewis respira fundo e se levanta de uma só vez, fingindo convicção, e se embrenha na lateral da casa procurando uma pá.

Peta fica olhando da beirada do calçamento, de braços cruzados, preocupado.

"Sinto muito", diz ela. Sobre tudo — a cerva, Harley. Talvez até sobre Shaney.

Quando Lewis volta, meia hora depois, Harley já está na cova mais funda do que precisava, com um cobertor e um saco de dormir para mantê-lo aquecido, e ele enfim despe aquelas calças inúteis e as arremessa no lixo da cozinha, e então repara no bolo de fita crepe amassada que está ali também.

Peta havia tirado a cerva do chão da sala. *Que bom*, pensa ele, nu ali, com o peito pesado, *que bom*.

Mas a sensação não é nada boa.

SÁBADO

Para manter as mãos ocupadas, e, se tiver sorte, a cabeça, Lewis alça a moto no suporte e se prepara para desmontá-la, limpar cada parafuso, conferir todas as conexões, revisar os cabos de freio e embreagem, deixá-la feito nova, tinindo, tinindo.

    Ele acaba de passar talvez uns cinco minutos inteiros sem a imagem de Harley assombrando sua mente quando duas viaturas de Great Falls aparecem, estacionando os carros cruzados na saída da garagem. Lewis continua mexendo no cabo de vela como se aquilo fosse tudo com o que se importasse no momento. Os policiais se aproximam, mais espalhados que um tiro de escopeta. O motivo para se espalharem tanto, Lewis sabe bem, é que ele está sentado numa garagem escura, sem camisa, com o cabelo desgrenhado sobre o rosto e não fez qualquer menção de sair para falar com eles, o que os forçou a ir em sua direção.

    "É seu nome mesmo?", pergunta o primeiro.

    "Tipo, de verdade?", completa o segundo.

    "O que desejam?", indaga Lewis, as mãos à vista sobre o chassi da Road King. Se bem que, naturalmente, eles podiam lhe dar uma coronhada só por estarem a fim, e depois escrever no relatório que ele parecia ter uma arma escondida sob a moto.

"Viemos por causa do seu cachorro assassino", diz o segundo policial.

"O que ele fez?", pergunta Lewis.

"De acordo com a equipe de emergência", declara o primeiro guarda, olhando para seu caderninho como se conferisse algo, mas claro que não confere nada, "um cachorro neste endereço mordeu o rosto de um homem."

"Silas", Lewis dá de ombros. "Isso é entre nós dois, não?"

"Não quando envolve o hospital", explica o segundo policial. "Temos que conferir se o animal é uma ameaça à segurança pública."

"Vocês são polícia de gente ou polícia de bicho?", questiona Lewis, se levantando e fazendo os policiais darem um passo tático de recuo, as mãos de repente pairando na cintura ao lado direito.

"Somos *a polícia* e queremos ver seu *cão*", diz o primeiro policial, com um tom na voz que não diz exatamente que aquilo vai dar merda, mas que ele meio que torce para que dê, sim.

"Querem vê-lo mesmo?", pergunta Lewis.

Ele os guia até a cova batida no fundo do quintal, aos pés da cerca junto aos trilhos, explicando que enterrou Harley naquele lugar porque ele gostava de latir para o trem. Eles perguntam o que aconteceu com ele. Em vez de contar que algum cervo de sua reserva o seguiu até ali, no que parece ser a maior trama de vingança de todos os tempos, e em vez de contar a *segunda* opção, que é que havia algo na casa mesmo antes de ele se mudar, algo que está usando suas próprias memórias e sentimento de culpa contra ele, Lewis apenas dá de ombros.

O que ele também não conta é que sempre existe a possibilidade de estar pirando, simples assim. De que todo o acúmulo de medicação que ele usou após a caçada ao longo dos anos é algo que está bagunçando sua cabeça. Ou que os coices da mira naquele dia em meio à neve foram piores do que ele imaginava e tinham descolado algo em seu cérebro que só agora estava aparecendo.

"Não quer contar porque você mesmo apagou o cão e quer evitar que eu peça o número de série de uma arma que pode estar sem registro?", questiona o primeiro policial.

"Espingarda de caça não precisa de registro", retruca Lewis, "precisa?"

"Você disparou uma espingarda de caçar veado no meio dessa vizinhança toda?", pergunta o segundo guarda, aparentando preocupação.

"De caçar cervo", corrige Lewis. "E não, não disparei no meio dessas casas todas, não. Ele se enforcou na cerca, tentando saltar."

"Ele", diz o segundo policial.

"Harley", completa Lewis.

"Que nem sua moto", diz o segundo guarda.

Lewis nem se dá o trabalho de comentar.

"Essa que você também está desmontando", continua o segundo guarda.

"O que quer dizer com isso?", pergunta Lewis.

"O que vai fazer com isso?", rebate o primeiro policial, de pronto.

Lewis passa as mãos pelos cabelos, e nisso os policiais já sacaram as armas e assumem aquela pose de tiroteio que adoram.

Devagar, um dedo por vez, Lewis baixa as mãos outra vez junto ao corpo.

Lidar com a polícia é como estar perto de um cavalo chucro: é bom evitar movimentos bruscos e qualquer coisa reluzente ou barulhenta. Nada de piadas.

Ainda assim, Lewis se inclina um pouco e balança os cabelos, garantindo que não tem arma alguma consigo.

"Vai abrir a cova?", pergunta o segundo policial, guardando a arma.

"Posso abrir", responde Lewis, cutucando com os pés a terra revirada daquela cova.

"Você precisa de autorização para enterrar em propriedade privada", explica o primeiro guarda. "Senão todo mundo ia enterrar os bichos no parque ou no jardim do vizinho pra não estragar o próprio gramado."

Lewis corre o olhar pelos trilhos serpenteando na terra nua e pergunta: "Acham que a companhia ferroviária vai reclamar?".

"Podemos averiguar", responde o primeiro guarda, também guardando sua arma.

"Tá bom", diz Lewis.

"Talvez precisemos ver o animal também", insiste o segundo policial. "Para confirmar."

"Que ele morreu?", pergunta Lewis.

"Que ele não está escondido em algum lugar", responde o segundo guarda.

"A menos que queira nos dar permissão para checar a casa", complementa o primeiro policial.

Lewis quase engasga numa meia risada, sacudindo a cabeça como quem diz "não, muito obrigado" àquela batida policial. Apenas por questão de princípios.

"Ele latia muito", comenta ele sobre Harley. "Vocês teriam ouvido quando chegaram de carro."

"Voltaremos em breve", assegura o primeiro policial. "Ou com os documentos para revistar o local ou com a resposta da ferrovia."

"Ou pra exumar meu cachorro", completa Lewis, índio burro que é.

"Ou isso", concorda o segundo guarda, e nisso os três seguem para onde tudo começou.

Lewis senta-se outra vez no engradado roxo junto à Road King.

"Você não devia estar no trabalho?", pergunta o segundo policial, despedindo-se, já com os óculos espelhados no rosto.

Lewis dá de ombros, debruçado sobre o chassi da moto e enrolando uma mangueira de vácuo.

"Algo mais que queira nos dizer, senhor?", pergunta o primeiro.

"Sinto falta do meu cachorro, é isso", comenta Lewis, e como se aquelas fossem as palavras mágicas, a viatura vai embora. Mas vão voltar. Porque polícia é exatamente do que Lewis precisa na vida. Como se já não estivesse com a cabeça ruim o suficiente sem ter que parecer um cidadão de bem só para agradá-los.

Ele vai à cozinha pegar um sanduíche e come de pé junto à pia para não espalhar migalhas no chão, então, quando retorna à Road King, dois dos livros que emprestou para Shaney estão depositados no engradado roxo, como se ela tivesse aparecido na garagem enquanto ele se apoiava na pia comendo salgadinhos direto do pacote. Ele toma os livros nas mãos e examina as lombadas. Os dois primeiros da série. Lewis dá um sorrisinho, talvez o primeiro em dois ou três dias. Queria poder voltar no tempo e ler tudo de novo pela primeira vez. Queria ter concentração naquele momento para ler qualquer coisa.

Em vez disso, o que não consegue parar de pensar é o seguinte: por que agora? Por que essa cerva, se for uma cerva, por que ela esperou tanto tempo para vir atrás dele? Só para que ele tivesse tempo de viver uma vida normal, reunindo pessoas e coisas com as quais se importava, para que ela pudesse arrancar isso dele do mesmo jeito que ele lhe arrancou aquele filhote? Mas por que começar com ele, e não com Gabe ou Cass? Não que lhes desejasse mal, mas se ela era da reserva, ora: é lá que eles estão, não é? Por que andar todo esse caminho até ali primeiro? E Ricky não conta, já que morreu poucos meses depois da partida de Lewis, e não foi nada de extraordinário, só outro índio espancado na porta de um bar.

A única coisa que faz sentido, supõe Lewis, é que tenha começado com o cachorro. É o que assassinos em série e monstros sempre fazem, já que o cão de guarda late ao ver perigo, eles *sabem* quando há um vulto estranho ali nas sombras.

Mas como? *Como* ela fez isso?

Será que anda por aí possuindo as pessoas, obrigando-as a fazer o que deseja? Será que pegou algum moleque ou garota andando na rua tarde da noite, fez com que se enfiasse pela fresta do portão e descesse a marretada em Harley?

Se bem que Lewis não tinha marreta alguma que fosse tão pesada. E o que atingiu Harley *pareciam* ser cascos de um cervo ou algo assim.

Lewis se levanta e observa a garagem com essa possibilidade em mente.

O que mais poderia ter feito aquilo a Harley, hein?

"A cavadeira", diz ele, dirigindo-se a um canto da garagem. É daquelas que exigem o uso de ambas as mãos e do peso inteiro do corpo. Daquelas que deveriam estar encostadas junto das alavancas pesadas que as acompanham.

Lewis não quer pegar a cavadeira para checar seu fundo, mas precisa.

Está limpíssimo, reluzente, até o descascadinho da ferrugem parece intocado, o que seria impossível caso tivesse sido usada para martelar a cabeça de um cachorro até a morte, dez, vinte vezes.

Será que um galão de tinta faria aquilo? Aquelas latas médias, fáceis de carregar, talvez servissem. Lewis inspeciona uma por uma, até as mais leves, claramente vazias. Nada.

"Deixe de ser imbecil", diz a si mesmo, sentando-se aborrecido no degrau de concreto que leva à porta da cozinha. Ele tira a marreta do gancho na lateral do armário de ferramentas e a bate repetidamente entre seus pés.

A marreta está limpa também. Para uma marreta.

É *óbvio* que um cervo não pode "possuir" uma pessoa. A pessoa cairia de quatro e com certeza ia se desesperar na mesma hora. A menos que ela fosse como aquela sombra que ele viu no canto da sala. Corpo humano, cabeça de cervo e sem chifres.

Isso é tudo que tem: uma sombra que provavelmente viu de relance e algo que pensou ter visto através das pás do ventilador.

Aqueles policiais adorariam ouvi-lo contar essa história como se fosse evidência, ou como explicação.

E pensar nessas coisas tampouco faz com que o pensamento vá embora. Lewis ri de si mesmo, balançando a cabeça e largando a marreta dentro do primeiro recipiente que encontra, uma das galochas baratas que Peta sempre mantém junto à porta em todas as casas que alugaram desde que saíram do porão de sua tia. São galochas grandes o bastante para que Lewis ou ela possam calçá-las, ir lá fora buscar a correspondência na neve e depois descalçá-las com facilidade, sem carregar neve para dentro de casa.

Lewis está tão acostumado com elas que nem presta atenção, não até que se movam. Devido ao peso da marreta que colocou no pé direito.

Ele se afasta rápido, por instinto — galochas não se movem *sozinhas* —, e depois se reaproxima para confirmar se está vendo mesmo aquilo.

O movimento é de formigas. As galochas estão forradas de pequenas formiguinhas pretas, como se fosse pleno verão, mesmo que seja Ação de Graças na semana seguinte. Formigas de Halloween, talvez? Existe isso? Se não existe, deveria, ainda mais quando ele entende do que as formigas estão atrás: de Harley. De seus restos, entranhados na sola de borracha daquelas galochas, salpicados também na ponta, porque o cão não foi apenas pisoteado, sem dúvida. Houve também pontapés.

Lewis balança a cabeça como se dissesse "não, pelo amor de deus, não" e caminha para trás, de volta à luz, então segue até a cova de Harley. Lewis está com a respiração pesada, mas não vai chorar. É um índio estoico, afinal. Quando era criança, pensava que essa era uma palavra chique para dizer "feito pedra", o que imaginava ter relação com o Monte Rushmore, já que não era bem daquele jeito que o rosto de fato parecia.

Mas isso foi na época em que era meio ignorante. Antes de agora, em que é ainda mais ignorante.

Mas... o que está pensando agora. Não.

Na noite passada, em meio à penumbra, quando insistiu em perguntar a Peta o que poderia ter acontecido a Harley. Será que ela apenas tinha visto um cão morto pelo próprio traumatismo? Será que Lewis tinha enxergado algo totalmente distinto? Ela sequer havia compreendido suas perguntas?

Então ele tenta voltar às respostas dela, vendo se encaixam numa versão em que Harley *não* tenha sido pisoteado até a morte.

De joelhos ao pé da cerca, Lewis cava a terra com mãos desesperadas, respirando acelerado. Ele puxa o cobertor com estampa de patinhos e o saco de dormir junto das patas. Debaixo disso, num saco de dormir do Star Wars mais no fundo, é onde Harley está.

Mas Lewis não retira aquele campo de estrelas.

No fundo, será que ele quer mesmo saber? Rever Harley reduzido a uma pasta vai provar algo sobre quem calçava aquelas galochas? Será que é mesmo, com certeza, pedaços de cachorro morto *na sola* das botas? E se Peta estivesse levando o lixo para fora e o saco tivesse rasgado, e ela teve que abrir caminho em meio àquilo? As formigas de Halloween se atracariam ali do mesmo jeito, não? Quer dizer, se é que existem formigas de Halloween.

O que o apavora mesmo é pensar que Harley, no fim das contas, está morto por ter se enforcado com a coleira, dependurado na cerca.

E nesse instante o chão treme junto ao peito de Lewis. O trem vem vindo. O trem sempre vem vindo.

Lewis fecha os olhos para evitar as rodas guinchando e as faíscas, mas uma pedrinha dispara bem no seu braço e ele se afasta na hora, esfregando a ferida, e nesse momento enfim olha para o trem que passa voando. Não para os vagões coloridos, não para o grafite borrado a cem quilômetros por hora, mas para o espaço *entre* os vagões, aquele espaço cheio cheio cheio cheio, e daí, num átimo, por um milésimo de segundo, vazio.

Embora não esteja.

Parada ali, na grama seca, está uma mulher com cabeça de cervo, e... Não, não.

Lewis dá um passo adiante, e os vagões quase tocam seu rosto.

Por acaso ela veste um casacão marrom com fitas refletivas? Como aqueles que a equipe de solo usa nos aeroportos?

"Não pode ser", murmura Lewis. Assim que o trem passa, ele sobe correndo nos trilhos em brasa, mas claro que o gramado é só um gramado outra vez, como se ninguém tivesse pisado ali.

DOMINGO

Pela primeira vez na vida, Lewis deseja estar trabalhando. Porque a alternativa é ficar ali, fingindo que está dormindo até que Peta vá para o trabalho. Talvez por uns trinta segundos ele tenha sentido sua presença na soleira da porta, tomando café e observando a montanha de cobertores que ele tenta erguer e baixar como se respirasse normalmente, como se não houvesse nada forçado ali. Mas isso, pelo menos, a impede de perguntar por que ele estava todo estranho na noite anterior, cozinhando sozinho na grelha como se fosse um guerreiro do jardim dos fundos, depois ficando até tarde na garagem com a Road King.

Tá puto com alguma coisa?, ela teria perguntado, caso visse uma pálpebra meio aberta.

A resposta pronta seria *Não* e *Harley*, mas ela parece ter acreditado naquele sono falso.

Bom. Se for mesmo Peta, acreditou no fingimento.

Se for outra coisa, bom…

Ele tenta não juntar dois mais dois em seus pensamentos, mas afinal Peta apareceu *lá na reserva*, não foi? E bem no verão seguinte à Clássica Ação de Graças, enquanto ele fazia o possível para mandar aquele lugar à merda, negando sua presença sagrada dali em diante. Talvez tenha sido essa a razão pela qual tudo aquilo começou com ele, e não com Gabe ou Cass: ele foi o primeiro a sair de lá.

Quanto à acusação contra Peta, ou contra aquela que *não* era Peta, não ajudava muito o fato de ela ser vegetariana, Lewis não tinha como negar. Que é como se chama a pessoa que não come carne. Quando é um animal que não come carne, daí se chama "herbívoro".

Cervos são herbívoros. Comedores de capim. Vegetarianos.

E: talvez ela não estivesse de fato mentindo ao dizer que não deseja ter filhos por causa de seu passado. Mas será que o passado que ela quer dizer é aquele em que ela perdeu um bezerro?

Segundos após a porta da frente se fechar, Lewis cobre o rosto com o travesseiro e solta um berro.

Fosse ou não fosse ela, o fato é que *alguém* naquelas galochas pisoteou Harley até a morte. E ele decididamente, decididamente mesmo, viu uma mulher com cabeça de cervo surgindo nos vãos dos vagões — teria a imagem se formado no mesmo ritmo das pás do ventilador?

Aquilo é demais para sua cabeça.

Ele ama Peta, e ela também o apavora.

O pior é que não há provas de nada daquilo. Não há como confirmar.

Lewis aperta o travesseiro contra o rosto, depois o coloca na nuca, e, com os ouvidos livres, ouve um estalido denunciador nos degraus da escada. Como se, digamos assim, certa pessoa não tivesse realmente ido trabalhar. Como se alguém tivesse apenas trancado a porta *por dentro*.

Devagar, com cuidado, os passos mais marcados que ele já ouviu na vida vêm subindo a escada, mas cada *pisada* leve nos degraus é precedida por um ruído *arrastado*. Porque um cervo tatearia cada novo degrau com os cascos, não? Arrastaria a pata à procura do melhor ponto de apoio, não arrastaria?

Lewis rapidamente se revira na cama, com as costas nuas para a porta, e encara a janela descortinada. Tenta memorizar cada ruga e imperfeição no vidro, para poder perceber o reflexo quando aquela coisa aparecer. Ele põe o ouvido direito, que está fora do travesseiro, em alerta máximo. O tipo de alerta capaz de captar um par de narinas gigantes farejando seu rastro, se chegar a tanto.

Uma lágrima escorre de seu olho esquerdo e vai parar no travesseiro.

Será que ela está ali? E, se estiver, qual delas será? Peta-Peta ou a Peta com cabeça de cervo?

Quando uma das rugas do vidro finalmente tremula certa cor, como um movimento, Lewis respira fundo e pergunta: "Ei, esqueceu alguma coisa?".

Não há resposta.

Quando respira outra vez já é num fôlego trêmulo, desregulado, uma respiração que ele não é capaz de garantir que não se transforme num grito.

"Ou voltou porque...?", começa a dizer, girando na cama, fingindo-se bêbado de sono, como se tivesse uma conclusão para aquela frase.

Não há ninguém à porta.

Lewis cerra os olhos, abre-os outra vez e não se afoba para a janela para ver quem, ou o quê, poderia estar indo embora.

É cedo demais para essa merda.

Ele escova os dentes e mija ao mesmo tempo, cuspindo na privada e meio que na própria mão, e desce as escadas devagar, tentando memorizar cada estalido. Mas é inútil. Cada degrau range de um jeito no meio, fazendo um ruído completamente diferente poucos centímetros para o lado. Óbvio.

Na cozinha, Lewis para diante da mesa e do fardo cervino — aquela panqueca peluda — por uns trinta segundos, até enfim o tocar com um dedo. É molenga e áspero ao mesmo tempo, e cheira como um queijo esquecido em alguma festa, daqueles que ele sabe que é melhor não comer.

"Queijo", pensa ele. Lewis se pega pensando em queijo.

É algo que vai bagunçar toda sua digestão, mas como aquele é o menor de seus problemas no momento, decide fazer um queijo quente para o café da manhã, o olhar perdido nos furinhos do pão torrando na frigideira.

Por ser um marido ótimo e atencioso, ele come encostado à pia. Era aquilo ou estava com medo da sala. Seu medo mais irracional no momento é descobrir que a lâmpada do teto não está quebrada, mas apenas esperando que Lewis se encontre sozinho para brilhar sobre ele como se fosse o facho de um OVNI, com uma mulher de cabeça de cervo se materializando ali. Ou que brilhe sobre Peta quando ela estiver ali, revelando sua verdadeira forma.

Que não é nada além de *Peta*, repete Lewis para si mesmo, pegando o último triângulo do sanduíche para devorá-lo sobre o ralo, como se aquele queijo quente pudesse colocar um ponto final no assunto. Quase dá certo, mas a casca do pão se esfarela com o movimento e o último pedaço acaba voando pela cozinha. Ao pensar em Peta ou nele encontrando um naco de pão mofado e, pior ainda, de queijo podre atrás de algum pote ou lata uma semana depois, Lewis resolve que é melhor procurar o pedaço e acende a luz.

Em vez de encontrá-lo, se depara com um livro no alto da geladeira. Não é nenhum dos dois que Shaney deixou na garagem, pois ele já os guardou, mas o terceiro da série. Já. Ao lado está a garrafa térmica de Peta, que ela costuma levar para o trabalho, que nunca consegue achar, que claramente não achou essa manhã também. O problema dela é que ela é alta, então sempre que chega em casa sai largando as coisas no primeiro lugar que encontra, e quase sempre é um lugar alto. Em cima da geladeira dessa vez. O livro talvez estivesse em algum lugar na frente da casa, talvez na varanda.

"Pode me devolver todos juntos...", diz Lewis para uma Shaney imaginária, tirando o livro de seu poleiro e, como se fosse destino, encontrando atrás dele aquele último pedaço culpado de pão. Lewis o agarra com a ponta dos dedos com certo nojo, como se não tivesse comido aquele sanduíche apenas dez segundos atrás, e o joga na pia, com a manchete passando por sua cabeça: HOMEM INDÍGENA É PRIMEIRO NA HISTÓRIA A ARRUMAR A PRÓPRIA BAGUNÇA.

Esboça um sorrisinho diante daquela ideia, com um orgulho besta, e sobe os degraus de dois em dois até o guarda-roupa que lhe serve de biblioteca.

Antes de guardá-lo na estante, folheia o livro para conferir se Shaney é do tipo que dobra as páginas. Não é — e só isso já garante que ela é uma boa pessoa —, mas ele percebe outra coisa. Folheia de novo, mais devagar, e não consegue perceber o que é aquilo até que... chega na contracapa.

"É sério isso?", comenta Lewis.

Ela *escreve* nos livros, ao que parece. Em livros tomados *emprestados*. A lápis, e de leve, como se pretendesse apagar depois, mas mesmo assim, né?

Que se foda, pensa Lewis. Quem se importa? São só produtos de consumo, nada colecionável, e a história continua a mesma, não é como se ela tivesse desenhado carinhas sorridentes ou interrogações nas margens das páginas. Só que nisso Lewis se pega folheando tudo de novo para garantir que nada *assim* está desenhado no livro, e, mesmo enquanto faz isso, se pergunta se não está apenas procurando motivo para provocá-la no trabalho. O que pareceria muito com um flerte.

Mas não é isso, insiste ele. É apenas uma vistoria livresca. E o livro é dele, afinal. Pode folheá-lo o quanto quiser.

Passando as páginas, Lewis se vê de repente sentando no chão, com as costas contra a parede, e mergulhando outra vez naquela história. Era aquela série sobre uma pedra que os elfos não queriam, mas que tampouco queriam que fosse *descoberta*, porque tinha poder de destruir o mundo inteiro. Então a escondem numa fonte mágica. Que era conectada, Lewis não lembrava como, à fonte dos desejos que existia no shopping onde um imbecil qualquer trabalhava... Andy? É, Andy. Claro que era "Andy". Andy, o Não Sei Que, Andy, o Não Sei Que Lá. E daí todas as criaturas mágicas começam a varrer o shopping atrás da pedra que o radar mágico delas diz que está ali em algum canto. É bem engraçado, e tem mais cenas de sexo do que faria sentido para uma história de ação ou uma história que se passa num lugar tão público quanto um shopping, mas assim são as criaturas mágicas.

"Mas você gostou, pelo menos?", resmunga Lewis, folheando até as anotações de Shaney.

Ela, contudo, não fez qualquer anotação sobre o romance. Ainda estava pensando sobre a fita crepe no chão de Lewis.
Por que esse cervo é tão especial? é a primeira anotação.
Embaixo disso, Shaney desenhou três linhas, como se estivesse criando espaço para si mesma a fim de pensar no assunto. Mas as linhas estão em branco.
Peta seria capaz de responder aquilo. Porque Lewis contou a ela: essa cervinha estava prenha, e com mais tempo de gestação do que deveria estar em novembro. Ele tinha achado que aquela era a razão para ela ter resistido tanto, mas e se... e se de tanto em tanto tempo surgisse um cervo *realmente* especial? Se houvesse rodas dentro de rodas no topo da montanha, onde costumavam realizar cerimônias?[1] E se o destino daquele bebê cervo fosse, Lewis matutava, se tornar uma fera gigantesca e terminar feito troféu na primeira caçada de algum menino de 12 anos? E se estivesse destinado a ser o grande cervo que um ancião pouparia em sua última caçada? Talvez fosse seu destino parar no meio da pista, paralisado pelos faróis do carro que o atropelaria? Ou estava destinado a encontrar novos pastos para a manada? Ou será que nem tinha a ver com ele, mas com a mãe?
Que tipo de processo Lewis havia interrompido ao atingir aquela cerva num território proibido?
"Você tá ficando maluco", diz a si mesmo, apenas para ouvir a afirmação em voz alta. Mas sabe que tem razão. Esse é o tipo de ideia errada que as pessoas começam a ter quando ficam muito tempo sozinhas. Começam a misturar uma imensidão de baboseiras cósmicas num bolo só, como se fosse chiclete, mascam, fazem com isso uma bola e pegam carona nela para algum lugar ainda mais estapafúrdio.
Cervos são só cervos, não tem nada além disso. Se os animais voltassem para assombrar quem os caçou, os antigos Blackfeet viveriam em acampamentos tão lotados de búfalos fantasmas que com certeza nem conseguiriam se mexer.

---

[1] Referência a marcos territoriais que indicam espaços de prática ritual.

Mas eles matavam com honra, Lewis escuta, talvez na voz de Shaney. Provavelmente porque está lendo as anotações dela.

A pergunta seguinte de Shaney, ainda com sua voz, é: *Por que agora?* Lewis talvez seja o único que sabe essa resposta.

Tem a ver com a carne da caça, né? Toda aquela carne que ele distribuiu de porta em porta no Corredor da Morte, lugar onde os anciões mais perto da morte vão morar.

Não é assim tão impossível imaginar que algum dos velhos a quem deu a caça ainda esteja vivo. Esses velhotes são capazes de se aninhar na mesma poltrona por dez, vinte anos seguidos. Ou então...

É isso, Lewis se dá conta, erguendo o corpo da parede, o rosto tenso por tanta certeza.

Uma das anciãs *estava* viva... até semana passada, ou mês passado. Tem que ser isso.

Aquela anciã enfim bateu as botas e, no fundo do freezer dela, congelado por anos e anos, havia ainda um último naco daquela carne. Como a carne havia congelado bem lá no fundo, os dedos da velha nunca conseguiram tirá-la do freezer. Seus filhos e netos tampouco a usaram como molho de macarronada ou recheio de taco, e não o fizeram graças àquele carimbo de guaxinim.

Se você não sabe a procedência da carne, se nem a anciã lembra direito daquele rapazinho simpático que garantiu se tratar de carne de cervo, então o que pensa ao ver uma pata preta como aquela, estampada no papel branco, é que alguém moeu um guaxinim atropelado em algum lugar — talvez na estrada sul — e deixou naquele freezer como uma piada, um desafio.

Não, ninguém comeu aquilo. Ninguém comeria.

Mas agora, com aquela anciã morta, outra família deve ter se mudado para a casa, não é? E isso significava nova mobília, novos eletrodomésticos. E o freezer velho foi para a rua, dando espaço para o novo.

A carne enfim se descongelou. E foi revirada por pássaros, por cães. E aquele último pacote deixou Lewis na mão, não foi? Ele tinha prometido àquela cerva que não desperdiçaria nada dela. Mas um pedaço foi desperdiçado.

Por isso agora, Shaney. Merda.

Na mesma hora em que aquele embrulho com carimbo de guaxinim tocou o chão, assim que começou a descongelar, abriu-se uma fenda na área de caça dos anciões. O que se arrastou dali para fora, como num filme de monstro, foi a cerva fantasma, aquela na qual ele tinha disparado três tiros.

A princípio ela caminha vacilante, mas a cada passo rumo ao sul ganha mais e mais firmeza nos cascos.

Peta não havia pisoteado Harvey. Tinha sido *ela*, a cerva fantasma. Depois que... Mas o que permitiu que ela entrasse?

"Será que foi eu ter pensado nela?", diz Lewis no corredor.

A memória daquela cervinha, a culpa dele por aquilo, foi esse o fio que ela puxou para voltar, não foi? Por isso começou com ele, e não com Gabe ou Cass: porque eles não se lembram dela. Para eles, é apenas uma entre mil cervos abatidos.

Tudo faz sentido agora. Sem Peta por perto para demovê-lo dessas ideias, tudo fazia *perfeito* sentido, na verdade.

A última anotação de Shaney está pela metade, ainda encapsulada em seus parênteses: (*Marfim?*)

Merda. Óbvio. Lewis se levanta, zanzando de um lado para o outro, batendo com o livro na coxa, passando a outra mão pelos cabelos. Shaney entende de cervos tanto quanto ele, não entende?

A questão é que os caninos dos cervos costumavam ser presas, milhares de anos atrás. Hoje em dia são mais curtos, mas ainda de marfim. Por isso ficavam tão bonitos quando eram polidos e eram costurados num traje tradicional. Se Lewis, Gabe, Ricky e Cass tivessem pensado direito naquele dia na neve, teriam saído dali com o bolso tilintando de marfim para trocá-lo na cidade.

O que Shaney quer dizer com aquele (*Marfim?*) é que há um jeito de saber quem é o cervo fantasma.

Confira os dentes.

Lewis ergue a mão esquerda no ar. Está tremendo. Ele larga o livro e agarra o pulso esquerdo com a mão direita para firmá-lo. Ao ver que isso não funciona, volta para a garagem. Quando Peta chega em casa horas mais tarde, ele já desmontou a Road King até o último parafuso, espalhando cada pecinha em volta de si como se fosse um diagrama explodido de um manual de instruções.

Ela para sob a cesta de basquete e o encara — ele é capaz de senti-la. Ela o encara e tenta entender o que significa tudo aquilo, aquelas peças, a graxa, o óleo. O motivo de tanto empenho. Um marido que não vai mais trabalhar e se recusa a falar do assunto.

Por fim, Peta larga a bolsa num canto, coloca os protetores de ouvido sobre ela — é supersticiosa com aquilo, nunca os deixa no trabalho —, e, com o pé, joga a bola de basquete para o alto, até suas mãos.

Ela gira a bola e a quica no chão duas vezes.

"É de couro mesmo", diz ela, admirada. "De onde veio?"

Lewis olha da bola para a rua, e percebe que não tem a menor ideia. Shaney estava apenas arremessando com aquela bola. Ele não chegou a perguntar se ela a havia trazido.

Como se pudesse explicar aquilo nesse momento.

Ele dá de ombros.

"Mano a mano?", provoca Peta, passando a bola na altura do peito, o que é basicamente uma desafio para testar suas habilidades, já que ele está numa garagem minada por peças e parafusos. Mas Peta é assim.

Lewis recebe a bola do mesmo jeito que recebeu quando Shaney lhe arremessou — qual o problema com as mulheres em sua vida? Depois de se desequilibrar um pouco, quase caindo do engradado roxo, ele põe a bola sob o braço, limpa as mãos nas calças e sai sob a luz do holofote em direção a Peta, batendo a bola como se conferisse sua qualidade.

"Onze?", pergunta ela, dando a volta para ficar entre ele e a cesta, as mãos espalmadas para cima, olhos vivíssimos, embora ela deva estar acordada há quase vinte horas.

Impossível que ela seja outra coisa além de si mesma.

Lewis dá seu melhor sorriso à la Gabe e encara o aro laranja como quem pergunta a Peta se ela está confiante, se tem certeza de poder lidar com ele naquele jogo.

Ela está, e tem mais do que certeza.

Alternam os arremessos até que estão ambos pingando de suor, e Lewis nem por um segundo para e pensa que ela está se segurando, deixando que ele acredite ter uma chance real.

O que ele está fazendo, na verdade, talvez pela primeira vez em dias, é *não* pensar, apenas jogando um passe após o outro, fazendo a finta, correndo pelo gramado alto e por pedaços de madeira atrás da bola vez após vez. Aquilo é exatamente, cem por cento, o que ele precisa, mas nunca saberia expressar.

No fim do jogo, ele está rindo, ela também, e então estão um nos braços suados do outro, ele a leva para a pilha de cobertores e sacos de dormir que um dia sonhou virar tenda do suor, e a porta começa a descer conforme os dois aumentam a pilha, jogando as próprias roupas ali, e o mundo parece um lugar perfeito.

SEGUNDA-FEIRA

É hora do almoço quando Lewis finalmente reinstala a correia na Road King. A moto ainda é só um esqueleto, mas pelo menos o esqueleto tem motor que pode dar a partida e acelerar a roda traseira. Ainda não tem o garfo, nenhuma barra de proteção, nem assento ou pedais, e além disso o acelerador é só um cabo, mas já é alguma coisa, diz para si mesmo. É um sinal de que ele está voltando aos eixos. Assim que a Road King estiver montada o bastante, ele vai poder pilotá-la até o emprego, se ainda tiver um. É difícil ser demitido quando se é funcionário público, felizmente.

Lewis pode, por exemplo, impedi-los indo ao grande escritório e tomando sua medicação, prometendo ser um funcionário modelo dali em diante, se oferecendo para dar conta de todos os serviços de merda que aparecerem, cobrindo o turno de todo mundo que precisar faltar, indo trabalhar nos feriados, quando estiver nevando, o que for preciso.

A melhor explicação que pode dar para uma ausência tão longa é Harley, mas essa é a desculpa mais vergonhosa de todas: um cachorro. Ele era assim tão frágil? O que viria em seguida? Uma reclamação formal por ser chamado de "Chefe"? Que apelido ganharia em seguida? Talvez "Floquinho de neve"?

Seja como for, ninguém espera que seja fácil, diz para si. Não se espera que uma coisa dessas seja fácil, confortável, divertida, nem nada disso. E, se no fim das contas ele mantiver o emprego, talvez conseguindo uma rota própria algum dia, bom, então vai ter valido a pena. Desculpa, Harley. Você merecia mais que isso. Mas nesse momento a questão é provar a Peta que ele não está jogando a própria vida fora. A questão é mostrar que ela não precisa se preocupar em carregá-lo nas costas dali em diante. Ela o carregaria, Lewis sabe disso, e o faria pelo tempo que pudesse, mas uma hora o cansaço ia bater. Peta é quase sobre-humana, jamais reclamaria, mas eles deviam ser uma equipe, isso sim. Ele entrega as correspondências, ela pousa os aviões e os dois se encontram ao fim do dia, conversam em volta de um prato de tofu com favas e depois, como na noite passada, resolvem seus problemas na quadra. E também no chão da garagem.

Quanto mais Lewis pensa no assunto, apertando um parafuso aqui, esfregando uma sujeira acolá, não é possível que seja Peta, certo? Se ela fosse mesmo essa "Mulher com Cabeça de Cervo" que ele inventou, o que nem mesmo é uma coisa Blackfeet até onde sabe, por que ela o teria salvado de rachar a cabeça na quina da lareira ao cair da escada? Resposta: não teria. Aquilo seria justamente o que ela estava esperando. E ainda teria sido o acidente perfeito, que lhe daria a oportunidade de ir ao enterro na reserva, de encarar Gabe e Cass por sobre a cova, deixando-os saber que a hora deles ia chegar.

Não, Peta é Peta, conclui Lewis.

Mas a única razão pela qual chegou a duvidar disso?

Shaney.

Lewis se levanta e vai atrás de um grampo para os cabos. Ele sabe que está em *algum lugar* da garagem, talvez a meio metro de onde está, mas, ao se mexer, consegue chutar uma peça bem em cima do torquímetro que estava apoiado contra o pneu dianteiro, e tudo começa a desabar com o maior ruído, como se fossem dominós tombando um após o outro. Lewis nem se mexe, incapaz de descontar sua frustração sem fazer uma bagunça maior ainda.

Mas... Shaney.

E se a anciã do freezer descongelado não tiver morrido há uma ou duas semanas, mas há um mês ou dois? Shaney teria ouvido a carne bater no chão, se arrastado daquela pilha de couro e osso no pé do morro, e cambaleado por metade do estado de Montana até finalmente firmar o passo e entrar na agência do correio, candidatando-se a uma vaga.

E faz sentido que, ao assumir forma bípede, humana, a cerva tenha virado uma pessoa com a mesma pele que Lewis. Não entende como demorou tanto para enxergar.

Ele encontra o grampo quando está dentro de casa de novo, limpando na pia uma arruela imunda, tentando usar a escova de lavar pratos o menos possível, já que Peta odeia ver graxa pela cozinha. Algo que Lewis entende perfeitamente. Por isso está esfregando a arruela de leve, só com a pontinha das cerdas, não com a parte branca da escova.

Voltando para a garagem, Lewis gira a arruela de um lado e de outro, conferindo se ainda é possível saber qual parte estava para a frente antes, e basta pisar no chão para que a casa se agite o suficiente e a luz da sala pisque em sua visão periférica.

Lewis congela, meio temeroso de olhar diretamente para lá, pois não vê a hora de deixar essa história para trás.

Mas para superá-la de verdade ele precisa provar que não tem mais medo, não é? Então Lewis se força a olhar.

Na mesma hora, como se fosse tímida, a luz se apaga outra vez na luminária.

Lewis dá outro pisão no chão da cozinha. Nada.

"Quanta besteira", diz ele, sacudindo a cabeça ao pensar naquilo tudo, na casa mal-assombrada, no cervo fantasma, na mulher Crow, e então, sem realmente querer, mas se forçando àquilo, já que *não* vai ser um floquinho de neve, Lewis olha para cima, não para as pás do ventilador girando, mas através delas. O ângulo ali da cozinha é ruim, o que faz com que ele se sinta mais seguro, mas existe a chance de ver aquela silhueta de mulher se esgueirando pelo canto da parede, tentando se esconder.

Nada.

Lewis respira fundo, esfregando o metal frio da arruela no queixo, e desce os olhos do ventilador até... onde a viu pela primeira vez. O sofá, o carpete junto a ele.

"Puta merda", exclama ele, deixando cair a arruela e sem se importar em pegá-la de volta.

Como que ele não percebeu aquilo no outro dia? É tão óbvio.

Quando... quando Peta o ajudou a recriar as condições do que ele pensava ter visto, ele tinha subido na escada, olhado para o carpete através do ventilador e... olhado também para Peta lá embaixo, no sofá, olhando para ele de volta, sem julgá-lo, sem esconder o sorriso, apenas dando apoio a seu marido índio meio doido e assustado.

Mas essa não era a parte importante. O importante é que, através das pás reveladoras do ventilador, através daquele tremular que revelava a verdadeira face das coisas, ou algo assim, Peta havia continuado sendo *ela*.

"Desculpa", diz Lewis para ela. Por tê-la evitado na outra noite. Só por aventar a possibilidade de que tivesse sido ela.

Nunca foi ela. Aquilo era o que queriam que ele pensasse — o que aquela Mulher com Cabeça de Cervo queria, que ele destruísse a própria vida. Dessa forma ela sequer precisaria se esforçar, poderia apenas sentar e assistir.

Como ela é ardilosa.

E... seguindo a mesma lógica pela qual havia suspeitado de Peta — ter aparecido no verão seguinte à Clássica Ação de Graças —, Lewis conclui não ser coincidência o fato de que no dia que Shaney foi a sua casa, levado por *ele*, Harley já estava quase morto.

Se não estivesse naquele estado, com certeza teria avançado no pescoço dela, não teria? Teria arrancado seu disfarce, mostrado sua verdadeira face.

Merda.

É como remontar um carburador. Assim que você ajusta a última peça, percebe o ar circulando naturalmente pelo mecanismo.

E como se confirmasse suas suspeitas, quando Lewis sai pela porta, para se afastar um minuto ou dois da casa, lá está o quarto livro da série, apoiado numa latinha de cerveja aleatória, de modo que qualquer pessoa que entrasse ou saísse da casa fosse tropeçar nela, encontrando-a.

Lewis encara o livro por uns vinte segundos até enfim cutucá-lo com o pé, como se temesse que algo fosse saltar de dentro da lata. O livro cai no chão áspero com as páginas abertas, e a lata sai rolando por mais ou menos trinta centímetros, até bater em uma pedrinha e parar.

Lewis se ajoelha, salva o livro do chão de concreto e folheia direto até a contracapa, procurando uma anotação.

Não há nenhuma, nem mesmo marcas de lápis apagadas.

Lewis analisa a rua e o outro lado da rua e todas as direções que consegue enxergar.

Shaney deve estar perto, não?

Mas não há qualquer movimento. Nenhuma orelha gigante se agita atrás das árvores, nenhum olho preto pisca, não há nem mesmo o ruído de cascos se mexendo no chão.

Lewis carrega o livro para dentro, senta-se à mesa da cozinha e investiga a capa, a lombada, folheia as páginas.

"Por que os livros?", é a sua dúvida. Essa é a parte que ele não consegue desvendar, que continua sendo uma pulga atrás da orelha, esgarçando sua teoria, suas suspeitas. Se... se Shaney *for* aquela cervinha ressuscitada, ou jamais morta ou que tenha voltado para resolver negócios pendentes, então por que estaria interessada numa série de fantasia em que um vendedor de joias tenta salvar o mundo de se autodestruir?

Lewis lê a contracapa para ver se não esqueceu nada da história daquele volume. Mas não. Aquela é mesmo a parte em que a lanterninha do cinema, que é mais do que ela aparenta ser, descobre que a praça de alimentação é o portão de entrada da prisão feérica. Talvez seja o melhor livro da série, de verdade. No final, Andy, montado num mamute, arrasa com a seção de perfumaria de uma das lojas mais chiques do lugar, e ainda tem aquele epílogo — coisa rara de se ver num volume de uma série — em que os anões descobrem os refrigerantes, e, pelo brilho em seus olhos, dá para saber que aquilo vai terminar mal.

Mas nada disso, nem de longe, parece relacionado à Clássica Ação de Graças, ou a caçada em geral, nem ao correio, a Gabe ou a Cass, nem a Peta. Pelo menos não de um jeito que Lewis possa decifrar.

Ele fecha o livro e o deixa na escada para levá-lo para cima da próxima vez que for subir.

Ok, então é Shaney. Não sendo Peta, e não é Peta, só resta Shaney. Talvez ela nem tenha se arrastado do fundo daquele barranco na reserva, pode ser que tenha vivido uma vida inteira antes de... antes de deixar de ser ela mesma, e abrir os olhos, e enxergar tudo com novos instintos. Talvez tenha estado em Browning para os Dias dos Índios, ou talvez tenha atropelado um cervo no caminho para lá pela interestadual, ou de repente só se candidatou ao emprego errado, fez uma pausa para fumar e deu azar de tragar algo mais do que fumaça.

O importante não é saber como aconteceu. O importante é que ela está atrás dele. E que tentou incriminar Peta, o que faz de Peta um alvo também.

Lewis sacode a cabeça, como quem diz não.

Isso já foi longe demais. E ele é quem vai dizer que já chega, não vai ser Shaney.

Mas, para que não reste nem sombra de dúvidas, ele precisa atrair Shaney até sua sala mais uma vez. Tem que a atrair à sala *enquanto* estiver no alto da escada, para olhá-la através das pás do ventilador.

E é melhor fazer isso quando Peta não estiver por perto. Ou seja, amanhã, quando ela estiver no trabalho.

Também significa que ele ficará vulnerável, Lewis sabe — não vai pegar nada bem se Peta os flagrar *de novo* sozinhos. Mas se sua esposa estiver perambulando pela cozinha enquanto ele inventa uma conversa qualquer sobre o trabalho, Shaney com certeza vai desconfiar e pode ser que sua verdadeira face não se revele.

Não, sua verdadeira *cabeça*.

Mas o que vai atraí-la até ali?

A única coisa que Lewis tem a seu favor é ter quase certeza de que às terças-feiras Shaney só entra meio-dia. E que ele, claro, também não vai estar trabalhando. Há coisas mais importantes para fazer no momento.

Lewis anda ansioso pela casa, procurando em todo canto alguma desculpa para atrair Shaney até ali. Alguma coisa de trabalho? Indígena? De basquete? Será que ele deveria fingir que as coisas entre eles podem avançar? Será que ele precisa de ajuda com as calças de moletom? Estaria ela sequer interessada ou ele tinha entendido tudo errado?

Não, concluiu ele — não que estivesse entendendo tudo errado ou certo —, mas concluiu que não é nenhuma daquelas opções. Há um jeito melhor de trazê-la até a sala.

Silas.

Ele era o presente que Shaney não sabia ter dado.

Era sempre assim que acontecia nas histórias de fantasia, não era? O feiticeiro malévolo ou o druida covarde sempre inseria em seu plano a própria danação, como se soubesse que não deveria estar fazendo aquilo, ou como se houvesse uma regra nos reinos mágicos em que ele tem que deixar uma única escama a menos na barriga do dragão, para que os mais fracos tivessem uma chancezinha de vencê-lo.

Harley ter mordido Silas é essa escama a menos, a brecha na couraça, a chancezinha mínima. Lewis pensa sobre aquilo, uma, duas vezes, e balança a cabeça na terceira vez por parecer um plano seguro.

Tem chance de funcionar.

Ele procura o diretório de trabalho, mas não o encontra, então resolve ligar para a agência e fala com Margie, pedindo o número de Shaney, dizendo que precisa voltar logo para o trabalho, mas sua moto ainda está toda desmontada, e como Shaney mora perto poderia lhe dar uma carona.

Dez dígitos depois, o telefone de Shaney toca.

"Blackfeet?", chia ela assim que o escuta dizer *"alô?"*. Lewis presta atenção nos ruídos de fundo para tentar descobrir se ela está sozinha.

"Ei", diz Lewis. "Silas voltou pro trabalho, né?"

"O sr. Frankenstein?", comenta ela.

Lewis se encolhe, pois aquilo foi culpa sua.

"A gente tá com pouco funcionário", continua Shaney, tossindo feito uma fumante.

"Mal por isso", responde ele.

"Pelo quê?", diz Shaney. "É meu dia de folga, cara."

"Pensei que você folgasse na quarta", comenta Lewis, como se estivesse em dúvida.

"Com dois funcionários a menos o turno foi pro saco", explica ela.

"Mas amanhã você trabalha, né?", questiona Lewis. "Silas, quando veio aqui... era pra ter levado uma peça nova pra moto dele. No dia que Harley... você sabe."

"Ele tem que ficar de molho por duas semanas ainda", sentencia Shaney. "O vento pode abrir os pontos dele."

"Mas ele ainda pode mexer na moto, mesmo na garagem", retruca Lewis. "Vai ajudar. Vai fazer bem pra ele."

"Uma peça?", repete Shaney.

"É, pro farol", explica Lewis. "Pensei que você poderia levar pra mim."

Silêncio longo, durante o qual Lewis imagina Shaney se remexendo na cama em frente à janela.

"Acho que vai precisar de mais que um farol pra ajeitar aquela moto", observa ela, por fim.

"Já é um começo", responde Lewis.

"Mas aí eu vou ter que sair *uma hora* mais cedo...", resmunga Shaney, fingindo aborrecimento.

"Muito, muito obrigado", diz Lewis, e desliga antes que ela diga para deixar a peça na varanda, como ela tem feito com os livros.

Por duas horas depois daquilo, Lewis quase abre um buraco no tapete, andando de um lado para o outro, gesticulando, bolando estratégias, contando as ideias nos dedos, tentando imaginar todos os cenários possíveis. Ele tenta mexer um pouco em Road King, fazê-la ficar pelo menos *um pouco* pronta para voltar ao trabalho, mas sua mente está muito dispersa e não para por nada. No meio da tarde, ele apanha uma trena e vai para a frente da garagem marcar a linha dos três pontos com fita adesiva. Sua regra é só sair dali quando fizer três cestas seguidas, sem bater no aro, sem tabela, mas acaba arremessando mais de cinquenta bolas porque, como diz para si mesmo, basquete é um negócio difícil. Mesmo assim, consegue dois chuás com facilidade, mas a terceira bola acaba sempre no aro, batendo nos ângulos mais estranhos, como se o mundo tirasse sarro dele. Talvez seja melhor assim. Desse jeito ele ainda vai estar arremessando quando Peta chegar, e de repente fazem uma reprise da noite anterior, com final feliz e tudo, e ele pode até mesmo fazer a mesma piada estúpida sobre não precisarem se preocupar com preservativos na garagem — índios preferem mesmo montar a pelo, né?

E, como sempre, Peta dará apenas um sorriso e puxará a boca dele para junto da sua.

Parece um bom cenário para um repeteco — bom, pelo menos ele estará ali quando ela chegar —, mas naquele momento ela telefona, avisando que vai precisar cobrir o turno de um infeliz qualquer. Algum infeliz feito Lewis, isso ela não diz. Algum infeliz que simplesmente não aparece, nem mesmo liga para avisar.

"Tá bom, sem problema, tudo certo", responde Lewis, com o telefone passando de uma orelha para a outra porque ele não encontra o melhor jeito de segurá-lo, não consegue decidir o que fazer com as mãos naquele instante, ou com o dia como um todo. Mas é *bom* que ela dobrar o turno, quem sabe até fazer hora extra. O dinheiro vai ficar curto quando o salário seguinte dele vier com desconto, isso se tiver salário no mês que vem, então qualquer ganho a mais é exatamente do que precisam.

"Te amo", fala Lewis ao telefone. "Se precisar de qualquer coisa é só dizer, tá?"

Aquela é sua despedida padrão.

"Só de você", responde Peta como sempre, e desligam ao mesmo tempo.

Uma hora depois, ele esquenta um chilli enlatado para o jantar e come tudo com um pacote de biscoitos, as migalhas chovendo sobre a pia. Às 21h, quase pega no sono sentado à mesa da cozinha, e às 22h já está na cama, tentando ler o quarto livro da série, com uma cerveja gelada a seu lado.

Peta diz que é um hábito ruim, beber para dormir, que o corpo pode esquecer como dormir sozinho, e Lewis tem certeza de que está certa, mas ela não está lá, e essa história toda de "dormir" parece mais uma promessa do que algo que de fato acontece. As páginas se acumulam entre sua mão esquerda, cada vez menos delas na direita. Tinha esquecido como esse shopping é divertido, e como é bom o contraste entre a mágica e a agitação do centro comercial. É legal como as estações e a decoração sempre mudam, meio que dando um tema específico ou um assunto para cada livro, e é hilário como esses personagens pagãos compreendem as datas festivas e ao mesmo tempo se ofendem por elas — sobretudo os elfos. Mas, até aí, eles se ofendem com tudo.

Dentro de uma hora, por fim, e ainda bem, Lewis começa a embaralhar a leitura e o sono. Como Peta não está ali para cuidar da situação, para tirar o livro de seu peito e com cuidado marcar a página aberta, Lewis dá um jeito de usar o dedo como marcador, e aí, na beira do esquecimento antes do sono, pergunta a si mesmo o que vai acontecer quando a cabeça de cervo de Shaney surgir sob as pás do ventilador, com ele lá no alto da escada.

Ele vai, enfim, tirar sua prova, mas vai fazer *o quê*?

Lewis murmura alguma resposta, mas, naquele estágio, os lábios, a boca e a voz já pertencem a outra pessoa, e seus ouvidos não compreendem nada das palavras.

Ainda assim, sente o próprio corpo rir satisfeito.

TERÇA-FEIRA

Lewis está de pé num balde enorme, olhando sobre a cerca para aquilo que um dia foi a cova de Harley. Alguma coisa o exumou, espalhando os cobertores e sacos de dormir ao longo dos trilhos do trem.

Lewis insiste nisso: alguma coisa o exumou. Ou isso, ou Harley se arrastou para fora da cova e seguiu até os trilhos, com o saco de dormir de Star Wars preso nele até enganchar na quina de um dos dormentes do trilho.

Peta já tinha saído para o trabalho quando ele acordou, então não teve que ver isso. Lewis se pergunta pela quinquagésima vez de que sua mulher é feita, pois consegue chegar à uma da manhã em casa e estar de pé antes mesmo do sol raiar. Eles não podem fechar o aeroporto, não? Deixar que ela durma duas horinhas a mais? Seja como for, é bom ela estar fora.

Shaney vai à sua casa hoje.

Lewis come uma torrada e uma barra de chocolate no café da manhã, a barra de chocolate antes porque o sabor da torrada fica melhor.

Alguma coisa claramente exumou Harley. Só pode ter sido isso. Talvez coiotes, mas um texugo poderia cavar daquele jeito também. Ele evita imaginar a mulher de cabeça alongada de joelhos ali, às três da manhã, revirando a terra, mas evitar essa imaginação apenas a deixa mais clara, mais nítida.

Lewis vomita na pia antes mesmo de perceber a ânsia chegando. Não pelo nervosismo de encontrar Shaney, diz para si. Mas por pensar na aparência que Harley deve ter agora.

Quando termina, liga o triturador de lixo e partes do vômito acabam respingando de volta em cima dele, que se atira no chão tentando se livrar daquilo.

"Que beleza", comenta para si, estatelado no chão. "Nunca vi alguém mais preparado, Blackfeet."

É a primeira vez que se chama assim.

Lewis tateia de volta até a mesa da cozinha, onde pelo menos tem menos chances de cair. Não tão para baixo pelo menos. Bom, nem de tão alto.

Seus dedos se distraem alisando um tufo de pelos revoltos naquela pele de cervo.

Ainda tem um cheiro estranho, mas já não fede a queijo, então é um avanço, não?

Já são 10h40. Se o turno de Shaney começa à tarde, e para passar ali ela tem de sair uma hora mais cedo, o que é uma mentira deslavada, então deve estar chegando em dez, quinze minutos, Lewis calcula.

Tempo suficiente para desenrolar a pele. Não para ver os buracos que fez nela e que a deixou aproveitável apenas para um par de luvas, nada muito maior, mas porque...

Talvez alguns cervos *sejam* especiais, não?

E se ela não estivesse prenha tão cedo quanto ele havia imaginado? Ou se estivesse com aquele bezerro prematuro porque precisava dar à luz antes que... antes que algum Gabe, Cass, Ricky ou Lewis a pegassem no final da primavera? Ou algum caçador de galhadas a alvejasse com a pistola que usa contra ursos?

E se ela tivesse que parir aquele bezerro porque já estava destinada a morrer e a ser esfolada?

No museu, atrás de uma vitrine, existe aquele velho calendário de inverno entalhado em pele de... búfalo provavelmente, supõe Lewis. Mas por que não de cervo?

E quem garante que tudo ali são entalhes?

Pode ser que, naquela época, o povo coletasse qualquer couro ou pele que parecesse diferente para levar a alguma versão antiga de um inspetor de serviço postal. Porque certos couros, certas peles, logo que pelados da carne, podiam já ter algumas marcas, não? Um ponto de partida, de repente. Uma história sobre o que haveria de ser. Desenhos de um inverno futuro.

Naquele dia na neve, na Clássica Ação de Graças, tinha muito sangue, muita agitação para que pudessem ter limpado a pele com cuidado.

Mas agora ele tem tempo.

Lewis abre espaço na mesa e a desenrola com delicadeza, como se fosse um pergaminho.

O verso da pele está escurecido pelo contato com o freezer ou algo assim, Lewis não tem certeza. Ele tenta limpar as manchas com papel toalha, mas estão impregnadas nos poros feito tinta, o que ou arruína toda sua teoria, ou a confirma. No caso, a tatuagem na pele é de uma tempestade tão violenta que destroçaria o mundo inteiro.

"Chegou tarde", diz Lewis para a cervinha. Podíamos ter usado esse alerta por volta de 1491.

Mas tem algo ali. Na última volta do pergaminho, a primeira quando a pele foi enrolada, está aquela faca vagabunda que ele pensou ter perdido.

Ele a tinha colocado ali?

Por qual motivo?

Lewis apanha a faca. A lâmina acoplada é a de escalpelo, com a ponta curva. O cabo ainda se encaixa perfeitamente em sua mão, e tinha sido por isso que ele havia comprado a faca. Ah, quantas aventuras ele não pensou que teriam juntos?

Em vez disso, foi sua última caçada.

Lewis senta-se outra vez na cadeira, encarando a escada que já abriu junto ao ventilador, que já testou para ver se está na posição certa, alinhada com o buraco na parede. *Obrigada, Peta*. Mesmo quando está ausente, ela continua salvando sua pele.

10h55. Shaney deveria ter chegado.

Lewis se levanta, avaliando a sala mais uma vez para conferir se esqueceu de algo.

Nada em que consiga pensar.

Quando as coisas são simples, não há assim tantos detalhes com que se preocupar.

Ele percorre o caminho até a porta da frente, deixa-a aberta e volta para a sala, olhando a peça da Road King no chão, olhando o ventilador no alto, conferindo o ângulo uma última vez. Está perfeito. Era exatamente ali que a cerva estava.

E logo estará de novo.

Lewis coloca o pé no primeiro degrau e ergue a mão na direção da chave de fenda, no quarto degrau, à altura dos olhos.

Ele não pode ficar apenas esperando no alto de uma escada, né?

São 11h05, e o som de pneus se arrasta no asfalto em frente à casa.

"Então vamos lá", diz Lewis, anuindo com a cabeça e subindo os degraus até que as pás do ventilador estejam novamente na altura de seu quadril.

O ângulo entre ele e a peça da moto lá embaixo no chão está perfeito.

Shaney não pisa na latinha de cerveja largada à entrada. Em vez disso, bate na porta. A porta range com a batida, pois Lewis a deixou semiaberta.

"Blackfeet?", chama ela.

"Aqui", responde Lewis, o cabo da chave de fenda apertado entre os lábios, abafando as palavras, e o esforço para manter ambas as mãos ocupadas com a luminária comprimindo seu fôlego.

"Quê?", grita Shaney outra vez, colocando meio corpo porta adentro, ao que parece.

"Aqui!", responde Lewis, mais alto e mais claro, espera ele.

Ela atravessa a porta, timidamente, como se entrasse numa armadilha.

"Que diabos você tá fazendo aí em cima?", pergunta ela, da entrada da sala.

"Essa luz dos infernos", comenta Lewis, e falar com a chave de fenda na boca significa *deixá-la cair*. Ela despenca no chão, indo parar num canto.

"Segura firme, mão furada!", provoca Shaney, sorrindo.

"A peça tá ali no chão", informa Lewis, apontando com a cabeça lá para baixo, e então ele percebe que, sem uma chave de fenda, já não faz o menor sentido estar no topo da escada! Por que não desce para *pegar* a ferramenta?

Mas ele não pode sair daquele degrau — precisa olhar através do ventilador, ver a verdadeira face de Shaney.

Quase automaticamente, ele leva a mão até o bolso da calça e tira dele a faca que encontrou na pele da cerva. Ele a encara como se acabasse de vê-la, como se não se lembrasse de tê-la apanhado.

Mas com a laminazinha de ponta curva acoplada torna-se uma espátula, uma faca de arte, com a cabeça chata mais larga. Ele a segura firme para separar o soquete do teto de gesso.

"Quer ajuda?", pergunta Shaney, e Lewis olha para ela, fazendo que não com a cabeça, e então a nota pela primeira vez. Está vestida para o trabalho, com roupas normais, uma camisa de flanela como sempre, mas os cabelos ainda estão com o penteado da noite anterior, pelo que ele imagina. Cachos delineados e enormes, que cobrem metade de seu rosto.

É realmente bom que Peta não esteja voltando para casa, que não encontre Shaney com aquela aparência ali.

Mas é tudo fingimento também, Lewis lembra a si mesmo. Ela só está mostrando o que ele deseja ver, apresentando-se desse jeito especificamente para incomodá-lo.

"E vai voltar quando pro trabalho?", pergunta Shaney. "Tá rolando uma aposta na agência, sabia?"

"Volto amanhã", responde Lewis, fingindo lutar contra o soquete da lâmpada. "Depois de amanhã."

"Volte na sexta e a gente racha a grana", propõe Shaney.

"E o bolão tá em quanto?", pergunta Lewis, porque não é nenhum índio burro.

Shaney apenas sorri, indica com a cabeça a peça do farol e pergunta: "O sr. Frankenstein vai saber o que é isso?".

"O nome dele é Silas", corrige Lewis.

"Era Silas", responde ela, e, finalmente entrando na sala, procura o interruptor e desliga o ventilador, encontrando o controle na primeira tentativa.

Lewis sente o coração parar no peito. Seu rosto congela.

Ela sabe perfeitamente o que ele está fazendo.

"Salvei sua vida", diz ela, e já está no sofá, agachando-se, os joelhos juntos, para apanhar a peça da moto.

Lewis a espia através do ventilador, mas as pás já estão cedendo, perdendo força, diminuindo os giros mais e mais.

Olhando através desse ritmo, Shaney é apenas Shaney.

"Não, não, liga de novo", implora Lewis, agarrando-se firme na escada. "O... o interruptor. Quando o ventilador tá desligado, a energia vem direto pra lâmpada."

"Que merda de eletricista fez esse trabalho?", pergunta Shaney, olhando do ventilador para a lâmpada, incrédula. Mas ali, provavelmente gastando toda a sorte que resta a Lewis, a lâmpada pisca, fraquinha. Só o filamento incandescente brilhando por um segundo, mas é o bastante.

Lewis desvia o olhar da lâmpada e encara Shaney, que dá de ombros, agarra a peça do chão, catando também os parafusos que ele deixou espalhados em volta, e segue para o interruptor, religando o ventilador. Ele chia como se estivesse triste por ter sido desligado depois de tanto tempo girando sem parar.

"Ei, espera", fala Lewis, apontando a faca para o carpete defronte ao sofá. "Caiu alguma coisa?"

O ventilador sopra os cabelos de Shaney sobre seu rosto, mas ela os ajeita e confere a peça, tocando os três parafusos externos e dando de ombros na direção de Lewis.

"Ali, ó", diz ele, ainda apontando, e ela volta, suas pernas entrando na mira que as pás criam ao girar, mas aí, com o rosto ainda de fora, olha para cima e pergunta: "Tá tentando olhar meu decote, Blackfeet?".

Ela baixa os olhos para o próprio colo e, em vez de fechar a camisa até o pescoço, abre-a de uma vez, o tecido esvoaçando, e olha outra vez para Lewis com uma expressão meio maliciosa.

"Não, não", exclama Lewis, descendo um degrau para ver seu rosto através das pás, mas daquele ângulo, o ventilador ainda acelerando, é apenas Shaney.

Merda.

Merda merda merda.

Mas como ela sabia que não devia ficar debaixo do ventilador? Como sabia que precisava desligá-lo?

"Se for algum mau *contato*", diz ela, "você tem que, tipo, dar uma mexida mais ou menos aqui, ó." Com a mão livre, Shaney aponta na direção da luminária. Como é ele quem está fingindo aquele conserto, precisa seguir a deixa.

Ela dá um passo adiante para ver a lâmpada sem o ventilador atrapalhando, e ele sobe um degrau outra vez, sobe o suficiente para cutucar o soquete com a ponta da faca.

A lâmpada acende, bem como ela disse, e continua acesa.

"Fica me devendo essa", comenta Shaney, já dando meia-volta, a atenção capturada pela pele de cervo na mesa.

Lewis desce, indo atrás dela.

"O que aconteceu?", pergunta Shaney, quase tocando a pele, mas sem tocar.

"Neandertais", responde Lewis em tom de piada.

Shaney apenas o encara de rabo de olho.

No quarto livro, o que ela devolveu há pouco, aparecem neandertais andando pelo shopping, as costas curvas, com suas lanças pesadas e semblantes também pesados, o que é uma piada recorrente. Toda vez que alguém diz "Limpeza no corredor nove", Andy sacode a cabeça, bufando, e diz *"Neandertais"*, como se eles estivessem naquele shopping apenas para destruir sua vida.

Lewis engole em seco, sentindo o corpo inteiro estremecer, até a ponta dos dedos.

"Você é meio esquisito, sabia disso?", pergunta Shaney.

"Eu e Andy, aham", responde Lewis.

Mesmo que seja possível, de algum modo, esquecer os "neandertais", cada sequência da série se chama Andy o Alguma Coisa: *Andy, o Aguadeiro; Andy, o Matador de Gigantes; Andy, o Desempregado*. O quarto se chama, óbvio, *Andy, o Domador de Mamutes*. Impossível que ela não saiba de quem ele está falando.

Shaney sustenta o olhar de Lewis por um minuto, checando se ele está mesmo falando sério, e se afasta em direção à saída.

"Espera", diz Lewis, o coração saltando no peito, o rosto corando com a possibilidade. "Não é essa, não", solta ele, inventando a primeira coisa que lhe vem à mente.

Shaney olha para a peça que está segurando.

"Acho que qualquer coisa vai combinar com aquela moto", comenta ela.

"Mas tenho uma melhor", complementa Lewis. "Está por aqui, vi faz pouco tempo..."

Shaney apenas o encara, como se aguardasse a conclusão daquela pegadinha, daquela piada, fosse o que fosse.

"Pode sair por aqui", diz Lewis, passando à frente e indo em direção à porta da garagem, sem lhe dar chance de dizer não.

Ele suspende o portão da garagem, deixando a luz entrar, então começa a olhar pelo lugar conferindo todas as peças largadas no chão, em caixas ou sobre flanelas e estopas.

"O que houve aqui?", pergunta Shaney, surpresa.

"Ah, é sempre assim", explica Lewis, tentando não dar na cara o quanto as coisas estão agitadas em sua mente. Parece que as pás do ventilador, aquele ritmo que ele precisava para enxergar a realidade, estão girando *dentro* de sua cabeça.

Como ele tem medo de voltar o olhar diretamente para Shaney, corre uns três passos e pega a bola de basquete, fazendo-a quicar.

"Esqueceu sua parceira aqui naquele dia", diz Lewis, passando a bola de lavadeira para Shaney, mais um arremesso que um passe. Em vez de recebê-la e apoiá-la no quadril, com uma só mão, algo que ela certamente conseguiria fazer, Shaney dá um passo lateral, deixa a bola quicar para longe e segue encarando Lewis como se tentasse decifrá-lo.

"Ah, chega mais, vai gostar disso", diz ele, indo em direção à Road King.

"Tenho que trabalhar, Blackfeet", explica Shaney, procurando uma rota de fuga.

"Espera um pouco, rapidinho", insiste Lewis, e dá a volta pelo outro lado da moto, o lado sem um engradado roxo. Ele mexe na fiação, solta algumas faíscas, mas interrompe a corrente antes que o motor possa dar a partida, fazendo soar como um fracasso, como se o motor engasgasse. "Merda, merda", resmunga Lewis, sacudindo a mão como se tivesse se queimado, e se debruça para examinar mais de perto. "Ah, claro", compreende ele, e, sem nem olhar, chama Shaney com a mão direita.

Ela se aproxima devagar, receosa.

"Sei como é o barulho de uma moto", diz ela.

"Escapamento novo", retruca Lewis, ainda a chamando para perto, mais perto. "Tem que...", começa ele, finalmente erguendo os olhos. "Vem cá, vem cá", emenda Lewis, tirando de sua mão a peça do farol e a colocando em algum canto próximo. "Pega essa mangueira de vácuo, prende pra eu poder dar a partida. Agora deve funcionar."

Shaney avalia a segurança da Road King, e, conferindo a roda traseira e todas as outras ameaças potenciais, diz: "Que tal me mostrar isso quando estiver finalmente pronta, hein? Prometo ficar impressionada".

"Quero que você conte a Silas", diz Lewis, como se estivesse envergonhado de admitir. "Não sobre isso aqui, que ainda é segredo, mas encomendei o mesmo escapamento pra ele. Como um pedido de desculpas, sabe. Quero que conte sobre o ronco desse motor."

"Não preciso realmente ouvir o ronco para...", começa ela, mas Lewis já estendeu a mão para tomar a dela, guiando seu dedo até a ponta da mangueira de vácuo, a válvula bem ali. Seria tão mais fácil travar daquela forma.

É a primeira vez que ele toca a pele dela? Parece que sim, pensa Lewis.

Não há faíscas, nenhuma avalanche de memórias nem acusações, nenhuma reprise de quatro índios mandando bala encosta abaixo.

"Você tá fazendo eu me atrasar, Blackfeet", reclama Shaney, e Lewis, se aprumando outra vez, percebe que *realmente* pode ver seu decote por um instante.

Ela o percebe olhando e diz: "Bastava pedir, viu?".

"Não, não é isso...", começa Lewis, e nisso os dois voltam a atenção para a bola de basquete que vem rolando devagar pelo declive da garagem, como se fosse a maior, mais arrastada e bêbada bola de fliperama.

"É bom que eu não saia suja daqui", fala Shaney do outro lado do tanque, com os olhos cravados nos dele, como se quisesse dizer o exato oposto.

"Sei quem você é", retruca Lewis, bem no momento em que o motor dispara, e aquilo faz com que ela estreite os olhos como se não tivesse entendido bem o que ele disse. E, assim como aconteceu naquela última caçada, esse é o momento em que ele pode desistir, em que pode impedir que isso aconteça. Pode acabar com a conexão, silenciar o motor, fingir que disse qualquer outra coisa — tipo, *Cê quer um café?* Seria a coisa perfeita para se dizer.

Mas acontece que isso é tudo que ele não quer fazer.

Foi ela quem matou Harley, ele se força a lembrar. Matou Harley e está tentando voltar Peta contra ele. E a prova final de que ela é o que é, a coisa que a revelou com toda certeza, ainda mais do que a bola de basquete, é o fato de não saber sobre Andy, o Domador de Mamutes. Os livros vinham servindo apenas como desculpa, motivos para ela ir até ali e colocar seu plano em funcionamento. Se *realmente* tivesse lido o livro quatro, teria passado por aquela montanha-russa emocional que Lewis e o resto do planeta haviam passado depois que Andy "morreu" no fim do terceiro livro, sem aparecer sequer uma vez durante a primeira metade do livro quatro. Só que ele não estava dando uma de Gandalf. Estava apenas preso no mundo borbulhante da máquina de refrigerantes, esperando as condições ideais para poder renascer — que acabaram surgindo quando um antepassado seu afugentou um mamute despenhadeiro afora, e o mamute acabou caindo dentro de um poço onde agora estava a máquina. Então, quando o mamute caiu *de novo* — o que acontece quando o tempo é cíclico —, os elfos extraíram Andy de seu ventre. No começo, era apenas um feto raquítico de mamute, mas então se desenvolveu e ganhou uma forma própria no decorrer de apenas um dia. Depois ele cavalgou o parceiro daquele mamute morto pela seção de perfumaria e tornou-se o herói e salvador que sempre estivera destinado a ser. Não é o tipo de retorno fácil de esquecer, sobretudo se a pessoa acabou de ler o livro.

"Sabe quem eu *sou*?", fala Shaney por cima do barulho ensurdecedor do motor de quatro cilindros *sem* abafamento, ainda tapando aquela mangueira de vácuo com a ponta do indicador, e é tudo que ela consegue dizer antes que as coisas comecem.

A corrente da moto está do lado em que Lewis se encontra — Shaney não é idiota, a *Mulher com Cabeça de Cervo* não é idiota, teria percebido aquela ameaça, aquela corrente de morte imediata —, mas ele deu a partida na primeira marcha, o que significa dizer que a roda traseira, mesmo sem pneu, *também* começou a girar no eixo, criando um borrão de prata no ar.

Leva meio segundo para que os raios cromados agarrem seus cachos, fazendo sua cabeça dar um tranco para cima e para o lado, obviamente quebrando seu pescoço no processo. Mas seus cabelos seguem se enganchando, se enovelando nos raios que cortam o ar ao girar, nos raios que *oscilam*. Um segundo depois, seu pescoço se parte, o couro cabeludo é arrancado e sua testa tomba, frouxa, sobre a roda traseira, os raios raspando o crânio como se não fosse nada, escavando até os miolos. O crânio é meio rosa acinzentado onde o buraco foi aberto, revestido por uma membrana macilenta, e só então o sangue começa a se infiltrar pelas pregas e fissuras.

Lewis larga o acelerador e solta os fios da ignição.

Silêncio. Apenas a roda nua vai desacelerando. A garganta de Shaney ainda busca fôlego, os olhos cravados em Lewis, chamando-o de *traidor*, chamando-o de *assassino*, chamando-o de "Blackfeet" uma última vez. Então ela cai para trás, aterrissando em meio a sacos de dormir e peças de moto, o pé esquerdo tremendo, uma linha de saliva, e não de sangue, escorrendo do canto de sua boca. Mas há sangue vermelho vivo no ar — uma faixa de sangue borrifada dividindo a garagem, partindo do chão, indo da parede ao teto e, então, descendo pela parede oposta. Uma linha dividindo o que Lewis costumava ser e o que ele é agora.

Ele se levanta e aperta o botão na parede.

É hora de baixar o portão para aquela cena toda.

AINDA TERÇA-FEIRA

Lewis nunca montou a tenda do suor que pretendia, mas se ficar no chuveiro do andar de cima tempo o bastante para enchê-lo de vapor, dá para fingir, não dá? O sangue e os miolos que Shaney espirrou em seu rosto escorrem pelo ralo e somem para sempre.

O Toyota amarelinho dela ainda está em frente à casa, mas assim que ele se limpar vai levá-lo para algum lugar, voltar a pé e evitar qualquer testemunha. *Sim, senhor policial, ela veio aqui buscar uma peça de moto, pegou a peça e foi embora. A prova é que... bom, a peça não está aqui, está?*

Simples assim.

Os próximos dez anos de sua vida podem começar, finalmente. Vieram cobrar a conta por aquela cervinha, por todos os *nove* cervos — dez, se o feto bezerro contar —, mas, a essa distância toda da reserva, ele deu um jeito de sair sem pagar.

Quanto ao que fazer com Shaney, seu primeiro instinto é enterrá-la junto a Harley, mas a polícia vai escavar ali logo, logo. O trem da tarde também está prestes a passar, e ele não precisa de espectadores para aquele tipo de trabalho.

Não, pelo menos uma vez na vida ele vai fazer algo inteligente. E nem é como se ele fosse um assassino, já que ela nem era mesmo uma pessoa, certo? Era apenas uma cerva em quem ele atirou dez anos atrás num sábado. Cerva que ainda não tinha entendido que já estava morta.

Mesmo assim, ao colocar a mão ensaboada sob o jato de água quente, percebe que está tremendo, tremendo muito. Lewis já abriu a cortina do chuveiro duas vezes só naquele meio-tempo, porque achou ter visto um vulto parado no banheiro, achou ter ouvido uma porta estalar, o som de passos. De *cascos*.

É tudo coisa da cabeça dele, insiste em dizer a si mesmo. Qualquer estreante teria o mesmo ataque de pânico nesse momento.

Ele coloca o rosto sob a água escaldante uma vez mais, tentando ao máximo não pirar, mas acaba pirando do mesmo jeito, incapaz de entender como Shaney podia ter se sentido tão desconfortável com aquela bola de basquete, como podia não a ter apanhado automaticamente, como uma jogadora de verdade faria, e apenas deixado que quicasse para longe, feito um objeto qualquer e não algo junto ao qual ela havia se exercitado horas sem fim.

Mas e se ela *fosse* a mesma jogadora de sempre? E se tivesse desviado do passe apenas por estar segurando uma peça delicada nas mãos? Teria se esquivado porque, diferente dele, não era obrigada a agarrar uma bola que não pediu que fosse jogada?

Não importa. O que interessa é que ela não sabia dos livros.

Lewis sai do banho e pega a toalha, seu reflexo embaçado no espelho.

Ela não sabia dos livros, repete ele em pensamento.

O que quer dizer?

Quer dizer que ela era a Mulher com Cabeça de Cervo.

Por quê?

Porque era uma mentirosa.

E era um monstro por isso?

Lewis se agacha no corredor, afundando o rosto nas mãos, a cabeça balançando para a frente e para trás, tentando escapar daquele raciocínio.

Não, ele precisa admitir.

Ela *não necessariamente* era um monstro por isso, mas aquilo somado à esquisitice com a bola de basquete, com o fato de saber onde se posicionar na sala, desligar o ventilador e... e... E aquela história de não ter conseguido tocar a própria pele sobre a mesa da cozinha?

Lewis se põe de pé, confiante.

É, é isso.

Ela poderia ter mentido sobre os livros, usando-os de desculpa para arruinar o casamento dele, porque é isso que ela faz, é a coisa *humana* que ela faz, mas tocar a pele que ela vestia da última vez que estava viva, isso provavelmente a teria feito reviver aquela morte, não teria?

Lewis assente. Teria sim, com certeza.

Ah, e mais uma coisa. Ela mentiu sobre sair de casa uma hora mais cedo, não mentiu? O que ela queria era mais tempo sozinha com ele *antes* do trabalho. E isso Lewis pode provar.

Ele liga para a agência outra vez e fala de novo com Margie.

"Você gosta mesmo da minha voz", brinca ela.

"Shaney", começa Lewis, trocando o fone de ouvido como se isso pudesse mostrar que ele realmente não tem tempo para conversa fiada, "ela... ela acabou não aparecendo aqui, mas se eu sair agora acho que consigo pegá-la ainda em casa. Só não sei o endereço... é lá nas plantações de flor, não é?"

É idiota, ninguém vive lá, provavelmente nem deve ser uma área residencial, mas foi o primeiro lugar ali perto em que conseguiu pensar.

O silêncio de Margie evidencia que ela não está comprando aquela lorota.

"Por favor, por favor, Jerry vai me matar se eu não for hoje", continua Lewis, pulando no lugar como se aquilo pudesse ajudar em seu caso.

É bem simples conseguir um endereço.

Poucos instantes depois, ainda enrolado na toalha, está com o mapa de Great Falls aberto sobre a pele de cervo, o cabelo gotejando nas linhas azuis e vermelhas.

"Não acredito", exclama Lewis quando enfim encontra o endereço de Shaney.

Ela precisava *mesmo* que sair de casa uma hora mais cedo, porque sua casa *é* do outro lado da cidade — em Gibson Flats. Fica fora de Great Falls, inclusive, não fica? Mas, ao mesmo tempo, ela *tinha* levado um monte de livros. E eles *estavam* realmente aparecendo de volta lá, não?

Lewis afunda na cadeira, com o olhar perdido.

Por fim, uma explicação começa a surgir.

Fraquinha, anoréxica, mas mesmo assim uma explicação: e se ela tivesse lido um ou dois capítulos do primeiro livro, decidido que aquele monte de elfos em sobretudos e metadílios comendo cachorro-quente não eram para ela, dirigido todo o longo caminho até ali e largado o pacote com dez volumes de uma vez na soleira de Lewis?

Isso explicaria por que ela não conhecia a história, as personagens.

Mas, se foi isso, quem achou o pacote? Quem tem devolvido um livro aqui, dois livros acolá? E por quê?

Para que você fizesse o que fez, Lewis ouve em sua mente, numa voz mais fria que a sua.

Ele se levanta num salto, sacudindo a cabeça, recusando-se a acreditar.

Ela *era* a Mulher com Cabeça de Cervo. Tinha que ser. Era... era a única outra índia em sua vida ali, não era? Lewis *vê* um índio ou outro, às vezes, mas apenas se cumprimentam com um aceno de cabeça e seguem caminho. Não. Se fosse para ser alguém, tinha que ser ela.

Mas existe um modo de ter certeza, não é? O modo que ela escreveu na contracapa do terceiro livro.

Lewis vai até o canto da sala atrás da escada montada e volta com a chave de fenda de cabo vermelho.

Em seguida, vai para a garagem, a pilha de sacos de dormir e cobertores.

Ele os tira de cima de Shaney, tentando fechar seus olhos que se recusam a permanecer fechados.

Sem qualquer enjoo, Lewis tira de dentro de sua boca o tufo de cabelo escalpelado que havia enfiado ali, imaginando que aquilo devia ser alguma merda indígena das antigas. O fato de ela não ter se debatido enquanto ele a soterrava em sacos e cobertores queria dizer que o cabelo na boca funcionava.

O que vinha depois, por outro lado... Ter enrolado seu cabelo nos raios da Road King tinha sido fácil em comparação. Agora seria muito mais complexo.

Mas Lewis pelou tantos cervos e veados que até já perdeu a conta. Inclusive um alce certa vez. Até já tinha extraído um embrião ou um feto do corpo de uma cervinha prenha, que ainda se debatia no interior da membrana fina e venosa, mas essa parte ele não contou a Peta.

Ele dá conta.

A primeira coisa a fazer é abrir a boca dela com os dedos, então forçar a mão o mais fundo possível até quebrar a mandíbula e despedaçar a articulação para conseguir o acesso livre que precisa. Para poder ver o alto da arcada dentária.

A Mulher com Cabeça de Cervo lhe disse o que procurar, não foi? Ela lhe disse como ele a reconheceria.

(*Marfim*)

Lewis posiciona a chave de fenda entre um canino e o dente vizinho, e com o punho bate no cabo vermelho da ferramenta, afundando-o o bastante para arrancar o canino de que precisa, com as raízes sangrando e tudo. Como ela ainda está fresca, o dente resiste a sair.

Mas sai. E arrasta junto o dente que ele usou de apoio.

Lewis os chacoalha na mão fechada, sentindo-se sortudo por ter arrancado os dois de uma vez, sem querer. Assim ele pode compará-los: normal e de marfim.

Mas os dois são exatamente iguais.

Ele apanha uma lata de descarbonizante e espirra sobre os dentes, porque não é possível que não tenha marfim ali. Mas não há, e ele cerra os olhos, caindo de joelhos sobre os sacos de dormir.

Em seguida, gargalha sozinho, chorando junto.

A agência não precisava estar com *tão pouco* funcionário, né?

ÍNDIO, POR CONTA PRÓPRIA, DESTRÓI CORREIO DOS ESTADOS UNIDOS.

Lewis se esforça para sorrir por conta daquela manchete até que se pega olhando fixamente para a barriga da camisa de flanela que Shaney veste. Porque ali não tem sangue nem ferida, é um ponto seguro para onde olhar, talvez o melhor de todos. Mas... não. Não não não.

Ele pode *levantar* aquela camisa, não pode? Levantá-la o suficiente para ver se encontra aquela grande cicatriz vertical em sua barriga. Se encontrar, se ela *tiver* sido esviscerada, então... então era a Mulher com Cabeça de Cervo, sem dúvida.

A menos que tenha entrado na faca por conta de alguma operação. A menos que algum médico bêbado do Serviço de Saúde Indígena tenha feito aquela cicatriz horrorosa, feito com que ela se tornasse uma mulher preocupada em mostrar o decote para que ninguém olhasse abaixo dele.

Lewis faz que não com a cabeça, não quer ter que fazer aquilo, não quer ter que saber em qualquer um dos casos. E se ela nem tiver aquela cicatriz?

Ele deve isso a ela, tanto que já está com a mão em sua barriga, os dedos erguendo a camisa, *prestes* a examinar sua pele, encarar a verdade. Ao contar até três. Ele conta até três mais uma vez.

Mas o que o salva — quem, *quem* sempre o salva — é Peta.

A porta da frente se abre e se fecha.

Merda.

Muito, muito rápido, ele soterra Shaney outra vez. Ainda existe uma chance de que tudo dê certo. Peta não precisa saber. Aquilo borrifado no teto e nas paredes é fluido hidráulico. O cheiro de cadáver é por causa de Harley.

Ele leva trinta segundos para deixar de hiperventilar, e mais um minuto inteiro para enxugar os olhos.

Acenando com a cabeça para si mesmo para se dar confiança ou algo assim, Lewis entra pela cozinha, pronto para fazer ar de espanto ao se deparar com Peta ali, descarregando a marmita. Mas ela não está junto à bancada, como costuma estar. Para encontrá-la, ele precisa erguer os olhos. Mais e mais.

Ela... *ela* está no alto da escada?

"Você consertou!", comemora Peta, com o rosto radiante como se a última semana de turnos dobrados de repente não tivesse qualquer importância.

"Quê?"

"Tá *tudo* solto aqui", comenta ela, sacudindo a faca ainda fincada ao lado do soquete.

A lâmpada pisca e volta a se apagar.

Um sorriso reconfortante estampa o rosto de Lewis.

Ele de fato havia consertado a luminária. Era o presente perfeito, a melhor surpresa possível. Ele era mesmo um bom marido.

Sorrindo como se não fosse nada, ele passa pela mesa e entra na sala, diminuindo o passo apenas ao perceber o olhar de Peta em sua direção, olhando-o de cima a baixo, devagar, receosa.

"O quê?", pergunta Lewis, e só então olha para as próprias mãos, encharcadas até o braço no sangue de Shaney. Provavelmente há sangue em seu peito e em seu rosto também, por causa da extração dos dentes, e não tem como ser fluido hidráulico — a Road King *nem tem* tanto fluido hidráulico assim.

O vermelho na toalha branca não deixa dúvidas.

"Você tá bem...?", pergunta Peta, com os olhos fixos nele, descendo da escada sem nem olhar os degraus, provavelmente preocupada com ele estar tão ferido que entrou em choque, e é assim que tudo acontece, é *por isso* que tudo acontece: porque ela está preocupada com ele ter se cortado. A quina esquerda de sua botina de trabalho, firme, resistente e à qual ela já não presta atenção, erra o degrau. Seu outro pé já está a caminho do degrau seguinte, e ela é esperta o bastante para não se agarrar às laterais da escada, o que só faria a escada tombar junto de Peta, e já tem um buraco na parede da sala.

Provavelmente apenas por instinto ela estica os braços para tentar se agarrar em algo.

O que encontra é o cabo da faca ainda enfiada na lateral da luminária. Ela cai com faca e tudo, e em vez de voar pela sala para arremessá-la na parede, como um bom marido faria, Lewis fica parado ali, agarrado à toalha, apenas assistindo ao que parece ser a câmera mais lenta de todos os tempos.

Qualquer pessoa que não fosse Peta teria caído nos degraus, se emaranhado e amortecido a queda de algum jeito meio torto.

Mas ela era atleta de salto com vara.

Sabe bem como afastar o corpo, cair com graça.

É belamente executado. E, sendo ela, ainda consegue jogar a faca de lado para não ser empalada ao pousar, como Lewis esperava, já que tudo vinha correndo tão mal.

Mas Peta está acostumada a cair sobre colchões enormes, não sobre a quina pontuda da lareira, a nuca em primeiro lugar.

O estalo de seu crânio se abrindo é claríssimo, permanente, e afastar os olhos não ajuda Lewis a lidar com aquilo, nem a aceitar.

Assim como foi com Harley, ele não corre para junto dela em seus últimos momentos.

Fica estarrecido, apenas. Em choque.

Seu corpo convulsiona e a respiração engasga por, talvez, uns dez segundos, os olhos fixos em Lewis como se quisesse lhe dizer algo... como se tentasse reviver os dez anos que passaram juntos? Tipo, como se naquele momento ela pudesse voltar à mesa de piquenique em East Glacier e começar essa história toda de novo, igualzinha até esse momento. Afinal, *o que* ela estava desenhando aquele dia? Estaria desenhando a casa dos sonhos, toda mobiliada, com um fogo e uma cornija de tijolos, escrito "lareira" acima? Será que ela sabia o tempo todo que isso viria a acontecer, mas resolveu encarar do mesmo jeito porque aqueles dez anos valeram a pena?

"Peta", diz Lewis finalmente, com uns segundos e uma vida tardes demais.

Os cantos de sua boca se estiram num curto sorriso, e então, como estava destinado a acontecer, seus quadris morrem com o resto do corpo, como se a energia o deixasse, dispersando-se pelo solo ou coisa assim.

Lewis segue parado no mesmo lugar.

Os cabelos loiros de Peta tingem-se de vermelho, que se espalha pelo tapete. Vai ser impossível se livrar daquela mancha. É, nunca vão conseguir a caução de volta.

"Ei", diz Lewis tão logo pode, depois da certeza de já ser tarde, depois da certeza de que ela não vai mais responder.

Suas pupilas estão congeladas e dilatadas, a boca aberta de um jeito que ela jamais havia feito em vida.

Dez anos, pensa Lewis.

Deram conta de viver dez anos.

Até que é bastante para um índio e uma branca, não é? Ainda mais quando ela é de classe social tão mais alta, e ele traz nas costas o peso de toda aquela bagagem de costumes...

E... e talvez ele estivesse *mesmo* com a razão o tempo todo, ele faz um esforço para acreditar. Talvez ela tenha aparecido no verão seguinte à Clássica Ação de Graças por um motivo — porque desejava se mudar com ele de um lugar para o outro, fazendo-o dedicar a vida a ela, apenas para encenar aquela morte grandiosa, morte que ele jamais poderia superar, da qual fugiria para todo o sempre.

Aquela não seria a melhor vingança possível? A morte é simples demais. Era muito melhor tornar o resto da vida da pessoa uma agonia sem fim.

Mas, assim como fez com Shaney, havia um jeito de confirmar aquilo. Um jeito de ter certeza.

Lewis sobe na escada para arrancar a faca da parede onde ficou cravada. Como tinha cortado o pulso nos dentes de Shaney, parecendo uma mordida zumbi, por causa do ângulo em que quebrou sua mandíbula, com Peta ele agarra o queixo por fora, apoia o joelho em sua testa e assim rompe a articulação.

O dente dela sai com muito mais facilidade. Todos, como se estivessem esperando por aquilo, mal parecem presos no lugar. Seria uma diferença entre gente branca e índios?

Lewis alinha todos os dentes sobre o reboco da lareira.

Nenhum ali é de marfim também.

Ele se senta, abraçando as próprias pernas e apoiando o queixo entre os joelhos.

Isso é algo que ele fez, algo que ele com certeza fez.

Pelos próximos meses, aviões vão perder o controle e se chocar contra os terminais de passageiros, e a correspondência vai se acumular em pilhas na agência do correio.

Além disso, duas mulheres estão mortas, e talvez não precisassem estar.

Lewis fixa o olhar no ponto em que haveria fogo se a lareira não estivesse tapada com tábuas — o contrato de aluguel proíbe fogo a lenha, apenas gás — e ele não tem alternativa senão sorrir ao perceber que a luz no teto pisca e acende, mesmo sem nada pressionando a lateral do soquete.

Seu facho brilhante ilumina Peta. Ilumina... seu estômago? Seu bucho?

E como no momento tudo parece ter algum significado, Lewis se pega pensando naquela cicatriz cortando, ou não, a barriga de Shaney na garagem.

Cicatriz que ele tem certeza absoluta de não existir em Peta. Mas deve haver um motivo para estar pensando nisso, não? Ou ainda, o mundo deve ter tido motivos para mostrá-la a ele aquele dia na garagem.

Quase no mesmo instante, os motivos parecem forçar, por dentro, o tecido grosso da camisa do uniforme de Peta.

Alguma coisa está se debatendo ali. Algo está se mexendo.

Parece até... parece até o momento em que Andy estava aprisionado na barriga daquele mamute morto, mas para Lewis, naquela hora, não é um mamute que ele vê, não é mesmo?

"Índios preferem mesmo montar a pelo", ele ouve a própria voz falando e ri daquilo.

Alguns de seus salmões *realmente* eram bons nadadores.

Tudo bem que só se passaram duas noites, não? Mas é tempo suficiente. Nove meses seriam um luxo, um desperdício, demoraria tanto que ele provavelmente nem lembraria mais. Além disso, Peta já estaria caindo aos pedaços.

Quarenta e oito horas para uma gestação parece perfeito, resolve Lewis.

É até capaz de ver uma perninha empurrando a barriga de Peta. Tem algo sufocando ali, se afogando, lutando para sobreviver.

Seu plano, não muito completo, mas tudo que ele tinha até aquele momento, era se levantar após mais uns minutos e então sair da casa, saltar a cerca e sentar no meio do trilho do trem, esperando o Expresso Trovejante passar, decretando sua sentença a cem quilômetros por hora, o apito enchendo de som o mundo inteiro.

Mas aquilo ali é algo novo, inesperado, surpreendente.

Lewis jamais imaginou que seria pai.

Ainda há esperança, não?

Tudo ainda pode dar certo.

Com a mesma faca mal-amolada que usou para arrancar os dentes de Peta, a mesma com que talhou aquela cervinha dez anos antes, faz um corte na barriga tesa e estufada de sua esposa.

Um pata fina e castanha desponta de dentro dela e ele a agarra, tateando-a até sua extremidade.

É um casco, um minúsculo casco preto.

Lewis balança a cabeça, concordando com como aquilo parece certo, e puxa com gentileza a pata, com a outra mão já preparada.

Dois dias depois, o filhote de cervo, embalado na pele já velha de sua mãe, acorda sob a borda de um rochedo, a meio caminho entre a casa alugada em Great Falls e a reserva que ele ainda chama de *sua*.

O Toyota amarelo de Shaney está largado a uns quatro ou cinco quilômetros nas planícies, bem perto do posto de gasolina, onde ele tem certeza de que alguém o viu por causa das manchetes circulando quarta-feira: HOMEM INDÍGENA MERGULHA NA CARNIFICINA; DUAS MORTES E UM BEBÊ DESAPARECIDO.

A história na página 12 é sobre ele, dormindo ao sereno como se fossem os velhos tempos do arco e flecha. A história na página 12 conta como ele, deitado ali, fica vendo os flocos brancos caírem do céu, igualzinho à Clássica Ação de Graças.

Lewis ergue o rosto para receber aqueles flocos úmidos e frios, fecha os olhos e segura contra o peito aquele bezerrinho que vem chamando de filha. Ela não está crescendo tão depressa quanto Andy, tampouco se mexeu desde que estirou a pata para fora, mas ele sabe que uma hora vai. Tudo que precisa é levá-la de volta a sua casa, à terra que ela conhece, ao pasto de que se recorda. Pelo resto do ano, ele vai vê-la crescer, afugentando coiotes, lobos e ursos, e, assim que ela puder, Lewis vai deixá-la seguir seu caminho, vendo-a partir e chorando de tristeza e alegria. E esse será o fim da história. Histórias indígenas sempre terminam onde começam, não é? Pelo menos as boas.

Lewis sorri, abraça-a com mais força e solta o ar quente dos pulmões contra suas orelhas finas, e no alto do barranco acima dele quatro homens espiam por sobre os canos das espingardas. Lewis os encara, os lábios se movendo, tentando explicar o que é tudo aquilo, dizer-lhes como tudo vai funcionar, como não é tarde demais e que eles não precisam fazer aquilo, não é o que os jornais estão dizendo, ele não é aquele índio, é apenas ele, perdido no meio daquela história, mas prestes a achar a saída, finalmente, prestes a dar um jeito em tudo.

Quando disparam, ele por fim sente o que estava esperando, aquilo em que tinha apostado, implorado: longas patas frágeis em seu seio, chutando uma, duas vezes. A cabecinha no topo de seu pescoço, e os longos cílios roçando em sua bochecha ao abrir os olhos, então fechando-os para se proteger da névoa de sangue que, naquele instante, é todo o seu mundo.

Em Blackfeet, o nome dela é Po'noka.

E quer dizer cervo.

Perseguição deixa três mortos e um ferido

Quatro homens de Shelby foram atacados na noite passada, seguindo a captura do fugitivo Lewis A. Clarke (confira a edição de quarta-feira), que, ao que tudo indica estava indo procurar refúgio na reserva ancestral de seu povo. Clarke era o principal suspeito do assassinato brutal de sua esposa e de uma colega de trabalho.

Há informações de que esse grupo de quatro caçadores esteve o dia todo auxiliando na busca por Clarke. Representantes da patrulha rodoviária afirmaram que, embora a colaboração de cidadãos armados nessas buscas possa parecer vantajosa, manter-se distante das estradas acaba sendo o mais benéfico para as ações de busca e apreensão.

Informações de que os quatro homens de Shelby teriam sido os primeiros a encontrar Clarke, agora também falecido, não foram confirmadas.

De acordo com fontes no hospital, que conseguiram falar com o único sobrevivente antes da cirurgia, os homens de Shelby chegaram a carregar na caçamba de sua caminhonete tanto Clarke quanto o bezerro de veado ou cervo que ele, ao que consta, trazia consigo sem razão aparente.

De acordo com esse sobrevivente, em algum ponto da estrada, conforme retornavam para a cidade, alguém teria se erguido na caçamba do veículo ainda em movimento. Era uma garota de 12 ou 14 anos, indígena. Presume-se que ela tenha entrado no veículo mais cedo, quando ainda seguiam para oeste.

O sobrevivente informou que, quando o motorista reduziu a velocidade para evitar que ela caísse e avisou isso aos homens que iam com ele na cabine, a menina "disparou na direção deles" e "atravessou o vidro traseiro", entrando na cabine. O relato da testemunha não oferece mais informações.

Qualquer pessoa que encontre uma adolescente indígena, possivelmente pedindo carona ou perambulando pela região, deve avisar as autoridades sem mais tardar.

Os nomes dos mortos e do sobrevivente ferido estão sendo mantidos em sigilo até que suas famílias sejam devidamente notificadas.

Novas informações sobre o caso serão publicadas nos próximos dias.

O massacre da tenda do suor

SEXTA-FEIRA

O jeito de proteger seu bezerro é escoicear com força. Sua mãe também fez isso por você, em meio às montanhas de seu primeiro inverno. O casco preto dela zunindo contra aquelas bocarras ameaçadoras foi tão rápido, tão puro, lá e cá, que deixou um rastro perfeito de sangue jorrando no ar. Mas nem sempre cascos são o bastante. Também é possível morder e arrancar pedaços com os dentes, se preciso. E você também pode segurar o passo. Se nada disso funcionar, se forem tiros demais, seus ouvidos zumbirem com o barulho, o faro dormente por tanto sangue, e se já tiverem arrancado de você seu bezerro, resta algo a ser feito.

Esconder-se em meio à manada. Esperar. E jamais esquecer.

Quando você finalmente consegue voltar ao mundo, encontra-se parada junto à estrada que leva para casa, enrolada num manto arrancado de uma caminhonete velha, com os pés tão gelados que já não são mais cascos firmes, e as mãos se estirando em dedos que você sente estalar, crescendo cada vez mais rápido. As quatro pessoas da família que lhe deram carona estão tensas e quietas. Nem o pai, nem a mãe, nem o filho dizem absolutamente nada com os lábios, apenas com os olhos, enquanto o bebê segue dormindo. Eles dão um jeito de abrir espaço no banco de trás, porque se não pararem para você, alguém vai parar, e o pai motorista diz que aquilo nunca acaba bem para indiazinhas de 14 anos, esquálidas, vestidas apenas com um manto velho.

Então você tem 14 anos. Já.

Poucas horas antes você tinha certeza absoluta de ter o que ele teria chamado de "12 anos". E, ainda outra hora antes, era um filhote de cervo embalado por um assassino em fuga, tentando chegar à reserva, e antes daquilo não era nada além de uma consciência vaga, dispersa pela manada, uma memória passando de um corpo castanho a outro, presente em cada sacudir de cauda, cada arquejo, cada olhar preparando o salto para descer uma encosta gramada.

Mas você se amalgamou, se solidificou, encontrou um dos assassinos prestes a semear vida em outro corpo, vida na qual você poderia se infiltrar, olhar para fora através dela. Mas ele tinha de ser adestrado antes. Adestrado, encurralado e isolado.

Foi tão fácil. Ele era tão frágil, tão pouco equilibrado, tão despreparado para lidar com o que havia feito.

Você se acomoda no banco traseiro, macio e perfumado, e deixa o carro levá-la o resto do caminho até em casa. O pai ao volante não para de mexer no botão do rádio, para um lado e para o outro, procurando uma música que talvez nem exista, e a mãe ao lado dele, com o bezerrinho — bebê, bebê bebê *bebê* — no seio, apenas olha pela janela, talvez observando o mato seco que passa veloz.

O menino a seu lado no banco tem cheiro de produto químico, como se emanasse de sua pele, e seus olhos estão úmidos e furiosos por trás das madeixas longas. Nele você sente todos os ancestrais que o antecederam, e fica surpresa que ele não a reconheça pelo que você realmente é.

Em seu próprio idioma você lhe diz algo, com essa boca e dentes, garganta e língua que não foram feitas para o formato das palavras, e ele apenas a encara por um tempo, pergunta "Que bicho é você?" e vira de lado no assento, se afastando.

Então ele sente você. Só não de um jeito que possa compreender.

Bom, muito bom.

E já que não consegue interagir com ele, interaja com essa relva que passa voando com tanta facilidade. Coloque o rosto entre os bancos da frente pra ver as montanhas alvas se agigantando. A sensação é a de um galope, como se estivesse livre e correndo. É difícil não sorrir ao sentir isso, essa velocidade. Seu primeiro sorriso nesse rosto. No alto da última colina, entretanto, e antes de chegar à cidade, seu sorriso se abala com o retorno daquela memória, vendo os trilhos à distância e de cima.

A memória é antiga, não de sua geração, mas de algumas mais velhas. Algo que aconteceu bem ali ao sul, passando a última cerca. É a memória de como a manada foi até ali à noite. De como encontraram boa pastagem cada vez mais perto das casas, onde nada costumava pastar, e ali ficaram, comendo, comendo e engordando porque precisavam daquilo para atravessar o inverno que se aproximava.

Mas então os caçadores apareceram nas varandas, viram aqueles grandes bichos castanhos em meio ao pasto amarelo e voltaram para dentro buscando as espingardas.

Durante toda a manhã, chegaram se arrastando pelo chão. O bando sabia que estavam ali, pois o odor era forte, e, embora rastejassem, ainda assim eram ruidosos. Mas o pasto era bom e o horizonte para além dos caçadores aberto. A manada era capaz de correr como um só corpo quando preciso, era capaz de apertar a marcha, fugir a toda, cruzar a pradaria sinuosa feito uma névoa que se espalhava, reunindo-se depois numa ravina que conheciam. A água que corria pelas rochas do lugar já se infiltrava em suas mentes. Apenas pelo sabor eles sabiam dizer de que parte das montanhas vinha, e todo o percurso que havia feito até chegar ali.

Mas não sabiam nada sobre trens. Não como os caçadores sabiam.

Quando a locomotiva cheia de vagões trovejou por ali, com seu cheiro quente e metálico, foi como se os trilhos deitados no chão de repente se levantassem. Tornaram-se uma parede cintilante e móvel, erguendo faísca e vento pelos quais nenhum cervo podia atravessar (um deles tentou), e o gemido agudo das grandes rodas de metal encobriu o estrondo das espingardas sendo disparadas pelos caçadores, que atiravam outra e outra vez, até que o barulho das armas e o som do trem eram o mesmo, e no banco traseiro desse carro incrivelmente rápido você vacila pelo gosto acre da memória, fazendo com que o menino químico a seu lado se afaste ainda mais, mas o que aconteceu naquele dia havia sido justo, a culpa tinha sido mesmo da manada.

Deve-se fugir ao primeiro sinal de caçadores no ar, não é? Ao primeiro sinal que faça você *pensar* que pode ser aquele cheiro horrível deles. Pasto algum vale o risco. Mesmo que seja abundante, saboroso. Mesmo que você o deseje mais do que tudo.

A lição daquele dia ficou gravada no bando, sendo transmitida do mesmo jeito que ensinavam sobre o significado dos faróis, ou sobre aqueles blocos de sal que os cervos não devem lamber durante o dia, e ainda sobre como devem fugir sempre que sentirem o gosto de fumaça, de cabeça baixa e passo ligeiro. O preço daquela lição sobre trens foi alto, e o inverno seguinte ainda mais árduo, já que menos cascos significavam mais lobos. Só que o bando nunca mais pastou junto à cidade, e jamais confiaram em trilhos de metal, não importava onde os encontrassem, pois sabiam que eram capazes de se erguer feito uma parede repentina.

Em vez disso, mantinham-se no meio da mata, nos lugares ermos em que o ar tinha sabor de árvore, frescor e manada, lugares em que as caminhonetes jamais chegavam.

Até que uma chegou.

No banco traseiro do carro acelerado, você aperta os lábios, recordando-se daquele dia também.

Qualquer mãe cerva, quando acuada, usa os cascos e os dentes como arma, e pode até oferecer a própria carne em sacrifício. Quando nada disso funciona, levanta-se outra vez anos mais tarde, porque aquilo nunca acaba, está sempre, sempre recomeçando.

O pai deixa você no estacionamento do mercado, onde você disse, com essa nova voz, que poderia ligar para sua tia, mas na verdade só salta ali para entrar em outro carro que não está nem trancado. Depois sai do veículo com uma bolsa larga, cheia de roupas, e não se importa com os cães famintos que a rodeiam, rosnando e abocanhando o ar, os pelos do lombo arrepiados e o rabo entre as patas.

Você arreganha os dentes na direção deles, vendo-os se alvoroçar, a baba escorrendo, sendo corroídos pelo desejo que têm de você, de vê-la acabada.

Que lugar legal que é a cidade, hein?

Você não consegue se livrar desses cães irritantes sem chamar mais atenção para si, infelizmente. Mas não pretende ficar ali por muito tempo.

Essa é outra coisa que a manada sempre soube: nunca ficar no mesmo lugar. É preciso seguir viagem, mudar-se sempre.

Mas, antes, um dos bezerrinhos tem frequentado a aula de geografia do oitavo ano — *menina*, menina menina menina, não "bezerro". E essa menina tem um pai de quem você se lembra, e esse pai tem um amigo de quem você se lembra também, por tê-los visto no alto de um barranco nevado, suas silhuetas monstruosas pretas contra o céu.

Para eles, dez anos atrás é uma vida.

Para você, foi ontem.

A MENINA

O nome dela é Denorah. Seu pai costumava dizer que o nome devia ser *Deborah*, em homenagem a uma das tias dela já falecida, mas ele nunca teve uma caligrafia muito bonita, e então ele abria aquele sorriso afiado, com o canto da boca, que devia ter sido um charme no colégio, cem mil cervejas atrás.

Seu pai é Gabriel Cross Guns. Foi ele quem atirou em seu lombo e arrancou uma de suas pernas.

Na aula de geografia que Denorah está tendo na turma do oitavo ano, a seis dias do peru de Ação de Graças, o sr. Massey explica que faltam informações detalhadas, que podem ter sido guardas rodoviários que atiraram naquele homem nativo americano bem na divisa da reserva, que não necessariamente foram justiceiros ou milicianos, mesmo que o estado seja repleto destes últimos, todos eles loucos para serem os primeiros.

"*Nativo americano?*", devolve Tone Def ao sr. Massey. "Pensei que era um Blackfeet."

"Tone Def" é o nome de rapper de Amos After Buffalo.

A turma inteira apoia Tone Def, criticando o sr. Massey. Não que eles realmente liguem, mas é divertido intimidar o professor branco.

Tone Def Amos — o nome que fez por merecer — se levanta da carteira e argumenta que não existe grande *diferença* entre os patrulheiros rodoviários e outros idiotas armados, ao que Christina, ou alguma das pessoas ali junto à janela, responde que esse índio morto, de quem ninguém na reserva nem se lembra, matou a esposa e esviscerou um bebê de dentro dela e arrancou todos os dentes da boca dela, não foi? Por que devia importar quem deu o tiro depois daquilo? E então o falatório aumenta, e mais estudantes se levantam, e duas delas já estão aos prantos só de imaginar a tragédia e o drama dessa história toda, e provavelmente não vai haver aula nenhuma de geografia.

Denorah vira as páginas espiraladas de seu caderno até uma que esteja em branco e se esforça para se lembrar desse Blackfeet que foi morto. Seu nome, claro. Seu nome era uma piada, ainda que essa piada tenha sido dos pais desse índio morto, que talvez pensaram nisso enquanto assistiam a alguma aula de história no corredor ao lado. Mas é difícil separar o que ela de fato lembra do que lhe contaram vinte, trinta vezes.

Há uma imagem mais ou menos vaga de seu pai com Cassidy, como ele gosta de ser chamado atualmente, mesmo que seja um nome de menina. Os dois estão cruzando a sala num sábado à tarde, e Denorah está dormindo no sofá, bem criancinha, ainda nem tinha entrado no jardim de infância. À porta, ela vê dois índios ainda não finados: o do nome piada, que acabou de ser morto em Shelby, e Ricky Boss, que ela tem certeza de ter sido espancado até a morte numa briga de bar na Dakota do Norte. A menos que essa tenha sido outra pessoa. Mas sobre a Dakota do Norte ela tem certeza.

Enfim Denorah se lembra daquela manhã na sala, não por ter sido o sábado antes da Ação de Graças, nem porque seu pai de verdade e Cassidy faziam muito barulho com suas xícaras de café bem quente. Também não porque a batida da porta a tenha acordado. Seu pai de verdade apertou o passo para que a porta não fizesse barulho, e Cassidy foi logo atrás. Eram Ricky Boss e o outro morto, Lewis, com espingardas a tiracolo e cara de sono. A única razão pela qual isso continua com Denorah dez anos depois é o olhar de Ricky Boss quando a encarou através do véu de fumaça subindo de sua xícara, como se soubesse o que aconteceria naquele dia, na caçada, e quisesse continuar ali, apenas tomando café.

Era algo que ela teria tentado desenhar, em outros tempos. Quando ainda desenhava.

Havia começado no sexto ano, os desenhos, dois anos atrás, antes de escolher o basquete. Logo após a visita ao museu. Um projeto de classe. Não fazia diferença que todo mundo estivesse desenhando naqueles cadernos de espiral. A srta. Pease, que agora era sua tia, explicou que livros-caixa eram os cadernos de espiral daquela época.

Denorah jamais admitiria isso, de jeito nenhum, mas chegou a acreditar na srta. Pease. Sentada na segunda fileira, nem precisou fechar os olhos para imaginar uma tenda como aquelas de antigamente, e dentro dela tudo quanto era tipo de mercadoria: peles de castor, cachimbos, tranças de erva-santa, uns nacos de carne de búfalo cozidos e enrolados num cordão (para pendurá-los nas vigas), tiras de *pemmican*[1] (eca), bolsas adornadas iguais às que se veem nos postos de troca, com abas bem largas para destacar os adornos de miçangas e atrair turistas, e, lá no fundo, uma pilha de livros-caixa ainda em branco. Ela sabia que bastava apertar o botão de avançar naquela imagem, mantendo-o pressionado até que a tenda ganhasse corpo, firmasse base, virasse construção, um armazém, abrisse um corredor com material escolar. E aí os livros-caixa seriam cadernos de espiral, do jeitinho que a srta. Pease havia dito.

Naquele dia, pareceu mágico abrir o caderno numa nova página, naquele livro-caixa moderno. Imaginou isso num museu, pensando que um dia uma turma de sexto ano faria fila para conferi-lo em sua vitrine, para ver como os antigos costumavam fazer, na época em que cadernos de espiral eram comuns, na época antiga, há um bocado de anos, quando os índios tinham apenas reservas, antes de retomarem toda a América.

A lição pedia aos alunos que desenhassem suas festas preferidas. Ela devia desenhar o Natal, a Ação de Graças ou o *powwow* de verão, como todo mundo da turma, mas Denorah desenhou o dia em que o time

---

1 Mistura concentrada de gordura com carne magra desidratada e triturada.

de sua irmã se classificou para o campeonato regional de basquete um ano antes, o dia mais sagrado de todos em sua família, mesmo que na época não fossem uma família de verdade, porque sua mãe e o novo pai estavam apenas namorando.

Foi nesse dia que sua irmã mais velha, Trace, a filha que seu novo pai já tinha, fez 10 pontos logo no primeiro quarto de jogo, 8 no segundo e, depois do intervalo, converteu seis arremessos, e aí no quarto tempo, quando o placar estava apertado, com o ginásio inteiro gritando e pulando na arquibancada, quando o outro time enfim resolveu reforçar a marcação sempre que ela tocava na bola, fez passes o tempo inteiro, para quem quer que estivesse livre, e garantiu nove assistências fantásticas só naquele quarto. A torcida adversária cantava *Índia, sai daqui! Índia, sai daqui!* Mas Trace não ia a lugar algum, ali estava em casa, nada lhe era mais familiar do que uma quadra de basquete faltando meio minuto para o fim do jogo.

O que Denorah desenhou no canto inferior direito da página de pauta azul que ela havia dividido em quadros naquele dia no sexto ano foi sua irmã no fim do jogo, no único lance livre que teve em toda a segunda metade, uma falta técnica da defesa, mas a forma como desenhou seus braços estava toda errada. Sua irmã tinha os braços estirados como se empunhasse um arco, como se a bola equilibrada na ponta de seu punho fosse uma flecha e ela a estivesse apontando bem para o mundo.

Ela converteu aquele histórico lance livre, aquele jogo, aquela *vitória*, em uma bolsa integral de quatro anos em Wyoming, e Denorah fala com ela ao telefone toda semana, a irmãzona e a irmãzinha, nada de "meia-irmã" na história. Depois de terminar aquela arte em livro--caixa, à qual a srta. Pease atribuiu nota "B-", questionando se "Isso é mesmo *indígena*, D? Não deveria fazer algo que honrasse *seus antepassados*?", ela a enviou por correio a Trace, dobrada com cuidado, e Trace disse a Denorah que sua irmã mais nova tinha entendido direitinho, havia sido bem daquele jeito, obrigada, muito obrigada, Denorah devia continuar praticando, era bem melhor que qualquer criança de 12 anos, ela vai falar para sua treinadora, vai fazê-la ouvir, aquilo é nota A+. Até mesmo A++.

Mas agora já fazia dois anos desde aquele B-.

Denorah não desenha nada provavelmente desde o verão passado. Desde que suas mãos cresceram o bastante para pegar uma bola de basquete e fazê-la parecer ir para a direita quando, na verdade, está indo para o outro lado.

Ela é boa de verdade. Não é só papinho de irmã. A treinadora disse isso a seu novo pai depois de um treino, e quando ele voltar para casa em uns dois meses, depois do trabalho longo que precisa fazer, prometeu que toda noite vai com ela treinar no ginásio, melhorar sua habilidade com a esquerda — isso tudo se ela mantiver as boas notas. Ninguém dá bolsas de estudo se não for assim.

Novo pai: "E por que você tem que se esforçar pra entrar na faculdade?".

A mesma filha: "Porque não dá pra viver de comer bola de basquete quando eu crescer".

Mas, no fundo, no fundo, ela meio que acredita ser possível.

Seja como for, nunca vai ser boa o bastante para viver de basquete se não se dedicar aos treinos, se não mantiver a média pelo menos em B.

À margem esquerda, Denorah escreve suas notas, de leve, na ponta do lápis. É seu jeito de lembrar que elas não são fixas, que podem mudar a qualquer hora, basta uma prova ruim:

Matemática: B-
Biologia: C+
Inglês: B+
Geografia: A
Educação Física: A++
Saúde e Qualidade de Vida:?

Então é isso, saúde e qualidade de vida, essa disciplina de um mês e meio pode fazer toda a diferença quando começar, pelo que Denorah calcula. Ela desenha três coraçõezinhos ao lado de "Saúde", como se fossem vidas num videogame, preenchendo o primeiro e metade do segundo. Imagina que a linha vermelha na margem do caderno, à esquerda, é uma trave, e desenha uma silhueta bem dramática saindo dela. Pensa em como um bom armador sempre mantém os olhos colados na defesa, evitando que ele olhe para a bola. Lembra então de quando os cadernos de espiral eram cartilhas da marca Big Chief, de como ela acreditava que eram feitas em Chief Mountain e que sua reserva era a única que as recebia. Denorah volta a prestar atenção no sr. Massey, que está tentando defender *tanto* os guardas rodoviários *quanto* os vigilantes de Shelby, como se quisesse virar a discussão ao contrário, feito uma tartaruga com as patas para o ar, e olhar na barriga dela o que realmente importa, mas não há nada ali que Denorah já não tenha ouvido nas três aulas anteriores, então ela fecha o caderno, mantendo-o assim, e olha através da janela para o contêiner com a lateral toda amassada, uma consequência daquela vez que um aluno mais velho tentou empurrá-lo usando a picape do pai, acabou expulso, entrou para os bombeiros e virou cinzas em menos tempo do que teria levado para se formar.

Mas... quê?

Há uma figura parada ali, à sombra daquele contêiner carcomido. Um par de olhos que pisca e logo se revela um rosto sem expressão, que é muito parecido com o de Denorah, o longo cabelo solto, um colete de treino branco fluorescente, short de ginástica, meias até a canela. *Minha roupa de treino que estava no carro?*, pensa ela, aproximando-se mais da janela para enxergar melhor.

Você olha diretamente para Denorah também, seu cabelo se esparramando pelos ombros.

Ela ainda não conhece você, não.

Mas vai.

CORREDOR DA MORTE

Gabriel Cross Guns, pouco antes do almoço.

Enquanto sua filha, que ele não vê há quase duas semanas, está remexendo-se na carteira, na aula de geografia e chamando atenção do professor, ele tira do armário do pai uma espingarda toda empoeirada, tentando não fazer grande caso dela.

A espingarda é uma antiga Mauser que o pai dele costumava usar contra os ratos e fazê-los passar maus bocados. O assoalho da sala é cheio de furos por isso, e há uma cratera perto do olho direito de Gabe que não foi por causa de espinha, mas ele não sabe se foi por um tiro de chumbinho, de sal, algum pedaço de osso de rato que ricocheteou, uma lasca de madeira ou qualquer coisa assim, e a única coisa que sabe é que sentiu a agulhada tão perto do olho que não pensou duas vezes antes de dar um tapa no rosto para se livrar da dor repentina, o que só fez com que afundasse ainda mais aquele sal ou chumbo ou lasca de assoalho ou pedaço de roedor em sua cara. É uma marca em sua vida na qual está sempre tocando. Faz com que se sinta feito o Ciclope dos X-Men, como se pudesse colocar o dedo ali naquela marca, naquele botão, no gatilho, e disparar um raio ótico de rubi em cima do que quiser, criando uma explosão que duraria uma semana e que ninguém poderia deter.

Faz anos que ele não lê quadrinhos, e só há duas semanas voltou a pensar nisso, por causa do sofá encardido no qual estava e onde com certeza o irmãozinho de Ricky havia morrido — afogado, tecnicamente. Gabe estava naquele sofá porque tinha acordado nele, de sapato e tudo, e quando se sentou precisou tirar o braço com cuidado do meio das almofadas, enfiado que estava nas dobras triplas do colchão achatado.

A mão saiu dali agarrada a um gibi, e ele pensou se valeria algum trocado naquelas lojas de penhores de Kalispell, e a ideia da penhora fez com que ele se lembrasse daquela velha Mauser que seu pai sempre disse que venderia no caso de precisar de uma grana rápida. Dizia ser uma arma histórica, da Primeira ou Segunda Guerra Mundial, que havia herdado de algum de *seus* tios, que a conseguiu, de fato, no campo de batalha.

Gabe não sabe se anos e anos atirando chumbo grosso contra os ratos estragou o interior do cano. Para conferir, abre a culatra e coloca o cano contra a luz, olhando-o pela saída de disparo.

Como se soubesse dizer se aquilo estava gasto ou não, aham... E o que ele esperava? Era velha, não era? Estar gasta era exatamente o que uma espingarda de oitenta ou sei lá quantos anos, que talvez tivesse vindo diretamente da Alemanha, do meio da guerra, devia estar, certo? Enfim, não seria o cano mais ou menos raiado que iria vender a arma. O que vende a arma é aquele guarda-mão imbecil que cobre o cano quase até a ponta e tem aquele padrão xadrez que parece ter sido talhado à mão.

Gabe de repente apoia a espingarda no ombro e faz pontaria contra um antílope imaginário que salta da direita para a esquerda.

"*Mais um pouquinho, mais um pouquinho...*", diz ele, com o olho esquerdo fechado, o direito mirando, até dar de cara com a expressão de "saco cheio disso" do pai.

Seu pai tira a espingarda de suas mãos e puxa o ferrolho, garantindo que não há bala na agulha.

"Tá achando que sou idiota?", retruca Gabe, desviando do pai para seguir até a geladeira.

"Você não vai ficar com o espólio do meu tio", responde o pai.

"Nem quero essa velharia aí", retruca Gabe, abrindo a garrafa de suco de tomate. Ele não gosta da sensação que aquilo deixa na boca, como se estivesse tomando molho gelado de macarronada, nem a textura com que desce pela garganta, como se fosse vômito que ele precisasse engolir, nem mesmo é chegado ao peso que deixa no estômago, revirando em sua barriga, mas tecnicamente aquilo não é comida, e ele precisa jejuar o dia inteiro para a tenda do suor à noite. As pedras já estão aquecendo na fogueira. Ao entardecer estarão incandescentes, prestes a rachar a qualquer descuido de quem as maneje — Gabe ainda não contou isso a Cass, e provavelmente vai ficar sem contar a Victor Yellow Tail também, que contribuiu com cenzão para a tenda —, mas aquelas pedras em particular vieram de círculos *tipi* que ele encontrou no meio de Del Bonito em agosto. E isso significa que eles não vão ser os primeiros Blackfeet a usá-las, né? Talvez isso as torne melhores, mais quentes ou alguma porra assim, quem sabe?

Toda ajuda é bem-vinda.

Não é o primeiro suor que ele oferece, mas é o primeiro que ele organiza em homenagem a um amigo que foi morto a tiros no dia anterior.

Mas o que Lewis andou fazendo para ser baleado? Eis o grande mistério. Enlouqueceu por ter casado com uma branquela herdeira dos colonos, Gabe imagina, mas está evitando falar isso em voz alta — por enquanto. Deixe passar uns meses. Deixe passar uns meses e essa vai ser a piada correndo a reserva inteira.

As melhores piadas são aquelas que carregam algum tipo de mensagem. Um aviso. Essa diz que é melhor ficar quieto em casa. Que é melhor não perder as estribeiras.

E é exatamente isso que Gabe acha que vai acontecer já, já, se seu pai não parar de segui-lo a cada passo como se fosse de novo um adolescente, zanzando pela casa atrás de algo para roubar.

"Coloca pra reciclar", diz o pai, olhando a garrafa de plástico que Gabe arremessou na lixeira branca perto da porta de trás.

"Claro, claro", responde Gabe, remexendo a geladeira um pouco mais, "a gente que é índio não pode desperdiçar nem um pouquinho, né?"

O pai solta um grunhido, encosta a Mauser atrás da porta e atravessa o cômodo, tirando do lixo a garrafa de plástico.

Gabe bate a porta da geladeira, frustrado.

"Quanto tempo faz que você não atira nem num ratinho?", questiona ele. "Essa espingarda tá só pegando poeira, você sabe que é verdade."

"E isso aí no braço é pra quê?", rebate o pai.

Há uma bandana preta amarrada no alto do braço esquerdo de Gabe, com o nó virado para fora para parecer mais com uma bandana, só que no braço.

Gabe se apruma inteiro. Sente-se sempre mais tradicional quando tem a espinha ereta feito um varapau — bom, quando na verdade parece que ele tem uma vara enfiada no rabo.

"Não soube de Lewis?", diz ele ao pai. "Lembra dele? Do Lewis?"

Seu pai baixa o olhar, como se procurasse conectar as informações no fundo da mente, então ergue o rosto outra vez, com um sorriso de velho estampado nele: "O pequeno Meriwether?".[1]

"Continua sem graça", responde Gabe. "A polícia rodoviária atirou nele ontem, não soube? Aqui, aqui e aqui", diz, apontando os lugares dos tiros.

Gabe observa o pai, esperando ver qualquer reaçãozinha, mas em vez disso ele apenas diz: "Ele já não tinha morrido, não?".

"Quê? Não. Esse... você tá pensando no Ricky, pai. Ricky Boss."

"Boss Ribs Richard", diz o pai, juntando os nomes às caras.

"Lewis finalmente estava tentando voltar pra casa", informa Gabe.

"Pra caçar alce na Ação de Graças?", brinca o pai, sorrindo. Ah, é: tem menos de uma semana para o Dia do Peru, né?

"E todo mundo vai usar isso no braço?", pergunta o pai dele, contornando o próprio bíceps esquerdo com uma das mãos.

"Ele era amigo meu, pai. Cass vai usar também."

"Só vocês dois, então?"

"Lewis já se foi há muito tempo."

O pai de Gabe olha através da janela da cozinha, talvez para o muro da casa ao lado. Quem sabe o que se passa na cabeça dos velhos?

---

[1] Referência a Meriwether Lewis (1774-1809), que liderou com William Clark (1770-1838) a expedição pelo território dos Estados Unidos adquirido após a Compra da Louisiana.

"Alguma vez o senhor viu rato aqui durante o inverno?", pergunta Gabe.

"Essa espingarda era de meu tio Gerry", responde o pai.

"Ele não vai precisar mais dela, pai."

"Ele usava para caçar cães-da-pradaria", continua ele, um sorriso ganhando corpo e fazendo sua boca se curvar. "Mas só aqueles com uniforme alemão."

Gabe ignora essa.

"A mulher dele também morreu", comenta Gabe. "A de Lewis, quero dizer."

"Limpou as vísceras como se fosse caça", completa seu pai.

Certo. Então as manchetes têm circulado mesmo ali, no Corredor da Morte. Ótimo. Maravilhoso. Perfeito.

"Ninguém sabe direito ainda o que aconteceu", explica Gabe.

"Meriwether...", repete o pai, agora abrindo ele próprio a geladeira, talvez para verificar o que Gabe roubou de lá. "Foi ele que vendeu aquela carne de guaxinim uma vez, não foi?"

"Nem sei por que ainda venho aqui", comenta Gabe, passando pelo pai e saindo pela porta que ele próprio havia instalado, cervejas e cervejas atrás. Mas não é sua culpa que ela esteja empenada. Quem fez o batente devia ter esquecido de usar esquadro. Ou talvez fosse culpa de quem firmou as fundações da casa. Talvez a culpa fosse de quem inventou essa história de "porta".

Ele liga o motor da caminhonete com um ronco e dá ré sem sequer olhar, tateando a marcha atrás dos pontos no câmbio que ainda permitem engatar a primeira, e com dois dedos toca a sobrancelha, despedindo-se do pai, se é que ele está olhando.

Duas casas depois, Gabe passa a mão na Mauser que segue com ele, o cano apoiado no chão do passageiro. Seu pai nem percebeu quando o filho a surrupiou no momento em que passou por ele. Certa vez, numa das sessões de orientação contra abuso de drogas, exigida pelo juiz — completamente desnecessário, mas era melhor que noventa dias no xadrez —, Neesh havia explicado aos dez indiozinhos do grupo o costume dos golpes contados. Que era mais ou menos o que vinham fazendo, eles por acaso não sabiam disso, não?

Vinte olhos entediados encararam aquele homem.

Contar golpes, explicou ele, usando suas mãos anciãs para formar cada palavra, para demonstrar o que dizia, contar golpes era quando alguém se atirava na direção do inimigo mais feroz e apenas o golpeava, afastando-se com rapidez, antes que o inimigo pudesse revidar com alguma coisa.

E aquilo, afirmou Neesh solenemente, era o que cada pessoa ali no grupo vinha fazendo: atirando-se nos braços da overdose, arriscando-se a morrer congelados enquanto estavam drogados, a bater o carro pela perda de reflexos, a sufocar no próprio vômito enquanto dormiam — esse comportamento vicioso era o *maior* inimigo de todos os tempos, não percebiam? E o fato de estarem todos ali significava que já tinham se atirado ao inimigo, contado seus golpes e conseguido sair com vida. A questão agora era se voltariam para a tribo, orgulhosos do que tinham conquistado, ou se continuariam voltando uma vez após a outra, até que o inimigo os agarrasse, deixando-os largados numa sarjeta qualquer.

Gabe sempre pensa naquilo. "Golpe contado". É mais ou menos o resumo de sua vida, né? Com relação às esposas ou namoradas, os empregos, a polícia, o tanto de gasolina que resta no tanque e agora com relação a isso: tinha sido mais um golpe contado com seu pai, literalmente passando raspando por ele enquanto, com a outra mão, surrupiava a espingarda, balançando-a junto à perna esquerda para apoiar a coronha sobre a ponta de metal de sua bota, exatamente como o pé de Denorah quando ele lhe ensinou a dança do caubói.

Mas ele sabe que pensar nela não é uma boa ideia.

Não que ele não queira, mas porque, se pensar, não vai parar mais, e vai acabar indo atrás de qualquer coisa que o *faça* parar. Ou isso, ou vai aparecer na porta de Trina outra vez, pedindo perdão, implorando, pedindo a ela que entregue um presente a Den. Qualquer coisa, talvez uma garrafa de Sprite com a possibilidade de uma tampinha premiada.

E aquele seria o momento do sermão, como ele não pode ficar aparecendo assim, do nada, que ela está no treino, mas nem pense em ir até lá, e pare de chamá-la assim, o nome é *Denorah*, não Den, tá bom?

Melhor ainda, nem sequer lhe telefone.

Gabe passa a mão na espingarda, virando-a para que o guarda-mão entalhado não se desgaste contra o assento.

A neve faz um rodamoinho sobre o asfalto e, quer saber, que se foda, Tina não pode lhe dizer o que fazer. D é sua filha também, não é?

Gabe gira o volante e pega o caminho que leva à escola. Só para passar em frente. Ela conhece a caminhonete dele. Todo mundo conhece. Deviam convidá-lo para dirigir como se fosse em carreata, jogando doces e balas pela janela.

No caminho até a escola, contudo, com a mente agitada tentando imaginar quem teria cartuchos para uma espingarda tão velha e estranha, ele vê uma garota caminhando do lado oposto da rua, afastando-se do colégio.

"D?", diz Gabe, tirando o pé do acelerador.

Ela veste um colete de treino e um short, provavelmente para o jogo do dia seguinte, mas o cabelo está todo solto, e Denorah nunca mais o usou assim desde que pegou firme no basquete.

Não pode ser ela, pode?

Gabe passa pela menina, lançando apenas um olhar rápido. No caso de não ser ela, a última coisa de que ele precisa é o boato de que Gabriel Cross Guns anda por aí de olho nas menininhas do colegial.

Mas é ela, né? E ela não está com frio?

Assim que ele começa a baixar o vidro para ver melhor, você ergue o rosto e fixa seus olhos nos dele através dos cabelos escuros esvoaçando por toda parte, e é a primeira vez que você o vê desde aquele dia, o ar cheio de ruído, seu nariz respirando apenas sangue, seu filho se remexendo dentro de você, suas pernas arrancadas.

Não desvie o olhar.

Deixe que seja ele o primeiro a ceder.

Ouça a picape acelerando para longe.

Pouco importa que ele a tenha visto. Na próxima vez em que deitar os olhos em você, estará crescida, diferente, melhor. Essas roupas que roubou já estão ficando apertadas.

VÊ CERVOS

Cassidy está outra vez mudando seu nome.

De agora em diante, e enquanto durar, decide que vai ser *Cashy*.

É dia de pagamento na residência Thinks Twice. Ou no trailer Thinks Twice, tanto faz. Não que Thinks Twice seja seu nome de batismo, mas sua tia Jaylene sempre o chamou assim, para lembrá-lo do que fazer, então, em sua mente pelo menos, o nome meio que pegou.

Além do pagamento, em dinheiro vivo e notas graúdas, Gabe ainda lhe paga mais 40 apenas por recuperar a velha tenda do suor e manter o fogo aceso o dia inteiro. Antigamente, o que era o mesmo que dizer mês passado, 40 dólares a mais se transformariam muito fácil num isopor de cervejas. Assim mesmo, *poof*, mágica indígena, não precisa nem mesmo de um leque de plumas de águia, nem de um falcão guinchando, basta olhar para o lado por tempo o bastante e pronto.

Mas, desde que Jo apareceu, Cassidy é um novo homem. Bem empregado — melhor ainda quando for legalizado depois do teste de direção —, em casa pouco depois que anoitece quase toda noite e acordando com o sol, como se um cordão atasse os dois. Quem poderia imaginar que uma Crow seria quem apareceria para salvar sua cara de besta? Não importava toda aquela sálvia em volta do trailer, toda a defumação que ela fazia. Havia, *sim,* alguma coisa ruim atrás dele, Cassidy enfim tinha que admitir, mas não era nada indígena. Quer dizer, era algo bem indígena, sim, supunha: um mandado de prisão. Mas nem foi por uma coisa ruim, foi apenas uma multa não paga, o que pode acontecer com qualquer um.

Mesmo assim, sabe que Jo está apenas esperando ele pisar na bola outra vez. Nos jogos de basquete colegial, para onde sempre a arrasta para que ela conheça todo mundo, ele consegue perceber seus olhos ansiosos, procurando alguma criança de 10 ou 15 anos com olhos claros feito os dele, mesmo que ele jure nunca ter dado um vacilo daqueles, e que *com certeza* saberia se estivesse devendo pensão alimentícia.

E ele acaba concluindo que faz muita festa, mas muito festim também, como aqueles em que os índios atiram nos filmes de John Wayne. E ele deve *aquilo,* não sabe se para bem ou para mal, ao urânio na água. Gabe, Ricky e Lewis cresceram em Browning, que também não tem uma água lá muito boa, mas é potável. Mas Cassidy quase sempre morou com seu pai em East Glacier, onde a água é turva e cheia de sabe-se lá o quê. Ele sempre achou aquilo meio estranho. Contando Gabe, Ricky, Lewis e ele, só saiu uma criança? Imagina que Lewis e aquela loira com quem o amigo fugiu podiam estar esperando o tempo certo, como os brancos fazem, ou talvez ela já tivesse algum filho antes de Lewis e não quisesse outros, mas *Ricky* não ter tido nenhuma criança antes de morrer — não é como se ele fosse cuidadoso, né? O único deles que até então fez uma criança foi Gabe, e isso já faz quanto tempo? Catorze anos, cacete! Faz tanto tempo assim desde a história com Trina? Bom, pelo menos ele acertou nessa. Denorah Cross Guns é *realmente* boa de bola. É por ela que Jo sempre torce nos jogos, de pé na arquibancada, gritando para arremessar, arremessar, que o jogo é dela se ela quiser.

Sem dúvida, ela tem razão, a menina tem a mesma paixão pela quadra que Trina, não o interesse de Gabe pelo que acontece atrás dela, mas, ainda assim, na primeira vez que Jo pulou da cadeira daquele jeito, sem nem se importar com ninguém em volta, sem querer saber se mais alguém percebia a mágica que estava acontecendo na entrada do garrafão, Cassidy soube que ela ia se dar bem ali. E isso tudo é bem idiota: Jo era apenas uma Crow aleatória com quem ele ficou conversando no *powwow* verão passado — bom, com ela e com sua prima, seja lá qual for seu nome. As duas ficavam esperando os turistas fazerem pose para a foto perfeita na entrada principal e aí se enfiavam na frente da câmera. E não era para preservar os Blackfeet nem nada disso, mas só para tirar onda. Cassidy tinha gostado daquilo, correu para se juntar a elas, e aí, antes que percebesse, estava dirigindo até sua reserva fim de semana sim, fim de semana não, daí todos os fins de semana, depois todos os dias que pudesse. E então, depois daquela briga com a mãe, e depois da prima ter se mudado para o sul, levando embora o sofá de Jo, Cassidy se viu voltando para casa com as coisas dela empilhadas na caçamba de seu carro e um reboque de cavalo preso atrás.

Foi assim, bem por acaso, ele e Jo, mas ao mesmo tempo existia a sensação de que tinha que acontecer. Parecia que Cassidy tinha encontrado a melhor coisa do mundo, e tudo porque ficou zoando durante o *powwow*. Talvez seja assim que as coisas funcionam.

Cassidy enfia o bolo de dinheiro no bolso da frente e pensa em ir até o trailer para acordar Jo, só para ter certeza de que ela está lá, de que não é apenas coisa de sua cabeça, mas... ela trabalha no turno da noite, a única Crow a trabalhar no mercadinho novo até o momento — ela precisa dormir, ele sabe. Então, em vez disso, vai até o trailer da caminhonete velha, onde as cachorras dormem. Elas não vão sentir falta daquela pilha de sacos de dormir, cobertores e casacos velhos por uma noite, vão? Por um suor?

Talvez ele compre 40 dólares de patê para as cadelas.
Bom, 20.

Ele pega uma porção de cobertores e os solta na terra, encontrando uma ponta aqui, outra borda ali, uma manga se estirando para fora do bolo como se pedisse socorro. Um a um, Cassidy os separa e sacode a poeira, levando-os até a armação da velha tenda. As varetas ainda estão boas, provavelmente vieram de alguma barraca de criança e estão presas por arames nos quatro pontos. Não que sejam quatro por algum motivo indígena imbecil, mas porque no dia que Cassidy começou a mexer naquilo tinha encontrado apenas oito pedaços de arame, dois para cada amarração daquele *X* que ele tinha feito, e, além disso, as varetas foram feitas para suportar uma barraca de *criança*, não quase vinte quilos de cama de cachorro.

E também é bom que Gabe queira fazer isso no inverno. Durante o verão, por causa da brilhante ideia de Cassidy de escavar o chão da tenda quase meio metro, normalmente fica úmido. Com o gelo que está agora, por outro lado, vai ficar perfeito. E vai ser bom deixar que o último ano saia no suor. Para recomeçar. Os índios de antigamente sabiam o que faziam, imagina Cassidy.

Na armação, ele reforça os nós dos cadarços que prendem varetas e vergalhões juntos, então sacode cada um dos cobertores, sacos de dormir e casacos antes de os estender pelo esqueleto plástico da tenda, deixando o velho capote de seu irmão, hoje preso, para cobrir a entrada. O saco de dormir com forro prateado reflete o sol e assusta os cavalos, e Cassidy repara nisso, lembrando-se de deixá-lo separado para talvez espantar pega-rabuda também. No último verão, elas roubaram vários fios de sua camisa favorita quando estava pendurada entre o trailer e o curral. Em algum lugar da mata havia um ninho com tons muito coloridos, supunha ele, o que era muito bacana, claro, mas à custa de sua camisa predileta. Agora, para proteger as roupas de Jo, que ele inclusive devia ter recolhido para não ficarem cheirando a fumaça, pendurou algumas guirlandas de Natal. Até o momento as pegas apenas têm achado as guirlandas bonitas. Grasnam em agradecimento a ele, por ter enfeitado o lugar e deixado as coisas mais agradáveis.

Quando o suor está pronto — parecendo um iglu feito de mendigos —, Cassidy vai até o barracão, vasculha alguma coisa e sai de lá com uma marreta e várias estacas enferrujadas para se assegurar de que nenhuma aba vai sair voando durante a noite, exceto a da porta. Mas a porta é uma boa e velha gandola militar, com uma pedra num dos bolsos para que o vento não a levante, então deve funcionar.

Em seguida, faz o que devia ter sido feito primeiro: varre o chão. Se tivesse feito isso antes, teria usado uma vassoura normal. Agora vai ter de varrer com a cabeça quebrada da vassoura e usar uma bandeja tipo de refeitório como pá. Não faz ideia de onde veio aquilo, mas funciona.

Quando bate a bandeja na lateral do curral, os cavalos se assustam outra vez.

"O que que deu em vocês hoje, seus cagões?", pergunta Cassidy aos bichos.

A malhada relincha em resposta, batendo a pata da frente no chão como se quisesse encurtar o espaço entre eles, e Cassidy se abaixa para voltar à tenda para uma última varrida. Ele não se incomodaria com um pouquinho de poeira, mas é o primeiro suor do moleque de Yellow Tail, então ele provavelmente vai acabar com a cara no chão, tentando respirar. *O calor sobe, moleque. É assim. Foi mal.* Por outro lado, talvez isso o limpe de uma vez. É um jeito diferente de ficar doidão, não é?

"Até mais ver", grita Cassidy para os cavalos e as cachorras, acenando para eles. A malhada agita o rabo volumoso feito propaganda de xampu. Já as cadelas fingem estar tomando conta de algum outro trailer, ao que parece. Talvez algum que lhes desse mais orgulho.

Cassidy se vira para encarar o mundo. Por quilômetros e quilômetros há somente grama, crostas de neve e, nos vales entre colinas, onde as sementes circulam e a água consegue correr, alguns arvoredos. A única coisa que impede aquela paisagem de ser dos anos 1800 ou de qualquer século mais antigo são as linhas de transmissão levando energia para o camping. Bom, ele imagina que o camping também não seja uma coisa tão anterior ao homem branco. Nem os cavalos.

Mas ele sempre se perguntou sobre os cachorros. Antigamente eram os cães que puxavam as carrocinhas, não eram? Ele tem quase certeza de já ter visto desenhos assim. Aliás, esses cães não eram basicamente lobos domesticados? Ao mesmo tempo, aquele monte de cachorro de rua podia ter começado como sendo de raça, tipo São Bernardo ou Labrador ou Rottweiler ou qualquer coisa assim, mas, para espantar o frio, para lutar por um naco de osso, eriçavam o pelo e mostravam os dentes sem demora, além de as orelhas não serem tão caídas como a dos cachorros do tipo vai-pegar-a-bolinha. É como se, ao viverem como vivem, quase voltassem a ser lobos.

Exemplo: Cassidy tem três fêmeas, uma mais rápida que a outra na hora de morder seus dedos. A toda preta com uma mancha na cabeça, Ladybear, é mãe das outras duas. Antigamente havia um cão menino, que ele tinha batizado de Stout. Mas o problema com machos é que nunca se contentam em ficar pelo camping. Stout partiu numa ronda por vontade própria certa vez, e Cassidy supôs que tivesse ido atrás de fêmeas no cio ou de alguma briga, e deve ter conseguido uma coisa ou outra, porque só o viu de novo quando estava cavalgando com Jo a alguns quilômetros dali, apenas matando tempo à tarde. Stout parecia um tapete velho, só pele e osso.

"Sempre quis saber onde ele tinha se enfiado", comentou Jo, a égua malhada dançando e se agitando sob ela.

"Não muito longe", respondeu Cassidy.

Aquilo aconteceu provavelmente uns dois meses depois que ela se mudou, quando ele ainda tentava se provar um Índio de Verdade. Primeira demonstração: cavalgo pelas mesmas terras que meus ancestrais. Grande coisa. Mas tinha funcionado, ao que parecia. Mesmo que ela fosse uma montadora duas vezes melhor que ele, e talvez três vezes mais índia.

Entretanto, ela não podia participar do suor à noite. Se fossem apenas eles dois, claro, sempre, por favor. Mas Gabe tinha lido em um de seus livros que homens e mulheres não se misturavam nas tendas, e, além do mais, tinha o moleque. Cassidy ainda se lembra de seu primeiro suor. Já era ruim o bastante ficar sentado naquele calor infernal com um monte de tios pelados. Se colocassem uma mulher no meio — especialmente uma feito Jo: cinco ridículos centímetros mais alta que Cassidy, curvilínea, forte, longos cabelos pretos —, aquilo já não seria mais uma cerimônia, mas uma demonstração de *Ei, eu aguento, esse calor não é nada, consigo ficar aqui mais tempo que esses velhotes todos.*

E, se houvesse uma mulher junto, ele provavelmente nunca teria cantado. É, suor não deve ser igual a um bar, conclui ele.

Mas agora que a tenda estava montada, eles podiam esquentar as pedras sempre que quisessem, fazer uma limpeza, foda-se o que o livro de Gabe dizia. Senão o quê? A polícia indígena ia descer do céu montada em raios e multar Cassidy por deixar entrar mulher na sagrada tenda do suor?

Se descessem, ele perguntaria sobre os cachorros, talvez. E também como funcionava o sistema de água para a tenda do suor antes de inventarem o balde.

Na cidade, era fácil para Cassidy apenas ligar a mangueira, enfiá-la sob as cobertas e borrifar as pedras quando precisassem de mais vapor. Mas longe da cidade, no meio do nada, a água vinha de uma caixa d'água guardada no curral e custava um tanque inteiro de gasolina levá-la até ali.

O que os antigos usavam?

Provavelmente construíam suas tendas do suor junto de riachos, imagina Cassidy, ou onde a neve começasse a derreter, no pé dos morros. Já *sua* solução... é aquela caixa térmica velha, verde e branca, já sem tampa e que tem usado para dar água às cachorras.

"Foi mal", diz ele a elas, derramando a água.

Em resposta, Miss Lefty abana o rabo contra a terra uma vez. Chama-se Miss Lefty porque esse é um nome engraçado para um cão.

Cassidy baldeia a caixa na neve limpa que encontra atrás do abrigo dos cavalos. Todas as orelhas se voltam para ele.

Depois de levar a caixa térmica à tenda, falta apenas a pá de Victor, o manejador de pedras da noite. Cassidy perambula pelo camping, sem muita certeza de onde a viu pela última vez, mas certo de que não dá para usar a pá mais larga que serve para limpar o estábulo. Ele não é nenhum purista do ritual, mas também não é a favor de trazer aquela pá de merda para perto.

Jo está por ali, no fim das contas, molhando a bomba de ar na saliva para encher a bola de basquete e fazer alguns muitos arremessos na quadrinha que fica um pouco depois da latrina. Na verdade, é apenas a fundação de uma casa que já não existe mais. Tudo que Cass teve de fazer foi nivelar as sobras de cano com o concreto, e então parafusar um assento no poste que o povo tinha largado ali, que ele levou um dia inteiro para encaixar no buraco depois de ter passado outro dia inteiro cavando-o.

Jo está sentada no banco de musculação que Cassidy pegou de um de seus primos jovens, pisando com o pé na base da bomba para que não caia na terra.

Ela enfia o bico da bomba e tenta manter a bola entre os joelhos enquanto bombeia o ar, que sai chiando. Cassidy pensa em se aproximar, ajudar com a bola ou com a bomba, mas Jo tem essa coisa de fazer tudo sozinha ou morrer tentando.

"Não consigo mais dormir", diz ela, conferindo a pressão.

"E quem precisa dormir quando pode jogar basquete?", responde Cassidy.

"Tô cozinhando macarrão", comenta Jo, acenando para dentro.

"Com salsicha?", pergunta Cassidy.

"Só se você cortar", diz ela, e então fala a respeito da tenda: "Pra quem é?".

"Lewis", explica Cassidy. "Você sabe, aquele cara com quem cresci. Que foi baleado ontem."

"É isso que vocês fazem por aqui? Um suor? É um tipo de velório Blackfeet ou algo assim?"

"Só uma homenagem. Gabe deu a ideia."

"Gabe", repete Jo, do jeito mais desinteressado que pode.

"E tem esse moleque também", completa Cassidy.

Jo assente, querendo dizer que ele não precisa explicar tudo de novo: o menino de Victor Yellow Tail precisa de alguma tradição na qual se apoiar, que o mantenha longe da overdose ou da cachaça.

"Quase esqueci", diz Cassidy, "dia de pagamento", e puxa o dinheiro do bolso apenas o suficiente para mostrar o maço de notas.

"Esse é meu homem."

Logo depois, Jo volta a dar atenção à bomba de ar, tentando lubrificar o pistão, então Cassidy entra no trailer para cortar as salsichas do macarrão, adicionando também uns cubinhos de queijo — e quanto menores, melhor, porque assim eles derretem. Ele leva uma tigela para Jo, a camada de queijo tão grossa que a colher nem se mexe no canto da cumbuca.

"Falta ketchup", comenta ela depois da primeira dentada.

Os dois estão sentados junto ao fogo, longe da fumaça.

As cachorras continuam quietas, sabem que esse não é seu almoço. Os cavalos se alinham junto à cerca, os focinhos por cima dela, balançando a cauda feito pêndulo.

"A gente devia levar os dois pra dar uma volta amanhã", fala Cassidy, se referindo à malhada e ao alazão. O capão cinzento ainda não está domado o bastante, talvez nunca venha a estar.

Jo dá uma olhada, espera até Cassidy enfiar um bocado de macarrão na boca e, então, diz: "Não era pra você estar de jejum hoje, não?".

Cassidy mastiga, engole e responde com outra pergunta: "Fiz jejum no café da manhã, não fiz?".

"Você nunca toma café da manhã."

"Ainda mais hoje."

Jo balança a cabeça, leva outra colherada à boca e depois comenta: "Onde você pretende esconder essa dinheirama toda?".

"Acho que no cofre", responde Cassidy, e os dois olham ao mesmo tempo para a caminhonete que ele arranjou poucos meses antes. Não era roubada, jurou a ela, nem tinha sido tirada de um ferro-velho. Era mesmo *sua*. Acontece que a tinha deixado para trás durante uns anos. Mas tinha sido um bom carro nos tempos áureos, e merecia cair aos pedaços parada junto deles, e não sozinha no meio do nada.

O cofre a que se refere é uma garrafa térmica preta que enfiou no meio do escapamento enferrujado sob o chassi, que havia enferrujado porque quando o motor foi arrancado, uma eternidade atrás, os cilindros todos tinham ficado abertos, sem proteção contra a chuva e a neve que os céus mandavam para cima deles. Como resultado, era um escapamento que ninguém jamais pensaria em roubar, porque se desmancharia ao primeiro toque. Além do mais, tudo que podia ser tirado daquele carro para colocar em outro já havia sido roubado fazia muitos anos.

Mas um cofre de verdade, escondido sob a cama no trailer, em alguma prateleira alta de armário ou disfarçado na parede? Seria a primeira coisa que qualquer assaltante procuraria, carregando o cofre com trinco e tudo para arrombá-lo na oficina de algum comparsa. Não é como se ele e Jo pudessem ficar o dia inteiro no trailer, e morando afastados de todo mundo, não tem cachorro nem cavalo que impeça um mal-intencionado de enfiar o pé de cabra porta adentro.

Mas ninguém pensaria em procurar dentro do escapamento caindo aos pedaços, pendurado num carro sem nenhum motor, sem rodas, apenas com um janelinha emperrada e os eixos apoiados em blocos de cimento. A garrafa térmica já guarda 600 dólares, tudo em notas grandes, e atochado no fundo dela, debaixo de toda aquela grana, há uma algibeira tradicional onde está guardado um anel secreto para Jo.

Ela parece lutar contra outra colherada seca demais, depois entrega a tigela a Cassidy e diz: "Vou te ensinar o que é bom nem que leve a vida inteira", e entra para buscar ketchup no trailer.

A vida inteira, repete Cassidy, gostando daquilo, levando outra colher à boca. Nem está *tão* seco assim.

A malhada, junto à cerca, balança a cabeça para espantar muitos pensamentos cavalares que a perturbam, e Cassidy balança a sua do mesmo jeito, brincando. Ela é tão esperta que às vezes isso funciona.

Mas não dessa vez.

Seu olhar ultrapassa Cassidy.

Ele se vira, levantando-se devagar, deixando cair tanto sua tigela quanto a de Jo.

"Puta merda", exclama, dando um passo para o lado, depois para o outro tentando ficar de pé, desviando das cachorras que avançam na comida derramada.

Ele já não se importa.

Por trás do trailer, no pé do barranco, ele vê provavelmente oitenta, noventa cervos. Talvez cem.

Todos o encaram fixamente, sem mover uma cauda, sem mesmo piscar.

Cassidy engole em seco, desejando sua espingarda mais do que nunca.

Seu nome de batismo não é Cassidy Thinks Twice, mesmo que ele esteja pensando duas vezes agora — *Cadê minha arma? Cadê minha arma?* —, mas Cassidy Sees Elk.

Mas nomes são uma coisa estúpida.

E logo, logo ele nem vai precisar do seu.

PELOS VELHOS TEMPOS

De pé junto à cova de Ricky atrás da antiga tenda, dividindo com ele um cerveja pós-almoço e dando um gole para Cheeto também, porque, dane-se, não tem problema dar bebida para um menor de idade se o menor de idade estiver a sete palmos, Gabe continua pensando na menina com roupa de basquete que viu, sem casaco, caminhando na neve na rua da escola.

Ele tentou se convencer de que não era Denorah. Den era arrumadinha feito a mãe, jamais andaria por aí com o cabelo batendo como se fosse um demônio indígena. E foi bem no horário das aulas, não? Se há uma regra nos esportes que Gabe tem certeza de ainda valer é que aluno matando escola não pode jogar. E é um esquema de um para um: cada falta deixa a pessoa no banco por um jogo, mesmo que existam muitíssimo mais dias de aula do que há jogos. É isso que Gabe culpa por não ter sido uma estrela do basquete como acredita que poderia.

Ele sacode a cabeça para espantar a ideia outra vez, não podia ser ela. Não era um péssimo pai por não ter parado, tirado a menina do frio, por não ter dado uma carona para onde quer que estivesse indo. O que Gabe quer acreditar é que era outra jogadora, de short na friagem, e pronto. Isso só fazia dele um índio não muito bom.

Mas que se foda também.

Gabe mata sua cerveja e a pendura pelo gargalo no arame da cerca que protege a família Boss Ribs.

Mas e se Den andasse brigando sem parar com a mãe, hein? As duas são bem parecidas. Denorah é quase uma miniatura daquela garota que Gabe embuchou catorze anos antes — quinze, na verdade —, mas essa miniatura tem um tanto de Cross Guns nas veias também. E isso quer dizer, Gabe sabe, que vai chegar uma idade em que ela vai querer abraçar o mundo, abocanhá-lo até arrancar um pedaço para si. E então, para o bem ou para o mal, seja por uma bolsa de estudos, cinco anos de xadrez ou dois filhos na mesma quantidade de tempo, vai acabar sozinha num canto, devorando tudo e desafiando qualquer um a dizer que aquilo não é exatamente o que ela sempre desejou.

Ela vai ficar igualzinha a ele, não tem dúvidas. É do sangue. Aquele sorriso de Denorah não vem de Trina, com certeza. Gabe percebe claramente quando ela joga, apesar da ordem de restrição. A ordem não é para que fique duzentos metros afastado da filha, nem mesmo de Trina, embora ele meio que tenha imposto essa restrição a si mesmo por motivos de autopreservação, já que a decisão judicial só o impede de assistir aos jogos de basquete na cidade. Em razão de tumultos, muito embora ele estivesse apenas torcendo. E em razão de brigas que não foram culpa sua. E também de embriaguez pública, mas foi só aquela vez.

Mas com o casaco certo, boné e óculos escuros, Gabe sempre consegue se infiltrar com a torcida visitante, tomando cuidado para não chamar atenção. Ele tem bastante certeza de que Victor, o índio da polícia que está dando uma grana para o suor dessa noite, já o viu disfarçado, mas Gabe se segura com as mãos nos bolsos e não salta da cadeira a cada vantagem de Denorah, então Victor acaba o deixando quieto.

Só que não é fácil ficar quieto.

Denorah é uma jogadora exemplar, do tipo que não aparece todo dia. Claro, ele é seu pai, mas todo mundo diz o mesmo, até aquele cara do jornal. Ela é tão boa quanto sua meia-irmã mais velha, mas Trace joga na faculdade, praticando sempre os fundamentos básicos, o que, até onde Gabe consegue perceber, tirou tudo que há de índia nela — isso ficou lá no chão dos treinos.

Den também treina o básico, segue à risca todos os exercícios, dia após dia, do jeito que a treinadora quer. Mas, quando chega a hora do jogo, quando é bola pro mato que é campeonato, como Cass dizia na época em que ainda se chamava Cass, quando duas da defesa se juntam em cima da indiazinha saída de Browning, aí é que ela sorri de um jeito que faz Gabe sorrir também.

É aquele olhar de "filha do vento", de "quero ver me pegar", de "bora lá, então".

Em vez de passar a bola para se livrar da marcação, como disseram para ela fazer, Den se afasta um pouco, encara as duas marcadoras, uma de cada vez, e aí faz uma ginga com o corpo para um lado e os pés para o outro, fora de compasso o suficiente para desequilibrar a defesa, abrir espaço e passar por elas.

No segundo jogo da temporada, ela até quicou a bola por baixo das pernas de uma altona, pegando-a antes que caísse no chão outra vez e voando na direção da cesta como se fosse uma flecha.

Foi nesse jogo que tiveram de escolher Gabe para fora e bani-lo pelo resto da temporada. E foi expulso porque a treinadora havia colocado a menina no banco por exibicionismo. Por ser Blackfeet. Parecia... parecia com aquilo que Gabe uma vez havia lido num livro. Sobre os dois Cheyenne de antigamente que foram capturados pela cavalaria, sentenciados à morte, e então pediram para morrer do jeito que eles próprios desejavam.

Claro, disse o imbecil do comandante.

O jeito que os dois Cheyenne desejavam morrer era sobre seus cavalos, fuzilados enquanto corriam por entre os soldados.

Mas acontece que eles fizeram isso uma vez, chegando ao outro lado sem receber nenhum tiro.

E então mais uma.

Até que precisaram passar devagar, dando uma chance àqueles soldadecos.

Foi exatamente isso que a treinadora fez com Den: mandou a jogadora andar devagar quando ela era mais rápida que qualquer um ali, mais impetuosa que qualquer um.

Gabe acaba pensando que seria bom ir até a cidade a caminho da casa de Cass e ver se encontrava D para se certificar de que tudo ia bem, de que não era ela caminhando naquele frio.

É o dia antes do primeiro treino delas, né? Há apenas um lugar onde ela pode estar.

"Ela é boa, cara", diz ele a Ricky, abrindo a segunda cerveja e virando tudo num gole só, como nos bons tempos.

Ele pendura a garrafa na cerca ao lado da primeira. Parecem dois bebedouros na lateral de uma gaiola de hamster. Um para ele, outro para Ricky.

Gabe abre a terceira cerveja e a analisa, a espuma branca escorrendo pelo gargalo amarronzado.

"Então, pergunta ao Lewis o que diabo aconteceu, se você encontrar o safado", continua ele para o amigo, derramando o primeiro gole para Lewis, para eles, para todos os índios mortos. Mas para Lewis primeiro.

Ele não era o melhor deles, talvez fosse até o mais estúpido, na verdade, sempre com o nariz enfiado num livro, mas aquilo não era motivo para a polícia enchê-lo de bala.

Mas — Gabe ergue um pouco o rosto, seguindo com os olhos uma nuvem que corre sobre as árvores, o céu cinzento e eterno atrás delas — por qual razão Lewis estaria carregando um cervinho morto consigo? No começo, Gabe teve certeza de ter ouvido errado, mas depois o jornal confirmou: quando a picape que levava o corpo de Lewis na caçamba capotou, havia com certeza um bezerrinho ao lado dele, porque ele tinha andado *carregando* o bicho, o que deve servir de evidência indígena, ou evidência de coisa de índio, vai saber.

Só que, quando o resgate chegou ao local do acidente, se preocupou em conferir as *pessoas* mortas, não os animais mortos, que já podiam estar ali mesmo antes do acidente, pelo que sabiam. No momento em que finalmente cogitaram que podia haver uma evidência, voltando para buscar o bezerro, provavelmente os coiotes já o haviam levado embora, garantindo o jantar.

Sorte deles.

Mas isso não explicava por que Lewis carregava um cervinho.

A única explicação que Gabe encontra para aquilo é o tanto de, sei lá, apego que Lewis tinha com aquela cerva franzina do dia que encontraram o bando na área dos anciões.

Lewis sabia que eles tinham tempo apenas de cortar as patas e fugir dali, mas insistiu em carregá-la inteira, até a cabeça, coisa que ele precisaria jogar fora assim que chegasse à cidade. E ele ainda a tinha pelado, não? E carregado debaixo do braço aquela pele embrulhada, ainda úmida, como se fosse uma bola de futebol, e ele metido a ser Jim Thorpe. Como se aquilo fosse *mesmo* a porra de uma Clássica Ação de Graças! Gabe balança a cabeça, a cena de novo em frente aos olhos, Lewis se matando para subir a colina, com nada a seu favor.

O que ele disse a todos foi que precisava da cabeça porque queria os miolos para tingir a pele dela. Como se entendesse alguma coisa de couro. Como se aquela pele não tivesse sido jogada no lixo havia anos, como todas as outras peles que qualquer um deles algum dia separou. Como se, àquela altura, ela *ainda* tivesse os miolos na cabeça.

Mandou bem, Lewis.

Gabe ergue a terceira cerveja em homenagem a ele e vira de uma vez, pendurando a garrafa na cerca junto às outras. Uma para Ricky, uma para Lewis e outra para si. Tilintam uma contra a outra e logo param.

Ele saca outra do isoporzinho, agora para Cass, mesmo que vá se encontrar com ele logo mais. Quatro é cerveja demais para as 15h30, com o estômago vazio, mas que se foda. Assim que anoitecer, ele vai suar aquilo tudo e muito mais.

Será que era aquilo que Lewis estava trazendo para casa, aquela pele velha? Teria ele carregado a pele para a cidade, mantido congelada aquele tempo todo e, depois de tantos anos, resolvido trazê-la de volta à reserva? Será que os policiais não sabiam a diferença entre uma pele velha, meio congelada, e um filhote de cervo? Será que deram tantos tiros que tudo ficou irreconhecível?

Mas *por quê*?

Será que Lewis ia levar a pele a Denny, no escritório da fiscalização, dizendo que já havia cumprido a pena e pedindo, por favor, por favorzinho, para poder voltar a caçar na reserva?

Não tem nada que pedir permissão, explica Gabe a Lewis. *Basta não ser pego.*

Ao longo desses dez anos banido, que ele supõe ser uma abreviação de *banimento*, havia abatido provavelmente o dobro de cervos do que abateram naquele dia. Bom, é verdade que, para estocar uma porção da carne no freezer do pai uns meses atrás — daquele cervo de um chifre só, o outro ainda crescendo —, ele precisou se livrar de um monte da carne velha congelada nas paredes.

Os cães da reserva comeram bem naquela noite.

Gabe ficou olhando até devorarem tudo, inclusive o papel, e lhes fez um aceno de cabeça porque tinham ficado em dívida com ele, não?

Sabiam que sim e não iam esquecer.

"Me avisem se surgir algum problema pro meu lado", disse ele aos cães. "Vocês vão saber."

E então riu alto. Feito agora.

Gabe tem de esperar o sorriso se esvair do rosto para enfim beber a quarta cerveja. Ele confere as horas.

Está aguardando o horário em que sabe onde encontrar Denorah. A quem vai chamar de *Den* se tiver vontade e *D* se ela estiver meio arisca. E *Matadora* se estiver tranquila.

Gabe pendura a garrafa na cerca, junto das outras, do jeito que faziam antigamente, os quatro sempre grudados, e larga um pouco de cerveja ali para os hamsters indígenas mortos. A caminho do carro, ele para e volta até a cova, desata a bandana preta do braço e a amarra na cerca também, feito uma oração que não sabe dizer com palavras. Mas diz respeito a Lewis. E Ricky. E a como todos eles costumavam ser.

Saindo pela estradinha de terra, com o pé ainda na embreagem, Gabe pisa no freio de repente, debruçando-se sobre o painel para ter certeza do que está vendo.

Ele precisa puxar o freio de mão e sair do carro para ver melhor.

Pegadas de cervo na neve. Uma fêmea grande, caminhando estrada acima como se o tivesse seguido até Ricky, enorme e pesada. Gabe coloca o indicador no meio da pegada e cogita se não seria um cavalinho com patas de alce, carregando alguém na sela.

Ele se ergue, procurando alguma coisa ridícula tipo aquilo, mas a estrada faz uma curva à direita quase imediatamente.

Ainda assim. É um bom sinal, não é? Remédio forte, como Neesh gostava de dizer. O suor vai ser bom para o menino à noite. Vai ser bom para todos eles.

Gabe volta à caminhonete e dá a partida, os olhos tão fixos na estrada que sequer vê o vulto que surge no retrovisor quando uma mulher adulta, vestindo um colete de treino bem apertado, sai do meio das árvores e entra na caçamba, com os longos cabelos pretos esvoaçando atrás de si.

É ali que os caçadores carregam os animais que alvejam, não é? Onde colocaram você dez anos atrás. Tire esse sorriso do rosto e esconda-se na caçamba.

Já é quase noite. É a noite pela qual você tem esperado.

TRUQUE DE ÍNDIO
DAS ANTIGAS

Tem a ver com a posição, sim, a treinadora tem razão quanto a isso, todo mundo sabe, mas o que a irmã de Denorah lhe ensinou, adiantando e voltando aquele vídeo durante horas, é que também tem a ver com assumir sempre a mesma postura toda vez que se pisa na quadra.

E aquela posição, aquele ritual, não diz respeito apenas ao segundo e meio ou aos dois segundos que duram o arremesso, não.

Para começar, é importante ajustar os pés à linha. No caso de Denorah, primeiro é o pé direito, bem na linha do lance livre, depois ela recua um passinho de nada, porque o ponto é anulado se estiver sobre a linha. Se for uma boa arremessadora, isso não é o fim de nada, já que o basquete colegial costuma permitir um segundo lance, mas se você erra a cesta e alguma das garotas mais altas pega o rebote, correndo para marcar 2 pontos contra você, bom, daí deu merda, né?

Por isso, na quadrinha de concreto de quase um hectare, ao fundo do terreno de sua família na periferia da cidade, onde seu novo pai instalou alguns holofotes para o verão, onde ela própria mediu e pintou a linha de arremesso, Denorah arremessa e arremessa e arremessa, sem ligar para a fumaça que sai de sua respiração naquele frio.

Oitenta e seis de 100, depois 79, o que a deixa braba e soltando ainda mais fumaça, e depois noventa cestas, redondinhas.

Como a disputa dessa semana é no sábado à noite — amanhã à noite — e nunca há treino no dia anterior ao jogo, para todo mundo dar uma descansada e preparar a mente, hoje é dia de lance livre.

Nunca foi o ponto fraco de Denorah, mas ela tampouco teve um jogo em que converteu todos. Então é possível melhorar. Igual a Trace, poderia acontecer de todo o seu futuro ser garantido apenas com um lance livre, com o ginásio inteiro berrando e vibrando a seu redor, o chão sob seus pés tremendo, suor escorrendo em seus olhos.

A treinadora nunca manda praticarem esses arremessos no começo dos treinos, mas sempre ao fim, para poderem se preparar mesmo cansadas, quando apenas querem jogar a bola na cesta e dizer "amém".

Mas, como Denorah não pode se desgastar muito para amanhã, está compensando com os arremessos, tentando quinhentos antes que anoiteça. Ou tentando quinhentos e ponto, indiferente a terminá-los antes do jantar ou ficar ali a noite toda até consegui-los.

Pisar na linha com o pé direito, se afastar um pouco por precaução, depois ajustar o esquerdo até estar na mesmíssima linha. Girar a bola entre as mãos, deixando suas linhas cruzarem de um dedão a outro, quicar duas vezes, rápida e firme com a mão direita, usando o ombro inteiro, o cotovelo se estirando a cada movimento. Segurar outra vez, erguer os olhos para a cesta, flexionar os joelhos, costas retas, quadril empinado e tomar impulso a partir das coxas, esticando o braço direito, a mão esquerda ali só para dar apoio, sentindo as panturrilhas se estirarem quando o dedo médio da mão direita toca a borracha da válvula, dando à bola o giro perfeito.

Chuá, chuá, chuá.

A menina-máquina está a toda, cada tiro, um acerto, já nem precisa se concentrar. Deixá-la cobrar uma falta é o mesmo que dar 2 pontos a seu time.

"Manda ver", diz Denorah, assumindo outra vez sua posição.

A única coisa de que não gosta no basquete, algo que beisebol, futebol e até golfe têm de melhor, é que os jogadores sempre pintam o rosto como se fosse pintura de guerra.

O que a treinadora lhes diz, no vestiário antes de cada jogo, é que a pintura de guerra está *dentro* das faces, na expressão de seus rostos, no olhar firme com que encaram as adversárias. Dribles, passes e arremessos são apenas as partes do jogo que ficam registradas. Além disso, existe a sede pela vitória.

Para se blindar contra o monte de merda que é jogada nos times indígenas quando um jogo está quase empatado, Denorah tenta se vacinar com toda a merda que o outro lado do ginásio estará cantando.

Um dia bom para morrer.
Paz no Forte Apache.
Índio bom é índio morto.
Mate o índio, salve o homem.
Enterre o machado.
Volta pra tua terra.
Índio, sai daqui.
Cachorros e índios aqui são proibidos.

Sua irmã, em seu tempo, havia ouvido aquilo tudo e lido esses absurdos nas faixas, muitas vezes ilustradas. Pichado nas janelas dos ônibus, o pior de todos era: *Morte aos índios!*

Manda ver, Denorah fala em sua mente, fazendo outra cesta. Se índio bom é índio morto, ela vai ser a pior índia da história.

Com relação a amanhã, ela promete a si mesma que, vencendo ou perdendo, vai voltar para a quadrinha tão logo acabe o jogo, para treinar qualquer arremesso que deveria ter acertado, mas que errou.

Ninguém dá bolsas de estudo assim tão fácil.

Denorah apanha o rebote, dá uma corridinha até a linha sem parar para girar a bola e arremessa da lateral do garrafão. De onde seria a lateral do garrafão se ela tivesse pintado todas as medidas.

Ela sonha em poder ampliar essa quadrinha para caber uma linha de três pontos.

Algum dia.

Hoje não.

Hoje é só lance livre.

Chuá, chuá, um barulho na grama atrás dela, mas Denorah não pode olhar, talvez seja apenas sua mãe que voltou cedo para casa... Chacoalha, quica, bate.

Denorah começa a dar meia-volta para ver quem a fez errar o lance, mas no último instante se recorda de que foi *ela* quem se fez errar, que *ela* perdeu a concentração, *ela* que descuidou do ritual.

"Ei, campeã", uma voz masculina e sem graça surge atrás dela segundos após desligar o motor da caminhonete.

Campeã.

É assim que seu pai de verdade a chama quando ela está na quadra, desde que foi seu amuleto da sorte aos 4 anos, quando ele tomou conta dela em junho, durante as finais da NBA.

Denorah volta-se para trás apenas com a cabeça.

Ele está dentro do carro, com a janela abaixada e um braço para fora, dando tapinhas na lataria como se estivesse sobre um cavalo e não numa picape com a qual abriu picada no gramado.

"Ali tem uma fossa", diz Denorah, apontando para a grama suja perto dos canos por onde ele devia ter passado com o carro.

"Por isso sempre ando com tração nas quatro", responde o pai, botando a marcha no lugar. "Por causa da lama."

Ele andou bebendo. Ela consegue perceber por causa de seus olhos. Estão meio perdidos no meio da cara, alegres demais para essa hora do dia.

"Só queria desejar boa sorte amanhã", diz ele.

Denorah procura a bola com os olhos e segue direto até ela.

"Você não devia estar aqui", retruca ela, mas Gabe a interrompe ao fazer sinal com a mão e responder: "Seu novo pai, todo importante, acha que não sou boa influência e blábláblá...".

Denorah se posiciona na linha de arremesso, nivela o pé esquerdo, dá as costas a ele.

Ele não vai descer do carro. Não quando pode precisar sair depressa dali.

"Você vai limpar o chão com elas amanhã", diz ele. "A gente vai fazer um suor hoje, sabe, pra dar uma força ao time."

É bom que ele fique tagarelando, Denorah diz para si. É como se uma multidão inteira estivesse cantando *Índio, sai daqui*.

Nada além de ruído.

Chuá.

"É isso aí!", comenta ele, batendo outra vez na porta numa espécie de aplauso.

"Você e mais quem vai fazer esse suor?", pergunta Denorah, arriscando olhar na direção dele enquanto cata a bola que rolou para o meio do mato.

"Cass", diz seu pai, e continua, "você tem que cantarolar uma música na cabeça quando estiver nesses lances livres e arremessar sempre na mesma batida. Truque de índio das antigas."

Isso obriga Denorah a quicar a bola duas vezes mais, para evitar que qualquer música se infiltre em seus ouvidos.

Aro.

"Não faz mal, não faz mal", diz o pai.

Rebote, recomeço.

Foram dezenove em vinte lances ou dezenove em 21? Merda. Vinte e um, então. Perder a conta nunca conta a seu favor.

"Acho que agora é Cassidy", apenas informa Denorah.

"Srta. Cross Guns", retruca ele, que a chama desse jeito sempre que ela começa a soar demais como a própria mãe.

"De vez em quando eu vejo a atual peguete dele na Glacier Family Foods", comenta Denorah, dizendo o nome completo do mercado porque gosta da sonoridade.

"E o que é que você sabe de pegação?", questiona o pai, já sem bater na lataria.

"Ela trabalha na seção de hortifrúti", responde ela, com os lábios tomados por um sorrisinho que ele não consegue ver.

Chuá.

"Deve ser vegetariana, então", comenta ele, com um sorriso na voz, e isso é tudo que Denorah precisa para saber o quanto Jolene, a Crow, deve gostar que seu pai apareça para um suor com o homem dela.

"Não sabia que ele tinha uma tenda por lá", diz ela.

Quica, quica, encontra a borracha da válvula apenas com o toque. No instante em que se vira para arremessar, o pai toca a buzina. Ainda assim: *Chuá.*

"Muito bom, muito bom", comemora ele.

Voltando à linha para o lance 23, ela vê uma mecha do cabelo preto que pertence a você esvoaçando na parte de trás da caminhonete, e isso a faz parar por um segundo, com a bola apoiada contra a barriga.

Seu pai percebe, estica o corpo para trás e pergunta: "O que foi?".

"Você não devia estar caçando", responde Denorah, sem qualquer tom de brincadeira na voz.

"E essa agora, virou fiscal de caça, foi?", responde ele, ajeitando-se outra vez ao volante e se abaixando para apanhar algo do assoalho.

Seja lá o que tenha apanhado, não o levanta até a janela, mas Denorah tem certeza de que é algo gelado e na forma de uma garrafa.

Enfim... talvez ele não esteja mentindo.

Cervos e veados não têm crinas. Talvez tenha virado um caçador de cavalo, pensa ela, e precisa se voltar para a cesta para que ele não veja o brilho alegre em seus olhos. Mas só porque não pode ver não significa que ela não escute a tampinha da garrafa se abrindo.

Ruído, ruído. O ginásio todo indo à loucura.

"É pra esse suor que o pai de Nathan Yellow Tail tá mandando ele ir?", pergunta ela.

Quica no aro, quica no aro, cesta por sorte.

"A gente tá deixando ele participar, sim", responde o pai, como em desafio. Como se ela devesse lembrá-lo de que deveria ser atencioso, educado, fazê-lo decidir se esse suor era, afinal, para Nathan ou para o jogo.

"A treinadora diz que vê você lá nos jogos", comenta Denorah, caminhando até o mato para recuperar a bola.

Nenhuma resposta.

Ela o encara.

"Você está cada vez mais parecida com sua mãe", comenta Gabe.

Trina Trigo, a campeã juvenil de dança tradicional. Chegaram até a colocá-la na programação de um *powwow* na época. Mas Denorah não sabe se isso é um elogio ou se ela é parecida com a mãe apenas quando diz coisas que seu pai não quer ouvir.

Assuma posição, faça pontaria na direção daquele aro laranja lá em cima, com seus quarenta e cinco centímetros. Lembre-se de que quanto mais alta for a trajetória da bola, mais circular fica o aro.

A bola tem quase vinte centímetros de diâmetro. Sobra bastante espaço para brincar. Bastante espaço para quicar no aro e dar sorte de cair na cesta.

Mas é na posição correta que tudo começa. Quanto mais treino, mais sorte no arremesso.

O ritual, a cerimônia.

Quica-quica, coxa, impulso, giro até a válvula de ar, segura a mão de apoio, segura, segura...

Chuá.

Denorah sorri, é a índia mais implacável de toda a reserva.

"Quero ver mandar outra dessa, aposto vinte", diz seu pai atrás dela, em voz baixa, como se fosse para ninguém ouvir.

Ela se vira para olhá-lo e o vê recostado no assento, procurando algo no bolso. Pelo menos até que algo gelado e no formato de garrafa, preso entre suas coxas, comece a derramar cerveja no chão.

"E você tem vinte?", pergunta Denorah em resposta.

"Vou ter esta noite", afirma seu pai. "Quando o capitão Yellow Tail me pagar."

"Então é assim, é?", indaga ela.

"Presente", diz o pai. "Ele é muito generoso."

"Quero o dobro se acertar dez de dez", propõe Denorah.

Seu pai ergue as sobrancelhas e diz: "É mesmo minha campeã, hein?".

Ela sorri o sorriso que sabe ser o dele, contra o qual não pode fazer nada, e quica a bola duas vezes, fazendo cesta de *tabela* apenas para se exibir.

"Essa menina num cassino faria estrago", brinca Gabe.

Mas não é sorte. É habilidade. Prática. A posição correta.

"Já foi uma", conta Denorah, mais uma vez virando as costas para o pai e imaginando-se num ginásio lotado, apinhado de gente branca, todas cantando *sai daqui, sai daqui*.

Ela gira a bola entre as mãos, quica duas vezes e assume posição.

O SOL SE PÔS

Cassidy levanta da cadeira de praia e vê Gabe atravessando o mata-burro. As cachorras, com as línguas pendendo dos focinhos, cansadas de correr atrás dos cervos, avançam na caminhonete feito um enxame antes mesmo de ele abrir a porta, talvez na esperança de que fosse trazer os cervos de volta, que estivesse com todos na caçamba.

Cachorro é um bicho burro.

"Ei, ei!", Cassidy chama as cachorras, dando tapinhas na própria coxa.

Gabe mete o pé na porta para abri-la e espantar as cachorras, mas elas continuam ali, uivando feito loucas. Ele consegue sair, carregando a espingarda no alto da cabeça, como se as cachorras estivessem tentando pegar isso.

"Não dá comida pra elas, não?", pergunta Gabe em meio ao barulho.

"Os bichos gostam de carne *vermelha*", grita Cassidy em resposta, indo em sua direção.

"Cara, elas estão arranhando bem onde já tá arranhado", reclama Gabe, se enfiando entre as cachorras e a caçamba.

"O que que tem aí?", pergunta Cassidy.

"Não é ração pra cachorro", retruca Gabe. "A não ser que elas estejam comendo borracha agora."

Antes que Cassidy se aproxime o bastante, Ladybear abocanha a mão esquerda de Gabe. Em resposta, ele bate com a empunhadura da espingarda em seu focinho, então dá um passo em sua direção, afastando-a dali, e os lábios cerrados indicando que o assunto é sério.

Ladybear solta um ganido e se afasta, com as outras duas na cola.

"Merda", exclama ele, sacudindo a mão e abrindo a porta do carro para poder olhar na luz.

Cassidy se aproxima para ver. Gabe está com a palma da mão esquerda sangrando, e há dois furos perfeitos, bem redondos.

"Pronto, agora ainda peguei raiva", resmunga Gabe, limpando o sangue na manta que cobre o assento. "O que foi isso? Elas estão do lado de Jojo agora? A mulher conseguiu virar até as cachorras contra mim?"

"Eu tomaria cuidado com os cavalos, vou logo avisando", responde Cassidy, voltando para sua cadeira. A fogueira já é quase carvão.

Gabe chega mais perto, senta-se em outra cadeira ainda segurando a palma da mão e ajeita a espingarda sobre os joelhos.

"As pedras estão dando certo?", pergunta ele.

"São pedras", responde Cassidy.

"Pegou água pro suor?", indaga Gabe.

"Tá ali", diz Cassidy, indicando o interior da tenda com o queixo.

"Pegou a grana?"

"Então...", começa Gabe.

Cassidy solta uma risada e sacode a cabeça, virando a garrafa de água e bebendo tanto quanto pode sem se afogar. Não está com sede, mas vai ficar.

"Ela tá aí?", pergunta Gabe, inclinando a cabeça na direção do trailer, sua janela escura ao cair da noite.

"Trabalho."

"Nunca fiz isso à noite", comenta Gabe, recostando-se na cadeira de Jo, o encosto resistindo a se reclinar. Por enquanto.

"Um suor?", pergunta Cassidy.

"Não tem nada, tipo, que *proíba* fazer isso à noite, tem?", questiona Gabe.

"Deixe-me conferir o grande manual de normas indígenas", ironiza Cassidy. "Ah, sim. Não se pode mudar nada, pelo que diz aqui. Você é obrigado a fazer tudo como é feito há duzentos anos."

"Dois mil."

Os dois riem ao mesmo tempo.

Cassidy pesca uma garrafa de água em meio ao gelo do isopor e a joga por sobre o fogo para Gabe. As gotas que caem da garrafa aterrissam sobre a brasa, levantando vapor em minúsculos gêiseres.

"Então, sabe alguma coisa sobre esse moleque?", pergunta Cassidy.

"Do Nate Yellow Tail? Ah, sabe. Há vinte anos seria você e eu. Ricky e Lewis."

"E metade tá morta, né?"

"Ou isso, ou um de nós aqui também já está com um pé na cova", comenta Gabe, espirrando um punhado de água por sobre a fogueira na direção de Cassidy, para mostrar que não está falando tão sério. Ele está, mas não quer assumir essa responsabilidade.

"Pode ser bom pra ele, acho", continua Cassidy. "Tipo, pode ajudar em algo."

"Por mais dura que seja a flecha, ela tem de ser um pouco flexível", comenta Gabe, modulando a voz para soar como um índio sábio, repetindo a velha frase de Neesh. Era com ela que o velho costumava encerrar todas as sessões em grupo. Inclusive, numa das paredes da sala de encontros, havia uma série de pôsteres contra o abuso de substâncias em que havia uma flecha curvada no momento exato do disparo, como se fosse quebrar ao meio, se estilhaçar, explodir. Mas isso não acontece. Fica curvada no primeiro pôster, distanciando-se uns trinta ou sessenta centímetros do arqueiro, já um pouco mais reta no segundo, e nos demais vai se curvando para o *outro* lado, até que, no último segundo, antes de acertar na mosca, recupera a retidão para acertar em cheio.

Era assim que deviam ser. Era o que, aos 15 anos, deviam estar fazendo. Tinham sido disparados na adolescência e agora se agitavam feito loucos de um lado para o outro, procurando andar na linha. Se conseguissem acertar o prumo? Tiro certeiro, cara! Uma vida boa.

E se não conseguissem?

Havia exemplos espalhados em todos os abrigos da cidade, bebendo em garrafas escondidas em sacos de papel. Cruzes brancas no acostamento de todas as estradas. Mães infelizes por toda parte.

"Ele vai botar tudo pra fora no suor", comenta Cassidy. "Na cantoria."

"Queria que a gente tivesse um tambor", diz Gabe.

"Tenho umas fitas."

"Que porra de fita, cara. A gente tá fazendo isso pro Lewis também, não tá? Mas não comente com o Victor-Vector."

"Melhor não chamar o cara assim", diz Cassidy.

"Não é nada de mais, é?"

"A Lewis", disse Cassidy, erguendo a garrafa de água num brinde.

Gabe ergue a sua também, dizendo: "Ele foi sempre um imbecil da porra, não foi?".

"Mais esperto que você", completa Cassidy. "Deu o fora daqui."

"Mas aí resolveu voltar", corrige Gabe, virando a garrafa de uma só vez. "Não atiraram nele até ele inventar de voltar."

"Ele só estava querendo voltar pra casa", continua Cassidy. "Se ele tivesse ficado onde estava, teriam atirado de qualquer jeito."

"Por que acha que ele fez aquilo?", questiona Gabe. "Com a esposa e com a outra, aquela índia."

"Cara, ela era Crow."

"Sério?"

"E ele provavelmente não conseguiria explicar nem enquanto fazia aquilo tudo, né?", continua Cassidy, examinando a limpidez da garrafa de água.

"Mesmo assim", insiste Gabe, secando a sua e tacando a garrafa no fogo. O plástico se enruga inteiro antes mesmo que as chamas alcancem o rótulo.

"Isso aí", comenta Cassidy. "Suje as pedras que a gente vai respirar daqui a pouco."

"Como se meu bafômetro pudesse ficar pior...", provoca Gabe.

"E qual é a dessa antiguidade aí?", pergunta Cassidy sobre a espingarda no colo de Gabe.

"O velho finalmente abriu mão dela", responde Gabe, estendendo a arma para Cassidy, pela lateral do fogo.

Cassidy puxa o ferrolho, limpa o cano, analisa o longo e curioso guarda-mão.

"Acho que é arma pra jogador de basquete", comenta Gabe. "O apoio do guarda-mão é longo assim pra que eles não precisem dobrar tanto o cotovelo."

"E atira direito?", pergunta Cassidy, pondo-a contra o ombro, treinando a mira no escuro, com um olho fechado.

"Como se alguém ainda tivesse bala pra uma velharia dessas", comenta Gabe. "O velho só atirava com chumbinho e sal grosso, sabia?"

"Flautista de Hamelin com um trabuco", brinca Cassidy, fingindo puxar o gatilho. "Aposto que tenho algo que vai servir. Lembra quando Ricky... Eu fui até Williston pegar as coisas dele."

"Aham. O que ele tinha?"

"Nada. O pai dele disse que todas as espingardas deles estavam com Ricky, mas as tralhas já tinham sido rapeladas uma ou duas equipes antes."

"Esse povo só não rouba as cuecas da pessoa..."

"Das espingardas só sobrou um saco de munição bem nada a ver. Acho que ainda tá no porta-luvas, junto de algum livro de criança que Lewis tava lendo na época."

Gabe se estica na cadeira para ver o velho Chevrolet em cima dos blocos.

"Que bom que você trouxe esse possante pra fazenda", comenta ele. "Ele já ficou largado em tudo quanto é lugar."

Cassidy volta a apoiar a arma contra a lixeira, longe do fogo.

"Vou dar um trato nele", diz ele. "A carroceria ainda tá boa. Só tem que arrumar um capô e uma caçamba. Talvez uns para-lamas também. Um motor, uns pneus."

"Ainda tá usando pra guardar suas coisas em segurança?"

Cassidy respira fundo, encara o brilho no olho de um dos cavalos que está ali observando, as orelhas enormes com certeza escutando cada palavra, guardando-as para depois.

"Não consigo nem manter os esquilos longe dali", diz Cassidy, percebendo que falou tarde demais.

Gabe sabe sobre a garrafa térmica? Como poderia?

"Pois você *acabou* de arranjar a melhor arma contra roedores", retruca Gabe, acenando na direção da Mauser. "Quer ficar com ela em vez da grana?"

"Acha mesmo que ainda atira?", pergunta Cassidy.

"Não tem por que não atirar."

"Me deixa pensar um minuto", diz Cassidy. "Estou analisando minhas opções: você me oferecendo uma coisa roubada, quebrada e velha contra você *estar* muito na pindaíba pra me pagar um dia o que deve."

"Ha, ha, ha, ha", responde Gabe, abrindo bem a boca, rindo falsa e lentamente. "Aposto que dá pra vender isso aí por uns 150 pilas. Até mais, se tiver valor histórico."

"E quando seu pai vier atrás dela?"

"Vende pra ele, vai querer a arma de volta. Mas dou minha palavra de escoteiro que ele me deu por livre e espontânea vontade."

Gabe faz o sinal de honra, erguendo dois dedos da mão, mas aí recolhe o indicador e vira a mão lentamente, o dedo do meio quase na cara de Cassidy.

"Tá bom, deixa isso aí, tanto faz", concorda Cassidy.

"Só se Jojo estiver de boa, cara", diz Gabe.

"Ela não gosta quando você a chama assim", explica Cassidy pela quinquagésima vez apenas neste mês.

"É tipo ioiô, mas com *J*, cara", responde Gabe, e Cassidy não sabe dizer se ele está chamando Jo de brinquedo ou se é alguma piada com outra coisa. Seja como for, ele também lhe mostra o dedo do meio, de *ambas* as mãos, e é bem nesse momento que faróis brilham sobre eles feito um flash.

COM CAMISA
E SEM CAMISA

Não é o mesmo carro no qual você chegou à reserva ontem, mas é o mesmo pai, o mesmo filho.

O pai está de pé junto à porta, os faróis ainda jogando luz branca em Gabriel e Cassidy, cujas mãos estão erguidas para proteger os olhos, suas sombras destacadas contra a pilha enorme de roupas bolorentas atrás deles, contra a cerca dos cavalos e toda a vastidão escura para além, onde você se encontra, com as pontas do cabelo longo se erguendo com o bafo que sai do motor.

"Não atira, não atira!", grita Gabriel, tentando se afastar de toda aquela claridade.

O pai estica o braço, desliga os faróis, e, enquanto ainda está debruçado ali, o filho sacode a cabeça um pouco desgostoso, dizendo: "E esses palhaços sabem o que é tradição?".

"Não tem a ver com o suor", responde o pai, sem usar os lábios, apenas a voz soando.

Não tem a ver com o suor, repete você, tentando manter o rosto perfeitamente imóvel que nem ele. Você quase consegue, mas sabe que há um lampejo em seus olhos.

A noite está prestes a começar.

"Então tem a ver com *o quê?*", pergunta o garoto.

O pai volta a sentar no carro, remexendo o console central como se tivesse esquecido algo. "Preste atenção nesses idiotas", diz ele, com o rosto abaixado. "Vinte anos atrás eram que nem você."

Cassidy cospe um chafariz de água por entre os dentes na direção de Gabriel, que, tentando desviar, tomba com a cadeira de lado, e Cassidy corre para evitar que a cadeira se feche.

O garoto não consegue segurar o riso.

"Eles estão aproveitando a *vida*", comenta ele.

"Antigamente havia quatro deles", informa o pai.

O garoto abre a porta do passageiro, coloca um perna para fora e ajeita o cabelo comprido sobre o ombro.

"E todo mundo vai caber naquela coisa?", pergunta ele, apontando para o monte de sacos de dormir que forma a tenda do suor.

"São só vocês três", responde o pai. "Vou cuidar das pedras. É minha função aqui."

"Por quanto tempo?"

"Bastante tempo."

Saem os dois do carro, batendo as portas ao mesmo tempo, o que causa um barulho simultâneo que faz com que o garoto endireite as costas, como se aquilo fosse má sorte.

Gabriel se levanta da cadeira tombada para ir cumprimentá-los. Seu rosto está brilhando por causa da água que Cassidy cuspiu. "Ao *Victorioso*, as batatas...", chega dizendo, enxugando a bochecha na manga da camisa.

"Que diabo isso quer dizer?", pergunta o menino ao pai.

"Uma idiotice que leu em algum livro", fala Cassidy de sua cadeira. "Ignorem esse imbecil."

"Senhores", diz o pai, dando um aperto de mão em Gabriel, que está com ela estendida.

"Victor-Vector parece polícia até fora do expediente, cara", provoca Gabriel, com um meio sorriso.

"Nunca deixo de ser polícia", retruca ele, acenando com a cabeça para a viatura que chegou dirigindo.

O garoto não olha para a viatura, como fazem Gabriel e Cassidy, mas corre os olhos pelo trailer. Todas as janelas estão apagadas.

"Qual foi a última vez que você participou de um suor?", pergunta Gabriel ao pai.

"Este é pra ele, não pra mim", responde Victor, e todos os olhos pousam no garoto. "Nathan", anuncia ele, fazendo a grande apresentação.

O garoto segue olhando o trailer, como se estudasse o melhor jeito de desmanchá-lo. Ou então... ele não consegue ver seu reflexo na janela, consegue? Apenas seu contorno, sua silhueta, sua sombra? Seu verdadeiro rosto?

Se o menino indicasse sua posição ao pai dele nesse momento, e se o pai inclinasse o corpo para a frente, forçasse os olhos na escuridão, encontrando ali uma mulher de cabelos bagunçados, quase ao alcance das luzes, então tudo terminaria num instante, não?

Mas é melhor que ninguém veja você. Por enquanto.

O garoto enfim desgruda os olhos do trailer.

"Joga basquete?", pergunta Cassidy, apontando o colete de treino preto que o menino veste do lado avesso.

"Se jogasse, ia ser do time sem camisa", responde ele.

"Tem uma quadrinha ali", comenta Cassidy, apontando o queixo para a lateral do trailer, já no caminho da estrada. "De repente a gente joga um pouco pra refrescar mais tarde."

"E tem alguma bola que brilha no escuro?", retruca o moleque na hora.

"Filho", repreende o pai.

"O pessoal chama você de Nate, né?", pergunta Gabriel.

O garoto dá de ombros e diz: "Gabe, *né*? Já te vi por aí".

Em resposta, Gabriel contrai os lábios por uma fração de segundo.

"Você dopou esse moleque pra conseguir trazê-lo, foi?", pergunta Cassidy ao pai.

"Foi mais longe que a gente", afirma Gabriel, virando-se teatralmente para ver o que o menino encarava com tanta atenção. "E ele já participou de um suor?", pergunta ele ao pai, sem qualquer contato visual.

"Podem falar direto comigo", interrompe o menino.

"*Você* já participou de um suor?", repete Gabriel, fazendo uma cena sobre falar *com* o garoto.

O menino dá de ombros.

Gabriel continua: "A ideia é que isso seja tipo uma purificação. Como se fosse uma lava-louças, sabe? A gente é a louça. O vapor vai deixar a gente limpinho, limpinho".

"E é pra isso que o amigo de vocês, Lewis e Clark, tava voltando?", pergunta o garoto. "Pra lavar a alma?"

Gabriel dá um sorrisinho condescendente, vira-se para Cassidy e o vê revirando os olhos como quem diz "e o que é que a gente esperava?".

"Isso aqui é por sua causa", responde seu pai. "O resto não tem nada a ver com você. Entendeu?"

O garoto olha para a égua malhada do outro lado da fogueira quase apagada.

"Então vocês sabiam que Lewis estava vindo pra cá?", diz o pai para Gabriel e Cassidy.

"Nunca larga o expediente...", cantarola Gabriel, como quem não quer nada. "Sempre bancando o detetive, colocando mais um índio no xadrez."

"Lewis foi embora daqui, tomou chá de sumiço", responde Cassidy.

"Com uma mulher branca", completa Gabe, e aquilo é explicação suficiente.

"E com uma funcionária do correio", complementa Victor, correndo os olhos pelo lugar. "Era uma Crow, não era? Vi a foto num jornal. Aposto que a esposa o pegou se enfiando na tenda da outra."

"Lewis nunca faria isso", rebate Cassidy.

"Não faria o quê?", pergunta o menino. "Trair a mulher ou matar duas pessoas?"

Gabriel toca um ponto na lateral do rosto, perto do olho.

O pai ainda está olhando em volta.

"Cadê as cachorras, Cass?", pergunta ele.

Cassidy dá uma procurada, como se acabasse de perceber a ausência delas.

"Essas cachorras do Cass são tipo bandidas", comenta Gabriel, desabotoando a camisa de caubói. "Na hora que veem um distintivo de polícia, *puf*, correm para as montanhas, cara. Qualquer distintivo, aliás. Acontece a mesma coisa com os fiscais de caça, né? Não sabem a diferença entre Denny Pease e a polícia. Bichos burros."

Cassidy se põe de pé, também desabotoando a camisa.

"Você comeu hoje?", pergunta ele ao garoto, dando às palavras uma cadência de índio velho, e basicamente falsa.

"Só bebeu água", responde o pai no lugar do filho.

"Idem", fala Gabriel.

Cassidy faz que sim com a cabeça, é isso aí.

"Vai passar jogo às 23h, pai", diz o garoto.

"E às 2h tem reprise", retruca o pai.

"Por falar em números...", comenta Gabriel, meio tímido, como se fosse incômodo tocar naquele assunto.

O pai entrega a ele cinco notas. Cassidy observa o dinheiro indo parar no bolso de Gabriel, nas calças dobradas sobre a cadeira.

"Você já teve curiosidade de pesquisar sobre a expressão 'nu em pelo'?", fala Gabriel, já apenas de cuecas.

"Presta bem atenção", alerta Cassidy, descalçando as botas, "você está prestes a ouvir um monte de mentiras."

"Os colonos que vinham pros territórios indígenas chamavam a gente de *garanhão*, antigamente", começa Gabriel, falando com autoridade e procurando em volta algo em que se apoiar enquanto ergue um pé para tirar as cuecas. "Porque a gente tava sempre de pau duro, acho eu, né? E os colonos podiam ver tudo porque a gente andava pelado e não existia calça jeans naquela época. Então, sabe como é, quando os índios chegavam no armazém dos colonos, ficava todo mundo *Eles estão todos pelados, Jim, outra vez. O que vamos fazer? Olha lá, olha lá! Mande as mulheres saírem daqui, aqueles garanhões estão todos pelados, cara, tudo nuinho em pelo...*"

"Eu avisei", diz Cassidy, dobrando as calças e colocando-as no encosto da cadeira.

"Não costuma ter cantoria, um tambor, alguma coisa assim?", pergunta o pai, analisando a pilha de coisas formando a tenda.

"Não necessariamente", responde Gabriel, embolando a cueca nas mãos, garantindo que todos os dedos toquem nela, nota o garoto com nojo.

"Tenho umas fitas", comenta Cassidy, começando a andar rumo a seu trailer.

"Não esquenta", diz o pai.

"É que...", começa Cassidy, mas Victor estira a mão direita espalmada, voltada para baixo, e a agita de um lado para o outro, dizendo que não precisa. É um sinal manual que o garoto lembra de ter visto — fica nítido por sua postura, pela expressão em sua face — ilustrado em algum livro do primário: como os Blackfeet de antigamente usavam linguagem de sinais quando precisavam.

Ele odeia ser desse lugar. Ama também, mas odeia demais.

"Manda o garoto assim que ele estiver pronto", diz Gabriel, nu, parado ali como se lançasse um desafio, ao pai, em seguida erguendo a porta da tenda do suor para Cassidy se esgueirar. "Tranquilo?"

O pai anui rapidamente e, num pentelhésimo de segundo, Gabriel está dentro da tenda também, a gandola do exército fechando a passagem atrás dele.

"Isso é sério mesmo, pai?", pergunta o garoto.

"Ele sempre tem uma matilha de cães por aqui...", comenta o pai quase como uma pergunta, apontando a lanterna para todos os lados, segurando-a junto ao ombro exatamente como o policial que não consegue deixar de ser nem por uma noite sequer.

O garoto se recosta no carro e tira o colete de treino de uma só vez, virando-o do avesso no processo, de modo que fica de um branco brilhante. Ele o dobra com cuidado sobre o braço, como se virá-lo do avesso fosse exatamente o que ele queria ter feito. O ar pinica sua pele. Ele esfrega os braços com as mãos, soprando o ar entre os dentes cerrados.

"Aquele cavalo tá me olhando", comenta ele.

"Parece que você é quem tá olhando o cavalo", devolve o pai, ainda procurando as cachorras pela noite.

"Tá, e o que eu tenho que fazer lá dentro?"

"Se vira."

"Isso é uma idiotice, tá?"

"Quando eu tinha 14 anos, sabia tudo também."

O garoto sacode a cabeça, descalça os tênis com um chute e começa a contar os segundos para a noite terminar.

TRÊS INDIOZINHOS

"Tá uma *marofa* isso aqui, Nate", fala Gabe assim que o vulto do garoto encobre a porta. Ele estava esperando para dizer aquela frase a ele, só para que ficasse com ódio. É bom para manter o foco.

"É Nathan", corrige o menino, ajeitando-se num dos vértices do triângulo, o buraco cavoucado no chão entre eles já desaparecendo na escuridão conforme a porta se fecha. Obviamente, Victor esteve segurando a aba da porta aberta para o filho entrar. Talvez para se assegurar de que Gabe não tinha *realmente* deixado uma marofa ali dentro. É uma tenda do suor, afinal, não um bong tamanho família.

"Seja bem-vindo", diz Cass, ainda bancando o índio ancião.

Gabe dá-lhe um tapa no peito com as costas da mão.

"Da primeira vez que participei de um desses, usei uma sunga", conta Gabe, tentando sintonizar a frequência de todos com os dias de hoje, não com um século atrás.

"Achei que era pra estar quente aqui dentro ou alguma coisa assim", comenta Nate.

"Tá preparado?", pergunta Cass.

"A gente não consegue ver você balançando a cabeça, cara", lembra Gabe. "Quer dizer, se você estiver fazendo isso."

"Tô preparado, sim", informa Nate.

"E isso aqui não é tipo um 'concurso do índio mais forte do mundo'", explica Cass. "É pra esquentar bastante, mas não o suficiente pra você desmaiar."

"Bom, é nesse ponto que tem as visões", comenta Gabe, "mas tudo bem."

"Acho que dou conta."

"Você vai achar besteira eu falar isso agora", diz Gabe. "Mas o ar fresco fica acumulado rente ao chão. Se precisar respirar."

"E é sobre rezar também", continua Cass. "Falar com quem você precisar falar e tal."

"Com meu pai ouvindo do lado de fora", comenta Nate.

"Tem muito saco de dormir", assegura Cass. "Aqui somos só nós."

"A gente vai aproveitar pra falar com dois amigos nossos", conta Gabe. "Só pra você saber."

"Quais?", pergunta Nate. "O assassino ou o que foi morto?"

Gabe umedece os lábios, olhando para a escuridão de seu colo. É a mesma escuridão em toda parte.

"Quando a gente tinha sua idade e fazia isso", começa ele, "nosso... nosso orientador, esse cara velho, chamado Neesh..."

"É o avô dele", diz Cass.

"Você tá apontando pro Nate, imagino", comenta Gabe.

"Nathan", corrige Nate.

"É, Neesh Yellow Tail era avô dele", conclui Cass.

"Tá de sacanagem?"

"É sério, cara", confirma Nate.

"Que seja", continua Gabe. "Neesh, vovô, tanto faz, sempre disse que nenhuma das histórias antigas contava sobre ataques às tendas do suor. Não seria apenas falta de respeito fazer isso, seria a maior falta de respeito do mundo. Você não ataca alguém que acabou de se descarregar, a pessoa cambaleando pra fora da tenda toda fraca e purificada. Aqui é tipo um lugar sagrado. Isso quer dizer que a gente tá provavelmente no lugar mais seguro do mundo indígena."

Nate solta um risinho abafado e diz: "Lugar mais seguro no mundo *indígena*? Quer dizer que a gente só tem oitenta por cento de chance de morrer aqui em vez de noventa?".

"Ninguém nunca morre num suor", responde Cass. "Nem os anciões. Nunca ouvi falar disso, pelo menos."

"E é nisso aqui que a gente come cogumelo?"

Gabe ergue os olhos e sorri, pensando na cúpula que abafa aquelas vozes. "Isso é de outra tribo, cara."

"A não ser que você tenha pedido pizza", comenta Cass, por fim juntando-se a este século.

"E posso fazer isso?"

"Depois daqui, claro", responde Gabe. "Gosto daquela cheia de carnes. Aquilo que é pizza de índio de verdade."

"Ninguém mais fala 'índio'", declara Nate, a voz num tom entre ofendido e decepcionado.

Gabe fecha os olhos e cantarola *"Um, dois, três nativinhos"*, deixando a canção assentar entre eles, e aí comenta: "Não soa tão bem, né?".

"A gente cresceu sendo índio", prossegue Cass, e algo na forma como fala dá a impressão de que está com os braços cruzados. "*Nativo* é pra vocês, mais moleques."

"E *indígena*, *aborígene* e...", continua Gabe.

"Isso é parte do processo?", interrompe Nate. "Era pra eu estar suando com toda essa aula de história?"

"Você não passou desodorante, né?", questiona Cass na mesma hora.

Silêncio.

"E isso importa?", Gabe termina por perguntar num tom mais baixo.

Cass grita um *ho* para Victor.

"A gente tem que se lembrar de agradecer toda vez que ele trouxer uma pedra", explica Gabe, a voz voltando ao normal. "Senão, foi o que seu avô ensinou, senão ele pode achar que estamos sendo mal-agradecidos e nos entregar um bolo de carne de búfalo pra jogarmos água em cima e respirar o vapor."

"Mentira", diz Nate.

"Exatamente", diz Gabe, de imediato.

"Licença", fala Cass enquanto se estica por trás de Gabe para... ah, para pegar o taco de golfe cerimonial. Claro. Erguendo a porta com ele o suficiente para que Victor consiga se esgueirar um pouco. Um minúsculo sopro de ar fresco entra por ali também.

"Cuidado", alerta Victor, para garantir o caminho livre. Quando não há ninguém ali, ele coloca a pá para dentro. Equilibrando-se em sua ponta, há uma pedra tão quente que tem lava crepitando em volta.

"Obrigado, guardião do fogo", diz Gabe, de forma pomposa.

Na penumbra, afastado da cova central, Nate também acena em agradecimento.

Victor gira o cabo da pá, derrubando a pedra na cova junto das brasas e cinzas que trouxe. Um redemoinho de fagulhas serpenteia até o teto.

"Você molhou os sacos de dormir e o resto todo?", pergunta Gabe, inclinando-se para Cass.

"Ia ficar com cheiro de cachorro molhado se eu fizesse isso", sussurra Cass de volta.

Gabe concorda, outra vez conferindo os tecidos à volta deles.

"Pelo de cachorro pega fogo?", indaga ele, agora em voz alta.

"Obrigado", agradece Cass a Victor.

"Lá vai mais uma", anuncia Victor.

Quando as pedras quentes já estão no buraco — há espaço para outras três, se muito — e a cobertura da porta se fecha, os rostos todos iluminados por uma claridade vermelha vinda de baixo, Gabe encara Nate e diz: "Última chance, cara".

Nate sacode a cabeça em uma negativa.

Cass se estira até puxar o isopor para junto de si e usa uma concha de alumínio, daquelas de tirar ração. Ele batuca no próprio peito, uma batida alta, depois outra, então uma mais suave, e Gabe pega a deixa, juntando-se ao amigo. Quando tinham a idade daquele moleque, sempre chamavam as rodas de tambor de rodas de imbecis. E agora lá estão, segurando o ponto.

Gabe sacode a cabeça, deslumbrado com tudo, e aumenta o batuque em seu peito, com um sorriso que não consegue controlar. Tem cenzinho no bolso de suas calças na cadeira lá fora, e mais da metade é seu — era para ser 80 dólares, mas Denorah é boa demais nos lances livres, não é?

"E lá vamos nós", anuncia Cass, interrompendo o batuque por um instante e jogando uma concha de água sobre as duas pedras aquecidas.

O vapor assobia, fervendo o ar.

Gabe dá uma olhada na direção de Nate, e pela primeira vez há um certo ar de dúvida nos olhos do garoto, e num átimo Gabe encara a própria imagem no espelho lateral de seu carro, bem quando D perguntou se ele tinha voltado a caçar, e ele pensou ter visto cabelos pretos no fundo do reflexo, esvoaçando na caçamba da picape.

Mas era impossível. E as cachorras também não tinham farejado nada na caminhonete. Eram só bichos burros.

Gabe respira fundo a quentura e prende o ar, prende o ar, com os olhos fechados.

MORTE TAMBÉM AO YELLOW TAIL

Perto da fogueira, Victor finca a pá no chão assim que entrega a pedra seguinte — precisa fincar a pá duas vezes para garantir que não vai cair — e então segue até o carro. Não para se encostar no capô até ser chamado outra vez, mas para sentar no banco da frente e acender as luzes do painel. Inclina-se sobre ele, mexe em algo e tira dali uma fita cassete. Ergue-a contra a luz para ver melhor, depois vira-a do lado que prefere e a coloca no toca-fitas.

Uma batida grave soa dentro do carro. Tambores e cantorias. Dentro da tenda, já por meia hora, faz calor suficiente para que não se escute nenhum canto, nenhuma conversa, nenhum nada. Da última vez que colocou a cara porta adentro, olhou para cada um dos rostos suados, conferindo um por um, então balançou a cabeça, virou a pá sobre o buraco e deixou a porta se fechar de novo.

Será que está funcionando? Será que vai ser uma coisa boa, no fim das contas?

No momento, ele encara as luzinhas verdes do painel, mexe nos botões e libera o conector do rádio.

Um silêncio estala numa das caixas de som do teto. É um barulho vazio, cheio de vastidão e distância. Victor aperta alguns botões e desmancha o som, apertando e girando mais botões até que, por fim, os tambores e a cantoria penetram desde o teto do carro, tudo ao mesmo tempo, fazendo-o se encolher pelo susto. A canção se espalha, tomando a noite.

Dentro da tenda, alguém solta um grito duplo para celebrar aquela canção.

Victor faz que sim com a cabeça, gostando.

Ele volta para a fogueira, remexe as brasas com a pá e percebe algumas fagulhas subindo na direção do colete de seu filho. Tirando-o do meio daquele fogaréu, Victor o coloca na cadeira quebrada que foi posta como uma mesa perto da tenda, para que Nathan a encontre assim que sair. Então ele volta a mexer no fogo, olhando as fagulhas espiralando e subindo cada vez mais altas, como numa chaminé invisível, em seguida apoia a pá contra a lixeira e pega a espingarda para olhar.

Depois de conferir que não está carregada, puxa o ferrolho duas vezes, coloca-a em posição e varre o espaço como estivesse mirando em algo, e de todos os lugares da noite para onde podia tê-la apontado, mira exatamente em você, a cabeça ainda virada para um lado, seu olho direito correndo da arma para ele.

Sem nem mesmo pensar — é isso que você *faz* quando na mira de um caçador —, você se afasta.

Mesmo assim, ele vê... não você, mas seu movimento. A ideia de que há alguma *coisa*.

Ele baixa a arma, encarando a escuridão.

"Jolene?", diz ele. "É você aí, garota?"

Quando você não responde, ele retesa os lábios e solta um assobio agudo, batendo com a mão duas vezes na coxa.

Mas você tampouco é um cachorro.

Além disso, já não há cães ali. Não mais.

Ele recoloca a espingarda no lugar, encarando a escuridão o tempo inteiro. Agindo quase sem pensar, puxa três pedaços de lenha da pilha e os coloca na fogueira. Poucos instantes depois, um deles é lambido por uma chama, e logo os três estão queimando num clarão quente e alaranjado.

Victor fica diante do fogo, a silhueta escura de um caçador ainda encarando a noite, a espingarda outra vez na mão como se por reflexo, a mira apontada ao chão.

Da tenda vem outro *ho*, dessa vez de Nathan — é a primeira vez que ele pede por mais calor.

Victor encara a escuridão, então finalmente se vira, trocando a espingarda pela pá e levando-a até as brasas, de onde ergue uma pedra. Chacoalha a pá, derramando cinzas e brasa, e agarra o cabo com a mão esquerda enluvada, caminhando meio de lado até a tenda.

Bate à porta com o quadril, e ela se ergue na ponta de um taco prateado, brilhante, mantendo-se erguida por um tempo.

Lá dentro há três rostos suados, todos já bem cansados. Ele descarrega a nova porção de pedras fumegantes e, quando mal tira a pá de dentro da tenda, um cavalo relincha no meio do nada. Victor se assusta tanto que teria derrubado a pedra em brasa se ainda a tivesse na pá, mas é apenas um cavalo burro.

Mesmo assim, Victor corre os olhos pela noite a seu redor, varrendo com cuidado o ambiente atrás de alguma coisa.

Se fosse esperto, se estivesse dando ouvidos aos cavalos, já teria fugido dali.

Mas *você* não fugiria, não é? Não seria capaz disso.

Você se mantém junto a seu filhote até não poder mais e, então, tenta cair de um jeito que seu corpo o proteja. E aí retorna dez anos depois e fica bem perto da luz daquele fogo, suas mãos macias se abrindo e fechando junto às pernas, sem sequer piscar.

Ele é tão incapaz de abandonar o filhote quanto você.

E por isso ele sai da viatura uma vez mais. Com uma lanterna para cortar a noite.

Você se estira no chão, sentindo o calor contra suas costas.

Ainda assim, ele já sabe. Dá para saber apenas pelo cheiro da arma que ele tem na cintura. Seu gosto oleoso e enjoativo está em sua mão.

"Saia de onde estiver!", grita ele, as palavras girando pela escuridão, desfazendo-se em silêncio.

Os cavalos, por algum tempo, alertam-no sobre você, seus avisos tão claros, tão urgentes, diretos e explícitos.

Desperdiçou sua chance, não? A culpa é dele. Não devia ter se aproximado.

O facho de luz some por trás do trailer pouco a pouco: dá dois passos, corre a lanterna em volta, depois anda mais um pouco, repete tudo.

Quando ele desponta do outro lado, você enfim pode dar um passo rumo à luz da fogueira. A égua branca e castanha, a mais articulada dos três, bate o casco e sacode a cabeça de um lado para o outro.

Em resposta, você sacode a sua do mesmo jeito.

Os dois que você quer estão bem ali, na tenda a três passos de distância, nus e impotentes. Gabriel Cross Guns, Cassidy Sees Elk. Os únicos que restaram daquele dia na neve.

Mas você não quer levar outro tiro nas costas. Ainda é capaz de sentir a dor da outra vez, não precisa que esse pai abra o buraco de novo antes de você fazer o que deve ser feito.

Quando ele caminha até o outro lado do trailer, você segue, acompanhando o rastro olfativo que ainda se agita no ar, tão claramente que você poderia segui-lo de olhos fechados sem perdê-lo. Mas você sabe que deve se manter longe do trailer, para que ele não surpreenda você numa poça amarela. Um trailer não é um trem que passa aos gritos, que encurrala, mas é melhor não arriscar.

Quando ele se aproxima do banheiro externo, atrás do qual jura que você está, os músculos de suas pernas se retraem para que você possa...

Ele gira a lanterna, congelando você em meio àquele facho de luz, e sua mente se perde em tanta claridade.

"Que... *Ahn?*", solta ele, guardando a arma no coldre. "Tá querendo me matar do coração, Jolene?"

Foram a camisa e as calças dela que você roubou do varal.

"Jolene", diz você, a voz falhando por causa da garganta nova. Você começa a pigarrear, mas um barulho interrompe o momento. Vocês dois encaram a estrada.

É uma caminhonete que vem ali?

"Espera, você não é...", começa Victor, então estica o pescoço para ver melhor. "Você é aquela Crow do jornal, não é?", pergunta ele. "Aquela que... que...?" Então ele passa os dedos da mão esquerda de um lado para o outro da testa, para mostrar o que quer dizer. "Mas o que aconteceu com seu olho?"

Levei um tiro, você não diz isso para ele. *Duas vezes*.

Ele recua um passo, mesmo assim, e fala: "Pensei que você... que Lewis tinha... ele não... O que você tá fazendo aqui?".

Em resposta, você volta o rosto na direção dele, os olhos ariscos, cabelos esvoaçando, e então reponde: "*Isso*". E corre na direção dele para mostrar.

CASCA GROSSA

Cassidy já devia ter feito isso há muitos anos. Suores tinham de ser uma coisa regular. Exatamente como Neesh lhes dizia, supunha ele.

Mas, naquela época, seria apenas outra coisa que teriam de aturar, mais uma chatice entre eles quatro e o fim de semana. Um suor nunca foi um ritual, mas sempre um calvário.

Cassidy assente para si mesmo, está decidido, vai manter essa tenda do suor montada, talvez até trocando os sacos de dormir por pele de verdade. E talvez até reivindique a Denny o direito de caçar outra vez. Por que não? Denny está tranquilo e casado, costuma até ir em todos os jogos de basquete. E dez anos de punição por nove cervos mortos *tem* que ser suficiente. E foram dez anos de bom comportamento. Bom, amanhã fará dez anos. Cassidy praticamente não deu um tiro sequer contra nenhum animal, tirando um veado-mula ou três nas planícies, e aquele alce que estava quase implorando por isso, e teve também aquele veado-de-cauda-branca estranho. Mas isso é quase manejo do rebanho, na visão dele. Manejo do rebanho e subsistência — é seu direito como membro da tribo, não é? Como é possível que uma única escapadinha até a área dos anciões possa acabar com tudo isso?

E se Denny recusar, então paciência. Assim que Cassidy e Jo legalizarem a união, ela vai ter privilégios de caça, ele tem certeza. E caso não tenha pelo casamento, ele não tem dúvidas de que ela pode transferir suas coisas de caça Crow para cá, se desistir disso lá em sua terra. E aí, contanto que ela saia sempre com o documento, Denny não vai poder falar nada quando Cassidy derrubar um cervo ou qualquer outro bicho. Talvez ela mesma acabe caçando um cervo.

Gabe se remexe, tentando afastar o corpo do calor que salta das pedras, por um segundo protegendo o rosto com o braço erguido.

No meio de um suor assim, tudo que você quer é um respiro. Mas você precisa lutar *contra* isso.

"Tudo bem?", Cassidy se dirige a Nathan.

Nathan está sentado com os joelhos erguidos, a cabeça pendente.

Ele meio que acena. Ou isso, ou foi um estertor de morte. Um último espasmo.

Cassidy inclina o isopor e leva a concha até o fundo, depois vira ele para o outro lado e tenta recolher até a última gota.

"Ao Ricky", diz ele, derramando um gole no chão antes de beber daquela água. Está quente como café recém-fervido.

Cassidy a oferece a Gabe, que aceita como das outras vezes, dizendo "ao Lewis" e derramando um pouco no chão também, mas passando a concha sem beber. Afinal de contas, como lembrou mais cedo, aquilo ali não é uma concha de ração para cachorro?

Para cavalos, Cassidy nem chegou a corrigir. E só usava para servir aveia, porque a malhada de Jo tinha sido criada com coisa melhor que apenas feno e bolo. Mas Gabe não entende de cavalos, não faz ideia de como é limpo um saco de aveia, de que aquela concha deve ser tão higiênica quanto qualquer colher dos restaurantes da cidade.

Nathan pega a concha, com as mãos trêmulas, o cabelo colado ao rosto.

"Ao Tre", diz ele, derramando um pouquinho de água.

É a primeira vez que fala alguma coisa em quase uma hora, pelos cálculos de Cassidy.

O moleque está relaxando. Se soltando. Entrando no jogo.

Ótimo.

Tre era o aluno para quem fizeram vigília umas duas semanas atrás — e, ao pensar nisso, Cassidy percebe que, provavelmente, foi quando Nathan fugiu da cidade e se enfiou nos ermos da América. Tudo bem que só havia chegado a um trailer xexelento do outro lado de Shelby, mas estava valendo mesmo assim.

Tre, Tre, Tre. Foi na vigília a primeira vez que Cassidy viu como o nome era escrito. Sempre achou que tivesse quatro letras, como um trem mesmo.

Como foi mesmo que ele tinha morrido? Cassidy não recorda de jeito nenhum, não com esse calor derretendo seus miolos. Ele que era sobrinho de Grease? Não, não pode ser. Grease não era velho o bastante. Georgie, talvez? Era alguém que estava se formando quando Cassidy estava no nono ano.

"Pode matar", diz Gabe a Nathan, falando do último gole de água, e, depois que confirma com Cassidy — trocando apenas um olhar, pois não há energia a ser gasta —, Nathan seca até a última gota e devolve a concha.

Cassidy a pega de volta. O bom do alumínio é que ele não esquenta no suor. O que os antigos usavam? Madeira? Chifres? Uma bexiga? O crânio de um carcaju, já que antigamente todo mundo era casca grossa?

Tanto faz. Não é antigamente. E o maior lembrete é este: lá fora, a fita de Victor para de tocar, chegando outra vez ao fim de um dos lados, e então há uns segundos de silêncio antes de começar a primeira música do lado oposto.

"De novo essa?", Gabe junta fôlego antes de falar, achando-se muito engraçado.

"Imagina pegar a estrada com ele", responde Nathan, o peito estremecendo duas vezes no que Cassidy imagina ser uma tentativa de rir, mesmo sem forças. A tentativa de riso mais fraca de todas.

Gabe se balança de um lado para o outro para se manter sentado ereto. Mas é capaz de fazer aquilo até o sol nascer, Cassidy sabe. Dos quatro, sempre foi Gabe quem terminou sentado na caçamba da picape depois de todo mundo cair desmaiado de cansaço. Era como se ele estivesse à espera de alguma coisa. Como se soubesse que não podia fechar os olhos, ou perderia algo, ficaria para trás.

Dos quatro — e Cassidy odiava ter que admitir —, Gabe também era o que tinha menos chances de se manter vivo. Sempre foi o primeiro a mergulhar de cabeça, fosse pulando de um penhasco para cair num lago, fosse arranjando briga com algum caubói na porta de um bar.

"Faz assim", ensina ele a Nathan, a boca rente ao solo, puxando o ar e fazendo uma encenação de como o ar ali é tão mais fresco, tão mais refrescante que até estufa o peito.

"Onde já sentaram um milhão de rabos", devolve Nathan.

"Não esquece do mijo de cachorro", completa Gabe, largando o corpo na terra.

Cassidy sorri, a visão escurecendo por um segundo ou dois.

Essa é pro Lewis, pensa ele. Lewis, que tinha tentado voltar para casa.

É quase engraçado: Lewis tenta voltar para casa, acaba morto. Ricky tenta ir para *longe* de casa, acaba morto. Gabe e ele não arredam pé do lugar, tudo corre bem.

"Ei", Cassidy chama Gabe.

"Tô só descansando os olhos", balbucia Gabe em resposta.

Nathan baixa o rosto outra vez, os cabelos compridos formando uma cortina ensopada, o resto do corpo quase que uma silhueta contra a escuridão úmida e cinzenta.

"É sobre o Lewis", diz Cassidy.

Gabe se apoia num braço, erguendo-se até sentar. Tem a lateral do corpo toda suja, por estar completamente suado e porque o chão onde estão já começou a descongelar.

"Acabou mesmo a água?", pergunta.

"Disseram que ele tava com um bezerro no colo, né?", Cassidy quer saber.

Gabe foca os olhos em Nathan, mas Nathan nem se mexe. Ou não está ouvindo, ou está e não se importa.

"Caramba", começa Gabe, falando da fita de Victor. "Eu também gosto de tambores, que nem qualquer bom pele-vermelha, cervejeiro..."

"Ele tava trazendo um bezerro de *cervo* pra cá", insiste Cassidy.

"Não tá na época", diz Gabe, discordando da história. "Deve ter sido de *vaca*."

"Também não é época", retruca Cassidy.

"De égua."

"Não se corre com um potro. É pesado demais."

Gabe muda de posição, mas mesmo assim o ar está fervendo.

"Nunca te contei", continua Cassidy.

Gabe congela, olha de novo para Nathan e outra vez para Cassidy.

"Naquela última caçada", prossegue Cassidy. "Na Clássica Ação de Graças ou sei lá que nome Ricky inventou."

"Acho que fui *eu* que inventei", corrige Gabe.

"Aquela cervinha que Lewis abateu", conta Cassidy. "Tinha outra no forno."

"Pensei que eu tivesse abatido...", diz Gabe.

"Seu cérebro deve estar derretido", comenta Nathan.

Gabe dá de ombros, como se o moleque estivesse com a razão, e diz a Cassidy: "Cara, era... era Ação de Graças. Talvez a cervinha tivesse um peru assando no forno, isso sim". Ele bate na própria barriga, mostrando a que forno se refere.

"Foi no sábado antes da Ação de Graças", corrige Cassidy.

"Amanhã", diz Gabe, com um sorriso meio bobão, olhando para o relógio de pulso que ele não está usando e que não usa nunca e que com certeza não estaria usando num suor.

"Lewis *enterrou* o bicho", continua Cassidy. "Aquele... aquele filhote que não nasceu, sei lá."

Com isso, Gabe se cala.

"Você tá falando da mesma cerva magrela que ele fez a gente arrastar morro acima, aquela que nem idade tinha?", diz ele, finalmente. "A que fez Denny pegar a gente no flagra?"

"A gente ia rodar de qualquer jeito."

"Vocês tão falando da vez que mataram uma manada inteira?", pergunta Nathan.

Tanto Cassidy quanto Gabe olham para ele.

"Denorah me contou", explica o menino, como se tivesse sido desafiado a responder.

"Você contou pra ela?", pergunta Cassidy a Gabe.

"Quem *mais* tava lá e poderia ter contado?", rebate Gabe, juntando os lábios como se fosse cuspir sobre as pedras, mas não tem mais saliva alguma, então acaba inclinando o corpo no chão, como um velho bêbado que tem segredos importantes para contar à terra.

"Ah, claro", diz Cassidy.

Denny. Denny Pease. Claro que a essa altura já havia contado a história a Denorah. Faria tudo que pudesse para Gabe parecer um cara ainda pior do que já aparentava.

"E o que você quer dizer com isso?", Gabe retoma o assunto, referindo-se à história do bezerro. "Que Lewis tava pirado? Que aqueles livros de elfo fundiram o cérebro dele e fizeram com que matasse duas mulheres e fugisse com um bezerro no colo até levar um tiro de soldado?"

"Não foi culpa dos livros", diz Cassidy.

"Elfos?", pergunta Nathan, olhando para os dois.

"Respira, respira. Você tá ouvindo coisas", fala Gabe.

"Quanto tempo mais?", questiona Nathan.

"Já tá curado?", pergunta Gabe de volta.

"Do quê?", responde Nathan. "De ser índio?"

Gabe dá uma risada, mas sem esboçar sorriso, fazendo um barulho que Cassidy conhece bem. Cassidy apoia os dedos no peito de Gabe, para segurá-lo ali, e diz a Nathan: "Pode sair quando quiser, cara".

"Depois de estar *purificado*", acrescenta Gabe, em vão, e então deita outra vez para tossir um dos pulmões para fora. Talvez os dois.

Depois de quase um minuto daquilo, Nathan pergunta a Cassidy: "Ele vai ficar bem?".

Cassidy avalia Gabe de quatro no chão, quase vomitando.

"De um jeito ou de outro", responde ele.

Nathan balança a cabeça, divertindo-se com aquilo.

"Meu pai disse que já nem sabe quantas vezes prendeu ele", comenta o menino.

"Lei dos brancos", diz Cassidy. "Ser preso só prova que ele é índio."

"Disse que também já prendeu você."

"Seu pai é um bom policial, normalmente", comenta Cassidy. "Só de vez em quando é que dá um vacilo."

Depois de um ou dois segundos, Nathan sorri.

"Ele tá lá fora feito um índio de madeira de tabacaria", comenta ele.

"Ele pediu licença do trabalho hoje, dizendo que estava doente, pra vir aqui", diz Cassidy. "E por estar aqui, vai ter que assumir umas tarefas de merda no mês que vem, muito provavelmente. Ele tá fazendo isso por você, cara."

"Mas não precisava."

"Diz isso a ele."

"Ele não entende nada."

"Foi ele quem chegou primeiro na casa de Dickey depois daquele... de Tina, daquela história com a arma", comenta Cassidy, estremecendo com a lembrança. "Ele já teve que desgrudar tanto moleque do asfalto que é bem capaz de escrever um manual explicando como fazer isso sem partir a pessoa ao meio. Já teve que levar um monte de bebê drogado até a casa da avó e já também se meteu no mato para procurar algumas avós perdidas. Alguns dos bêbados que ele precisa acordar pela manhã estão rígidos e ele se lembra deles como antigos colegas de escola. Na primeira semana de trabalho, mandaram ele pra tirar o corpo de Big Plume Júnior da água, com a cara toda... Ele mandou Arthur, meu irmão, pra cadeia, cara. Acha pouco? Ele só não quer que você termine igual."

"Não sou que nem ele ou meu avô", emenda Nathan, o lábio inferior tão trêmulo que ele precisa mordê-lo para se aquietar.

"Ele vai ficar ali, cuidando do fogo pra você o tempo que for preciso. Só isso que tô falando. Nem todo índio tem um pai assim. O seu é um dos bons, cara."

"Vai virar uma daquelas histórias antigas de índio", anuncia Gabe, a voz fraca e rouca de tanto tossir. Ele apoia uma das mãos no ombro de Cassidy para poder se ajeitar. "Vai ser... vai ser a história do pai que ficou cuidando da tenda por sete dias, tendo que ir cada vez mais longe atrás de lenha para manter a fogueira acesa, e aí ele tem que pedir aos castores que o ajudem a recolher mais lenha, e tudo bem se ele ficar devendo um favor a eles. E depois, quando o fogo está quase morrendo e ele precisa de mais gravetos, pede a um... a um *falcão* que desça do céu com um pouco de musgo seco, e tudo bem que ele fique devendo um favor também, e então o lance é com um rato-almiscarado, e aí... e aí...", mas se perde em meio à tosse outra vez.

Cassidy dá de ombros olhando para Nathan, como quem diz: *É, bem isso aí mesmo.*

"Não era pra gente estar cantando e rezando e essas coisas?", pergunta Nathan, olhando de Cassidy para Gabe.

"A gente tá", responde Cassidy.

Depois disso, todos encaram as pedras incandescentes.

"Precisamos de mais água", diz Gabe, por fim. "Talvez se a gente tivesse aquelas arminhas de água aqui dentro, sabe? Os índios de antigamente nunca devem ter pensado nisso."

Com os dedos, ele finge atirar jatos de água fresquinha sobre Cassidy e Nathan, e direto em sua boca aberta, fingindo se refrescar.

"Você devia ter tomado um pouco da água do isopor", critica Cassidy.

"Tenho... critério", argumenta Gabe.

"Vou pedir a meu pai", comenta Nathan, disposto a agarrar qualquer oportunidade para fugir dali, e bem nesse instante a porta é chutada para dentro como acontece toda vez que Victor precisa se esgueirar por ela. Mas, dessa vez, sem Victor. Será que as cachorras voltaram?

"Toma", fala Gabe a Cassidy, largando o isopor em seu colo.

Gabe se estira até o taco de golfe cerimonial, estende-o até a porta e ergue o tecido.

Do lado de fora, em vez das pernas grossas de Victor, estão as pernas longas e muito bonitas de uma mulher.

Nathan, um adolescente de 14 anos nu, afunda-se mais na escuridão, escondendo-se na mesma hora.

"Puta merda", comenta Gabe, impressionado com Nate. "Você pediu pizza mesmo?" Então, virando para Cassidy: "A *Town Pump* entrega aqui? Cara, não sabia nem que a *Town Pump fazia* entrega".

"Deixa comigo", diz Cassidy, afastando o isopor do caminho e saindo pela porta aberta.

"Como estão as coisas aí?", pergunta Jo.

"Quentes", responde Cassidy, ajeitando os cabelos com as mãos e olhando o próprio corpo. "E bem peladas também, ao que parece."

Jo encolhe o corpo, tentando desviar das gotas de suor que as mãos de Cassidy fazem espirrar ao tocar os cabelos.

Ele para e olha para a própria mão. Ainda bem úmida, como o resto de seu corpo. Então olha para além de sua mão. Normalmente, suado assim, as cachorras vêm lambê-lo como se fosse um pirulito. Mas, no frio, o suor não vai continuar suor por muito tempo. Em dois minutos vai virar pneumonia.

"Encontrou Victor no caminho?", pergunta ele, olhando em volta.

Jo se vira para a escuridão ao redor, então comenta: "Obrigada por recolher minhas roupas".

Cassidy pensa naquilo por um instante, mas não entende o que ela está dizendo. Será que ele é um namorado tão atencioso assim e apenas esqueceu?

"Tudo bem lá na loja?", pergunta ele, querendo dizer: *Por que você tá aqui se era pra estar lá?*

Jo engole em seco, medindo as palavras, e está prestes a responder alguma coisa quando Gabe grita um *ho!* bem fraquinho, ainda dentro da tenda.

Cassidy segue encarando Jo.

"Não é culpa sua", diz ela. "Quero deixar isso bem claro. Mas é que... liguei pra casa num dos intervalos do serviço, tá?"

Ele faz que sim. Sabe que é nesses intervalos que ela conversa com a irmã, porque ninguém presta atenção no telefone que há na sala de descanso.

"Sabe seu amigo que... que foi baleado?"

"Qual deles?"

"Perto de Shelby. Ontem."

"Lewis."

"Ele matou a esposa e aquela mulher que trabalhava com ele?"

Cassidy faz que sim, já desconfiado dessa conversa.

Jo leva a mão espalmada à boca, segurando o cotovelo com a outra e desviando o olhar de novo. "Essa que... que trabalhava com ele no correio, acho, era minha prima. Shaney. Shaney Holds. Minha irmã ficou sabendo agora."

"Ai, merda", exclama Cassidy. "Ai, merda."

Jo tenta deixar para lá, mas não consegue. Cassidy se adianta para abraçá-la, mas no último instante se lembra de como deve estar repulsivo.

"Então... então o que isso quer dizer?", pergunta ele.

"Quer dizer que ela tá morta", conclui Jo, quase chorando. "Minha tia, a mãe dela... ela... Shaney era sua última filha."

"De quantas?"

"A última ainda *viva*", explica Jo, tirando o cabelo do rosto e espiando na direção de Cassidy, encontrando seus olhos por um momento.

"Merda", repete Cassidy. É tudo que pode dizer.

"Falei com Ross", continua Jo. "Ele disse que posso tirar três dias de folga, faz uma hora. Tenho um dia pra chegar lá, um pra ficar e mais um pra voltar aqui."

"Nem esquenta com Ross", diz Cassidy. "Gabe tá devendo uns favores pra ele. Pode tirar a semana de folga se precisar. Até duas."

"Sei que você não pode..."

"Posso..."

"Nem um mês de emprego novo e já vai tirar licença?", comenta Jo, deixando que a ideia se assente.

Ela tem razão.

"Queria ir direto pra lá", prossegue ela. "Mas, quando eu não aparecesse de manhã, pensei no que você faria..."

"Obrigado", diz Cassidy. "Eu teria pirado, arrumado confusão com a cidade toda."

"Porque esse é seu jeitinho", comenta Jo, sorrindo.

"A gente faz o que precisa", responde Cassidy, feliz por tê-la feito se esquecer da prima por um instante.

Jo se afasta da tenda, puxando Cassidy consigo.

"Como ele tá se saindo?", pergunta ela.

"Nathan?"

"Ele é o menino do nono ano?"

"Oitavo, talvez?", fala Cassidy. "Tá tudo bem. Tudo bem. Eu queria ter... Na minha época, queria ter dado mais atenção ao que o avô dele fez por mim. Daí poderia, sei lá, passar adiante de uma forma melhor pra ele."

"O avô dele?"

"Ele era um... deixa pra lá. Você tem que ir. Mas vai precisar de dinheiro pra estrada."

"Deixa que..."

"Pode levar", diz Cassidy, olhando para o carro sem rodas, a garrafa de dinheiro no escapamento enferrujado. "Foi pra isso que a gente andou economizando, né?"

Ele caminha na direção do carro, estica as mãos, se apoiando na carroceria velha para enfiar o corpo ali embaixo, mas para no último segundo ao lembrar o quanto está suado. E nu. E como são cortantes aquelas lascas de ferrugem lá embaixo.

Jo está a seu lado nesse momento, já segurando seu braço. Puxando-o para ela.

Os dois se abraçam apesar do suor, e os cabelos soltos dela se emaranham no peito dele.

"Agora você vai ter que tomar banho", diz ele.

"Gosto assim", retruca ela.

"Deixa eu pegar meu macacão", diz Cassidy.

"Eu não sou completamente inútil, sabia?", comenta Jo. "Posso pegar o dinheiro sozinha."

"Foi meu amigo que matou ela."

"Deu comida pra Cali?", pergunta Jo, referindo-se à malhada.

"Não vou chamar a égua disso, não", responde Cassidy.

"Na sua cabeça, vai, sim", arremata Jo, tomando seu rosto entre as mãos e puxando sua boca para junto da dela, dando-lhe um beijo de despedida e permanecendo assim, de olhos fechados.

"Cuidado", pede Cassidy. "Tô pelado aqui."

Ela corre a mão até embaixo, o que não ajuda em nada.

"Dois dias", diz ela, afastando-se.

"Segunda-feira", devolve ele.

"Vou deixar umas toalhas perto do fogo", comenta Jo. "Homens sempre esquecem que precisam se cuidar depois."

Cassidy se volta para a tenda, sendo obrigado a concordar. Ela tem razão. Se dependesse deles, secariam o corpo ao vento mesmo. No meio daquele frio congelante. Parados na neve.

"Você tá bem pra dirigir?", grita ele para Jo, já distante. Ela está com o pé no degrau do trailer.

"Nem é tão longe assim", grita ela de volta. E então, comentando dos tambores que soam do carro de Victor: "É uma de suas fitas?".

Cassidy faz que não com a cabeça, em seguida ela entra para arrumar as malas, o trailer rangendo e oscilando, todas as janelas amareladas por dentro, o que talvez signifique que a única lâmpada interna está acesa. Mesmo assim, parece cheio de vida de um jeito que faz todo o resto valer a pena.

Na escuridão, os cavalos bufam e batem as patas.

"Calma", diz Cassidy a eles. E então, agora mais para si próprio: "Vou trazer a concha de volta, relaxem".

Mas *onde* está Victor?

Cassidy encara a escuridão por uns dez, vinte segundos, cada um mais frio do que o anterior, e então assobia alto e claro para chamar as cachorras.

Inferno de cachorras. Inferno de cavalos. Inferno de Victor.

No caminho de volta à tenda, apressando o passo no decorrer da aproximação, a respiração saindo feito fumaça de sua boca, ele apanha com as mãos dois punhados de neve e ergue a porta com a perna, girando tenda adentro devagar, já estendendo as mãos com aquela neve meio derretida.

"É de coco?", pergunta Gabe, bêbado de calor. Em seguida, pega uma porção daquele frescor e lança um olhar para Nathan antes de terminar a piada: "Ele sabe que sorvete de coco é meu preferido".

Nathan pega sua porção, esfrega-a no rosto e deixa as mãos ali, tentando segurar o frescor pelo máximo de tempo.

"Coco *louco*", diz Cassidy, esfregando a própria neve antes de sentar de volta, e Gabe analisa seu punhado de neve, pensa um pouco mais e acaba atirando tudo sobre as pedras. O vapor sobe feito uma explosão, aumentando o calor daquela tenda de um jeito que parecia impossível.

"Ho!", grita ele para Victor, mas não há Victor algum para quem gritar, apenas tambores e escuridão, cavalos e carros, e, parada ali, já bem perto, você.

Cassidy larga o tecido e fecha a porta outra vez.

É ASSIM QUE SE DANÇA O BREAK

As três coisas que se revezam na cabeça de Gabe, procurando espaço, são:

1. uma bebida
2. uma mijada
3. o fato de Jo estar lá fora

Ela estar lá fora significa que sair para o frio do lado de fora para dar a mijada de que tanto precisa, precisa demais, mesmo tendo bebido pouquíssimo líquido para o suor e talvez estando com saldo líquido negativo, Jo estar lá fora significa que... que ele precisa de uma toalha? Uma folha de parreira? Uma Bíblia para tapar as vergonhas? Não daquelas edições de bolso, mas uma das edições tamanho família, de capa dura e tudo.

Se bem que... não é possível que nunca tenha passado um cara pelado na reserva dos Crow, né?

Gabe ri sozinho e ergue os dedos em câmera lenta para sentir o lábios sorrindo, porque o rosto mesmo não está sentindo nada.

"O que foi?", pergunta Cass.

Gabe só balança o corpo de um lado para o outro, a cabeça molhada traçando um oito invisível no ar.

O garoto está com a boca quase afundada na lama de gelo derretido, sugando dela o máximo de frescor que pode.

Cass entrega o isopor a ele. O moleque o vira como se fosse um copo gigante, sorvendo o restinho de água goela abaixo.

"Acho que já ouvi essa daí em algum lugar...", comenta Gabe sobre o inferno daqueles tambores de Victor, inclinando-se para Cassidy.

"Shh", diz Cass, com os olhos fechados como se buscasse estar presente em si, como se buscasse mesmo estar naquele suor.

Certo. Que ótimo.

Gabe fecha os olhos também, mergulhando naquela escuridão quente e poenta, sentindo os ombros derreterem, as costelas se retraírem a cada respiração, as pontas dos dedos encarquilhadas e doloridas, as pernas e pés quase inexistentes.

Vai ver é assim mesmo, pensa ele, tentando ao mesmo tempo aquietar a mente, porque falar sozinho é *exatamente* o que não deveria fazer. Aquela dissolução do corpo é o que permite ao resto se desprender, levitar, planar sem amarras. Talvez enxergar umas merdas uma vez na vida, quem sabe?

Mas o que Gabe acaba enxergando não é algo real, ele bem sabe. Não pode ser.

É seu pai sentado na sala de casa no Corredor da Morte.

Está assistindo ao mesmo canal de sempre: a câmera de segurança no estacionamento do mercado.

Na telinha de tubo não acontece nada, e nada, e depois disso um pouco mais de nada, e aí... e aí um cachorro gigante passa trotando pela tela, provavelmente indo resolver algum assunto canino.

O pai de Gabe resmunga uma aprovação e Gabe o olha como se dissesse: *Como é que é?* Tipo, *É isso que você chama de ação?*

O pai aponta com o queixo para a televisão.

O mesmo nada, como se assaltantes de banco tivessem colado uma foto na frente da câmera, tivessem invadido o mercado, roubado de lá todas as alfaces que pudessem e saíssem para comemorar a maior salada de todos os tempos.

Gabe ri daquele absurdo.

"Escuta...", ele começa a dizer, já querendo sair dali, ir a qualquer lugar que não aquele, qualquer canto com visões mais decentes, mas nesse instante há um borrão se agitando na tela.

Não cachorros, dessa vez. Mas garotos. Quatro deles.

Gabe sente a pele em torno de seus olhos se retrair. Na tenda do suor ou na sala do pai, ele não sabe dizer, mas tampouco importa.

Tinham 12 anos naquela época. Ele e Lewis, Cass e Ricky.

Com eles, há um walkman com a fita que Cass tinha roubado de Arthur, seu irmão mais velho.

Lewis é o primeiro.

Ele coloca os fones, e Cass segura o walkman, deixando o fio livre. Lewis acena com a cabeça assim que o sintetizador começa a tocar, então seu olhar corre por Gabe, Ricky e Cass, a expressão seríssima, e logo o movimento que o faz balançar a cabeça acaba contagiando o resto do corpo.

Quando o ritmo chega em sua mão, os dedos apontam para o lado como numa pose egípcia que logo percorre toda a extensão do braço, chegando ao pescoço, quebrando a cabeça para o lado como se não fosse capaz de controlar o movimento. A sua volta, Cass, Ricky e Gabe estão se chacoalhando junto.

É assim que se dança o *break*.

Gabe sorri, assistindo a eles quatro tantos anos no passado, com Lewis já entregando os fones para o próximo que ia ensaiar uma dança de rua, ele próprio segurando o walkman agora, a música ainda em sua mente.

Vai ser sempre assim, Gabe lembra de ter pensado. Lembra de saber. De prometer.

Vai ser sempre assim.

E então, a seu lado, o pai olha para além da TV, encarando a parede da sala de estar, os rodapés, que estão... estão cheios de...

Cass.

É Cass quem está sentado ao lado de Gabe, não seu pai. Estão na tenda do suor.

Gabe respira fundo, o ar quente estufando seu peito, cozinhando-o por dentro, e tenta esboçar um sorriso porque *eles que parecem um peru no forno* agora, não é mesmo? Mas seus lábios o traem, parecem lesmas, é como se nem estivessem mais em seu rosto. Quando ele vira os olhos para o garoto, para se assegurar de que Nathan não desmaiou com a cara nas pedras, vê mais duas silhuetas sentadas ali, os olhos encarando o calor.

Ricky.

Lewis.

Mas... mas Ricky está com a cara destroçada, espancada, chutada, e Lewis, quando começa a erguer o rosto, revela os buracos que carrega no peito e... e...

Gabe cambaleia e dá um encontrão no tecido da tenda, fazendo chover pelos de cachorro.

Alguns fios aterrissam nas pedras, soltando um gosto amargo no ar.

"Eu preciso... preciso...", diz ele, agachando-se outra vez, a mão no ombro de Cass, e Cass não o impede de seguir rumo à portinhola, dando-se à luz e ao frio da noite, inteiramente nu.

No instante seguinte, esbaforido atrás de ar fresco, o tambor constante de Victor enchendo todo o vazio da escuridão, o isopor também sai pela porta da tenda, para que Gabe o encha. Porque de algum modo esse calvário parece sem fim.

Gabe ergue o rosto e observa a vastidão de estrelas.

Tanto faz se Jo aparecer, se o encarar de cima a baixo, sacudindo a cabeça de desgosto. Tudo bem, ele não é o índio mais corajoso do mundo. Mas é o índio com mais sede, disso tem certeza. E não é sede daquela água parada que Cass tem na caixa do curral.

Ele está com o isopor bem ali na caminhonete, não?

Gabe pega a Mauser junto à lata de lixo, usa-a de bengala por parte do caminho, mas depois a apoia na viatura de Victor, dando tapinhas em seu capô como quem agradece por segurar a arma para ele. Apoiando-se numa das cadeiras para firmar o passo, ele corre os olhos pelo lugar, observando tudo.

Não fossem o trailer e as caminhonetes, bem poderia estar duzentos anos no passado, disso não duvida. Não há uma luz elétrica por quilômetros em qualquer direção. Ao mesmo tempo, ele está feliz por não se encontrar dois séculos atrás. Duzentos anos antes não haveria uma garrafa de cerveja gelada que pudesse tirar do carro.

Quando ele se livra da cadeira para enfim apanhar uma das garrafas geladíssimas, traz nos dedos úmidos a camisa de Cass toda embolada. Coloca-a em frente à cintura para o caso de Jo aparecer detrás do carro de Victor.

Por falar nisso, Gabe chama em volta: "Ei, guardião do fogo?".

Nada.

"Hmm", murmura ele, por fim pousando os olhos no banheiro externo além do trailer, balançando a cabeça quando percebe a lanterna acesa pendurada ali, lançando uma luz amarelada.

Victor está se aliviando.

Gabe sorri um sorriso de "quem se importa?" e se afasta outra vez da viatura, na qual tinha esbarrado de novo de alguma maneira.

É tão fresco ali fora. Tão perfeito. A neve estalando sob as solas de seus pés é a melhor sensação do mundo.

Já em seu carro, Gabe enfia o braço pela janela do passageiro, abre a tampa do isopor e coloca a mão na água que um dia já foi gelo. Ainda tem uma pedrinha ou outra.

Ele tira de lá uma cerveja, esfrega a garrafa gelada no rosto, no peito e nos braços. O chiado da tampa abrindo é maravilhoso, a fumacinha que sai do gargalo promete o paraíso na terra.

"Estava pensando em você", sussurra Gabe com a boca colada à boca da garrafa, virando um gole e tentando beber devagar para não vomitar tudo.

Enquanto bebe, ele mija com a mão esquerda. Cass sempre diz para não mijar tão perto do trailer, que é para ir até as árvores ou usar o banheiro externo, senão o lugar vai ficar empesteado, com todo mundo mijando em qualquer parte, mas que se foda. Victor está ocupando a casinha e Gabe não tem mais como esperar.

Entra líquido, sai líquido.

Com um suspiro, finalmente termina seu longo beijo com a cerveja, enxuga a boca com a camisa de Cass, eita, foi mal, e baixa os olhos para ver onde andou mijando.

Em cima de uma das cachorras.

Desvia o jato, tirando toda a água do joelho, e depois balança, sem fechar a braguilha, porque não é como se ele tivesse alguma para fechar.

Gabe olha para o trailer, com as luzes todas acesas. Para o banheiro externo, fincado ali sobre a fossa. Para o carro de Victor, batucando seu ritmo noite adentro.

E para a cachorra.

É uma das duas filhotinhas, não Miss Lefty, mas... Dancer, isso. Dancer, a cachorrinha morta, mortinha da silva.

Gabe se agacha com cuidado, vacilante, tocando no pelo emaranhado.

"O que foi que te atropelou, garota?", pergunta ele, acariciando as patas da cachorra.

Suas tripas estão emboladas, deslocadas até as patas traseiras. Gabe já viu isso antes em cachorros que foram atropelados.

Mas essa aqui, ela foi... *pisoteada?*

Suas costelas estão quebradas também, e porque não sobrou espaço algum para pulmões, coração ou fígado, boa parte disso virou uma gosma que saiu boca afora como se fosse vômito. A língua continua pendurada, mas ainda não inchou.

"Mas que porra é essa?", exclama Gabe, levantando-se e olhando fundo na escuridão em vez de olhar atrás de si, onde você se encontra, do outro lado da caminhonete. Se ele apenas se virasse, olhasse pelas janelas do carro para além da cabine, teria visto você junto à porta do motorista, observando-o. Encarando-o sem nem piscar, as mãos cheias de dedos com os punhos cerrados.

Mas ele não se vira. Nem vai se virar. Por toda a vida, andou olhando para os lugares errados. Por que essa noite seria diferente?

"Cass", diz ele, tentando alcançar o amigo, "um dos cavalos, cara, acho que atravessou a cerca. E não gosta das suas cachorras."

Com cuidado, Gabe circunda a cachorra e se embrenha na noite.

A dois passos dali estão as outras duas cadelas.

Ladybear está morta, mas Miss Lefty segue se debatendo.

"Merda."

Gabe se ajoelha a seu lado. Miss Lefty está ganindo.

"Merda merda merda", continua Gabe, colocando a cerveja sobre a neve e mantendo a mão ali por um segundo até ter certeza de que ela não vai tombar no chão.

Ele tateia a sua volta com a mão direita, procurando uma pedra. Ao encontrar uma boa, grande e pesada, Gabe apalpa a cabeça da cachorra com a mão esquerda para saber exatamente onde está.

E então ela está morta.

Largando a pedra de novo, ele se senta apoiado nos calcanhares.

Quando por fim se levanta, está sem a cerveja e sem a camisa. Quando vira o olhar outra vez para a caminhonete, já não há ninguém ali, no túnel que as janelas formam. Ao caminhar de volta, Gabe tira o cabelo dos olhos e espalha sangue em seu rosto.

Aquela pedra que ele usou, ou que resolveu usar, foi a mesma que você usou antes.

É quase engraçado.

De volta à caminhonete, ele tira um trapo debaixo do assento, limpa as mãos e o rosto, e então, com a outra mão, apanha mais uma cerveja, virando-a de uma só vez, então se vira para a escuridão e faz o possível para arremessá-la o mais longe que consegue.

A garrafa leva vários segundos para cair no chão e não se espatifa. Em vez disso, faz um *baque* surdo.

Cass não vai gostar de *nada* disso, ele sabe. Ninguém gosta de ver todos seus cães mortos de um vez. Mas também não foi culpa de Gabe. E se... se ele for embora dali na hora que o suor acabar, não vai ter que lidar com nada daquilo, não é mesmo?

"Você nem chegou a estar aqui", fala para si mesmo, olhando em volta para confirmar que Jo não estava atrás dele de repente, ouvindo.

Por que sequer teve esse receio?

"Tá ficando velho e medroso", balbucia ele, puxando o isopor ainda com água fria pela janela.

Vai cair melhor do que a água do tanque de Gabe. E eles também vão precisar de algo melhor com que tirar a água.

Gabe larga o isopor sobre o carro, espirrando água no processo, e abre a porta do passageiro para vasculhar algo atrás do banco, com os olhos fixos naquela parte do carro para ajudar os dedos a alcançarem melhor. Finalmente, puxa dali uma garrafa térmica qualquer. Ele a abre, larga a tampa no chão e sopra com força o interior da garrafa, já virando o rosto de lado.

Nenhum osso de rato nem asa de barata sai em sua direção.

Segura-a de ponta cabeça, batendo-a contra o pneu dianteiro para soltar qualquer sujeira que teime em ficar presa, e quando vê que não sai nada — seria apenas café, de todo modo, não seria? —, ele a prende entre os dentes, carregando-a assim, com o isopor nas duas mãos na frente do corpo, como a maior, mais quadrada e refrescante folha de parreira que jamais se viu.

Vão achá-lo um herói, levando toda aquela água ainda com pedaços de gelo boiando. As cachorras mortas na neve? Isso nem aconteceu ainda, nem são reais.

No caminho de volta à tenda, Gabe ergue a voz, acompanhando a cantoria, caminhando no ritmo dos tambores, feito um índio.

HISTÓRIAS DE ÍNDIO BLACKFEET

Nathan se lembra de um daqueles programas de verão imbecis de uns anos atrás, no qual tentaram ensinar umas coisas tradicionais para todas as crianças de 10 anos. Foi na época em que ele ainda usava tranças triplas nos cabelos, quando ainda o vestiam para ser um modelo de índio. Antes de começar a ser quem ele era de verdade.

Tre estava lá também, os cabelos também trançados do jeito tradicional.

Naquela semana, não estavam aprendendo como cavalgar, atirar de arco e flecha nem nada legal assim, mas como preparar carne seca.

Sentado na quentura da tenda, é exatamente assim que se sente: uma daquelas tirinhas de carne que colocavam penduradas em gravetos, sobre fogo baixo, o sol torrando acima.

Só que desta vez o que gira sobre sua cabeça são palavras soltas pelo vapor. De quando seu avô o guiava pela língua. De quando fazia sentido falar daquele jeito.

Kuto'yiss.

Kuto'yisss"*ko'maapii*.

Po'noka.

Kuto'yiss é basicamente o lugar onde seu pai foi buscá-lo no dia anterior. As Sweetgrass Hills, Colinas da Erva-Santa, como nessa frase aqui: *Fui até o Kuto'yiss para quem sabe morrer, vô. Para estar com Tre. Mas seu filho idiota me arrastou de volta. Fui até lá porque você vivia falando sobre o dinheiro da Erva-Santa, lembra? De como a América nunca nos pagou pelas colinas que roubaram?*

Ou em outra frase: *Preferia morrer em Kuto'yiss a morrer num carro capotado no riacho Cutbank, feito Tre.*

E o que significa *Kuto'yisss"ko'maapii*? Não é Colinas da Erva-Santa mais "ko'maapii", o que era bem difícil de entender na época. Ainda é.

O significado é Garoto do Coágulo, o menino herói nascido de um coágulo de sangue, na época em que essas merdas aconteciam o tempo todo, segundo seu avô pelo menos, sempre chamando mais uma criança para a contação de histórias na tenda.

Nathan nunca tinha contado para ninguém, mas, quando estava talvez no segundo ano, o cabelo trançado pelo pai todo dia antes da aula, ele secretamente sabia que era *Kuto'yisss"ko'maapii*. Que estava no mundo para salvar as pessoas e depois virar uma estrela no céu. Daí, no sétimo ano, o sr. Massey tinha explicado que todo índio jovem jurava ser a reencarnação de Crazy Horse, o Cavalo Louco.

Denorah Cross Guns havia erguido a mão no mesmo instante, e Nathan a espiou de rabo de olho, como sempre fazia.

"Não as garotas", disse ela.

"Vocês acham que são... *Sacajawea*", retrucou o sr. Massey, dando de ombros, seus lábios se contorcendo a cada uma das muitas sílabas como se aquilo fosse uma piada.

Porque Denorah Cross Guns não sabia o suficiente das histórias dos antigos para escolher um nome melhor, alguém que não fosse uma traidora, ela acabou guardando tudo para o jogo naquela mesma noite e descontando na quadra, fazendo falta atrás de falta e sendo expulsa por causar briga, e seu novo pai precisou segurar seu pai de verdade, senão ele invadiria a quadra.

Nathan estava lá nas arquibancadas também, gritando junto da multidão, gritando que não era realmente culpa dela. Mas mesmo que tivesse sido, né?

Denorah Cross Guns não é a *Sacajawea* de ninguém. Assim como Nathan não é nenhum Cavalo Louco *nem* Garoto do Coágulo. Agora ele sabe disso. Os dias de cabelos trançados já ficaram para trás. Esse papo de tenda do suor é tudo besteira. Seu pai colocando os tambores para tocar lá fora é besteira também.

Quando Gabriel oferece o novo isopor, Nathan o coloca sobre o colo e usa a garrafa térmica preta para apanhar um pouco de água, tão gelada que até dói.

Cass acena para encorajá-lo, para informá-lo de que está indo bem.

Nathan espirra um pouco de água sobre as pedras e o vapor explode entre os três, quase criando uma tenda do suor individual para cada um.

Será que as pedras deveriam mesmo estar tão quentes assim?

Nathan acha que não.

É impossível que alguém aguente isso por mais do que uma ou duas horas. Não sem sair assado. Mais cedo, Gabriel até disse que já tinha *fritado* antes, beleza, mas isso aqui era outro nível.

Ainda há água na garrafa térmica.

Nathan a chacoalha, chacoalha mais uma vez e está prestes a beber quando se lembra da regra: honrar os ancestrais. Foi isso que Cass lhe disse. O que Gabriel disse foi apenas para falar o nome de alguém, de uma pessoa que não teria o que beber se não fosse por isso.

"Vô", diz Nathan, alto o bastante para que os dois palhaços naquela sauna o escutem, então ele derrama metade da água que ia beber.

A sua frente, ele tem quase certeza de que Cass está acenando com a cabeça como quem diz bom, muito bom. Pode continuar.

De volta a seu lugar daquele círculo triangular, Gabriel é o próximo a pegar o isopor, que ele tinha acabado de trazer para a tenda.

"Neesh", declara ele, como se estivesse concordando com Nathan, e derrama toda a água, sem beber nada. O que provavelmente quer dizer que ele bebeu sua parte ainda lá fora.

"Acha que foi o bastante?", pergunta Gabriel, bem genericamente, passando o isopor a Cass.

Cass o encara, sem entender, e Gabriel explica: "O avô dele, cara. Já tomou dois goles. Vai ter que sair pra mijar logo, logo, desse jeito, né?".

Ele sorri ao dizer isso, a boca flácida como se o rosto estivesse derretendo.

"Você acha que mijo de fantasma tem cheiro de quê?", continua Gabriel. "Será que tem mijo de fantasma em todo canto?" Ele tenta levantar o pé até o nariz para cheirar o mijo fantasmal.

"Não tá quente o suficiente pra você?", provoca Cass, virando o rosto para a portinhola e gritando aquele *ho* com a voz grossa para pedir outra pedra, mesmo que a última ainda não tenha vindo.

Gabriel se recurva todo, olhando para o teto como em busca de uma salvação, e Nathan meio que percebe que o durão do Capitão Yellow Tail tinha razão: Gabriel e Cass *são* ele e Tre com vinte anos a mais de estrada. Ou teria sido assim, se Tre ainda estivesse por ali. Ou se ele estivesse com Tre.

É só disso que uma pessoa precisa, não? Uma boa amizade. Alguém com quem possa se soltar. Que segure a barra com você quando o resto todo for para o buraco.

Exemplo número 58: Gabriel firmou a mão como num golpe marcial e está tocando com ela o ombro de Cass, só o necessário para receber um choque de eletricidade de Cass, um choque que percorre todo o seu braço, que o faz inclinar a cabeça para o lado da maneira mais estúpida e menos robótica.

"Shh, isso não é brincadeira, pô", sibila Cass para Gabriel, e Nathan sacode a cabeça vendo aqueles dois, um zoando, sentado de bunda nua na tenda, o outro todo cerimonioso, enchendo a nova concha de água, erguendo-a como se precisasse de enorme concentração antes de derramar um pouco para o morto.

Mas, no fim, ele não derrama nenhuma gota.

Apenas segue analisando essa garrafa preta que um dia já foi nova.

"O que foi?", pergunta Gabriel, parando de dançar feito uma cobra em câmera lenta. "Tá, eu sei que não é uma concha de ração pra cachorro, mas, caramba, alguns de nós têm critérios..."

"Onde você pegou isso?", questiona Cass, falando bem sério.

Gabriel dá de ombros, sem responder, e volta para seu balanço doidão, movendo apenas os olhos de novo, devagar, quando percebe que Cass já saiu porta afora, levando a térmica preta consigo.

"Acabou então?", pergunta Nathan a Gabe, e Gabe volta à terra, olha ao redor da tenda e por fim para no isopor que Cass deixou derramando quando saiu.

"Pensa rápido, moleque", diz ele a Nathan, apontando a água derramada, "diga o nome de todo índio morto que você conhece, eu já volto", e desaparece também. O menino percebe que aquele era o plano o tempo todo: deixá-lo ali sozinho com seus pensamentos, com seus demônios. Com seu avô.

Ele balança a cabeça ao pensar na estupidez daquilo tudo.

O que Cavalo Louco faria? pergunta a si mesmo. Provavelmente ficaria a noite inteira ali e depois sairia encarando um por um, pelado, um sobrevivente, com as pedras frias atrás de si.

Ou isso, ou contaria até cem e daria por encerrada aquela baboseira de índio.

Às 23h tem jogo, ele lembra silenciosamente de seu pai, que está em algum lugar lá fora.

Que tal voltarmos a tempo?

E SÓ SOBROU UM

Levou dez anos, mas você finalmente está aqui.

Graças à manada, você tem o cheiro, o gosto e o som de Richard Boss Ribs sendo espancado até morrer naquele estacionamento em Dakota do Norte, e pôde sentir o peito de Lewis Clarke sendo baleado, seu corpo dançando junto ao seu, os braços segurando você firme como se fosse a coisa mais importante do mundo, mas dessa vez vai poder *ver* tudo acontecendo.

Isso vai ser diferente. Vai ser melhor. Vai fazer com que a espera tenha valido a pena.

Há pouco, você estava junto à cerca do curral, perto das cachorras. Agora já se encontra do outro lado da entrada de carros, após voltar do banheiro externo com o queixo e a boca cheios de sangue.

Nenhum desses dois que restaram sabe de sua existência. Aquele dia na neve eles atiraram em você, para eles foi apenas mais um dia, apenas outra caçada.

E é por isso que precisa ser desse jeito.

Você poderia tê-los atacado a qualquer momento do último dia, dia e meio, mas não chegaria nem perto de ser o que eles merecem. Eles precisam sentir o que você sentiu. Têm de sentir o mundo inteiro sendo arrancado de dentro deles, e sendo largado numa cova rasa.

O primeiro a sair da tenda é o tal do Sees Elk, Cassidy. Só o nome já deixa um gosto amargo na boca. Ele está de pé junto à cadeira de praia na qual deixou suas roupas. Assim que saiu, pegou o colete de treino branco do menino que estava mais à mão perto da tenda, mas depois colocou de volta no lugar, tentando até mesmo deixá-lo dobrado. Sua camisa também já não se encontra na cadeira, mas as calças ainda estão lá. Ele tenta vesti-las, mas está muito suado, e as calças são justas, e não está dando certo.

Ele resmunga, frustrado, senta na cadeira e estica-se nela, estirando-se para tentar entrar na calça. Mas o problema não é estar num ângulo ruim, e sim a viscosidade. A cadeira acaba entortando para a esquerda, os pés de alumínio se fechando.

Ele se levanta, livrando-se das ferragens, com as calças na altura dos joelhos, e gira a cadeira sobre a cabeça antes de atirá-la o mais longe que pode, através da cerca do curral.

É por acompanhar a cadeira caindo que Cass acaba vendo também sua camisa, um borrão no escuro largado ao lado das caminhonetes.

"Vou matar essas cachorras", dispara ele, pegando a garrafa térmica e marchando naquela direção.

Pouco depois, o outro, Cross Guns — *Gabriel*, o primeiro que disparou contra a manada, naquele dia de neve —, aparece pelado na entrada da tenda, observando o amigo seguir para a escuridão.

Desta vez, ele não fala nada.

Aos poucos, Gabriel nota que as luzes do trailer continuam acesas e percebe a própria nudez. Ele se cobre com as mãos, correndo para a cadeira que deixou largada e fazendo a mesma dança de vestir as calças que o outro fez.

"Victor?", grita ele por todos os lados, com a voz grave como se isso compensasse o fato de estar nu.

Ele veste a camisa, primeiro uma manga, depois outra, e você se lembra do que o garoto disse mais cedo sobre um time com camisa e outro sem.

"Parece que a cerimônia acabou", comenta Gabriel, ainda olhando para Cassidy.

Está errado. A cerimônia mal começou.

Olhe agora para o outro.

Cassidy pega a camisa do chão, tenta enfiar o braço direito pela manga, mas... está encharcada, empapada de alguma coisa além de neve.

Ele afasta um pouco a camisa e analisa aquela mancha.

Sangue.

E é aí que percebe no que está pisando.

Nas cachorras. *Suas* cachorras.

Ele só tinha saído da tenda para mexer no chassi do carro, conferir o escapamento, ver se a térmica preta ainda estava no lugar, se havia sido mero acaso que seu amigo apareceu com uma garrafa igualzinha sabe-se lá de onde. Cassidy não veio na intenção de descobrir o mistério das cachorras. Cinco segundos atrás, esse mistério nem existia. As cachorras eram só cachorras, fazendo suas cachorrices por aí.

Como morrer, aparentemente.

Como ter suas cabeças esmagadas por um... Será que os cavalos tinham fugido da cerca e as pisoteado? As cachorras sempre enchiam o saco deles, mas não para tanto.

Cassidy se vira para o curral, vê os olhos dos cavalos brilhando à luz da fogueira já baixa, as narinas dilatadas com o cheiro de morte no ar. Mas continuam atrás da cerca, não podem ter sido eles.

Então quem?

Ele vai outra vez até a cachorra mais próxima e vê a pedra do crime. Agacha-se até ficar de joelhos, a crosta de neve estalando em seus pés. Bem ao lado da pedra ensanguentada, há uma das cervejas de Gabriel.

A respiração de Cassidy fica carregada.

Ele olha para a fogueira, para a tenda. Para Gabriel, lutando para abotoar as calças, pulando num pé só para poder vestir o outro.

Já não há nada de engraçado nele.

Você é capaz de ler a mente de Cassidy só pela expressão em seu rosto, pelo jeito como repuxa o lábio: *Grande Gabe. Gabe, o matador de cachorro. Gabe, o arrombador de cofre.*

Cassidy põe a mão sobre a pedra e, em vez de levantá-la na mesma hora, sente uma presença assim como Victor Yellow Tail sentiu. Não a sua desta vez, mas... um par de olhos repentinamente espiando a alguns metros dali.

A Crow, aquela que vive ali, que deixa seu cheiro por toda parte, sobretudo nas roupas. Está sob o carro velho, como disse que estaria, com um dos braços esticados na direção do escapamento, mas sem mexer nenhum músculo, sem saber o que vai sair dessa noite. "A garrafa tá aí?", pergunta Cassidy, num tom baixo para que Gabriel não escute, e a Crow não responde. "Deixa pra lá", continua ele, levantando com a garrafa preta na mão. "Já sei a resposta."

Então ele dá um passo e para junto ao carro de Gabriel.

Cassidy abre a porta do passageiro, acendendo a luz interna.

Gabriel inclina a cabeça e chama: "Cass?".

"Achou que eu não ia perceber?", questiona Cassidy.

Gabriel dá um passo adiante, estreitando os olhos.

Ele já tinha ouvido a voz do amigo baixar naquele tom, mas nunca ao falar com ele, e havia muitos anos. Talvez desde... aperte seus olhos, sinta esse cheiro... desde que o irmão de Cassidy foi preso e ele matou uma garrafa inteira, invadiu a escola à noite e arrancou a porta do armário do irmão, guardando-a para ele.

"Perceber o quê?", pergunta Gabriel, ainda se aproximando. "Que eu trouxe um monte de água gelada pra essa porra de tenda e você derramou tudo?"

O corpo de Cassidy estremece com um riso de escárnio.

Ele acompanha o ritmo, batendo com a garrafa no espelho lateral do passageiro da caminhonete de Gabriel. O vidro se estilhaça, a moldura quebra e continua ali pendurada por um parafuso à porta, uma das pontas de metal arranhando um arco na pintura.

"*Tá maluco?!*", diz Gabriel, já mais perto, com o peito estufado.

Cassidy vai para cima dele pela primeira vez na vida: "Me deixa ver sua mão".

Gabriel recua.

Cassidy avança, agarra a mão esquerda de Gabriel e a vira para examinar. "Ela nem te mordeu de verdade", comenta ele, olhando o pequeno hematoma em volta da marca dos dentes.

"O que você...?"

"Foi assim que você justificou isso?", continua Cassidy.

"A...", gagueja Gabe, então vê nos olhos de Cassidy: "As cachorras, cara, não, não foi... quer dizer... não foi, eu ia..."

"Não tô falando delas", interrompe Cassidy. "O dinheiro, Gabe. Tinha *900 dólares* ali, cara."

"Ali onde?"

Cassidy atira a garrafa térmica no peito de Gabe. "Você *sabe* onde."

Gabe apanha a garrafa, todo desajeitado, e a coloca de propósito sobre o capô.

"Você acha que eu tenho 900 dólares aqui comigo?", pergunta ele, incrédulo. "Acha que alguma vez na vida eu tive 900 dólares pra mim de uma só vez?" Para provar sua inocência, Gabriel revira os bolsos das calças, o forro pendurado para fora como orelhas de um cachorrinho, e cinco notas de vinte caem dali.

"Isso aqui eu peguei com Victor", diz ele. "Você sabe, cara. Você viu."

"E aquilo?" Cassidy aponta para sua outra mão, ainda fechada num punho, escondendo seja lá o que estivesse no *outro* bolso.

Gabriel olha para a própria mão como se também quisesse descobrir.

Mas ele é capaz de sentir o toque contra a palma da mão, não é?

Ele dá um passo para trás, afastando-se de Cassidy.

"Não sei... Isso aqui não é meu", explica Gabriel. "Não tava aqui quando tirei as calças."

"*O quê?*", indaga Cassidy, avançando outra vez.

Gabriel dá outro passo para trás. "Será que peguei a calça errada?", questiona ele, examinando a própria roupa.

"Me deixa ver", exige Cassidy, com a voz baixa, seríssima.

Gabriel o encara nos olhos e diz: "Olha, não sei o que tá acontec...", e estende a mão entre os dois, a palma para cima, abrindo os dedos para espiar o que quer que esteja ali.

É o anel. Aquele que Cassidy vinha escondendo no fundo da garrafa térmica, guardando para dar à Crow.

"Isso *tudo* é pra mostrar o quanto você não quer que eu fique com ela?", comenta Cassidy, bufando um riso ofendido.

"Não, espera, eu não...", defende-se Gabriel, colocando o anel com cuidado sobre o capô do carro, mostrando como não se importa com aquilo. Como não roubou aquilo.

"E, *ainda por cima,* depois disso você mata minhas cachorras?", questiona Cassidy. "Por acaso pegou a loucura de Lewis? Não sei que merda tá acontecendo com você, Gabriel Cross Guns. Me explica por que tá fazendo isso? Não, não, esquece, nem precisa mesmo. Só me diz cadê o dinheiro."

"Escuta, alguém... não sei que história é essa...", começa Gabriel, mas Cassidy o interrompe ao apanhar a garrafa térmica do capô, girando-a em sua mão para segurar firme e martelando o para-brisa do carro de Gabe, deixando uma cratera ali, a garrafa preta bem no centro de um círculo branco como se tivesse vindo do céu apenas para atingir essa picape e somente ela. Gabriel olha para o vidro, depois para Cassidy e outra vez para o vidro, os olhos se inflamando.

"Ah, é?", exclama ele, seu tom de voz chegando próximo ao de Cassidy, e dá um passo adiante, terminando de arrancar o espelho pendurado na porta, agarrando-o firme e batendo com força contra o teto, até abrir um buraco no carro. "*Vamos lá*, cara!", insiste Gabriel. "Vamos quebrar essa porra toda! Merda de carro, merda de carro, sempre deixa a gente na mão, bem quando..."

Quando Cassidy não entra no jogo, Gabriel arremessa o espelho na escuridão e encara Cassidy, com o peito carregado.

"Mas esse carro nem é a única coisa que deixa a gente na mão, né?", comenta Gabriel, trombando em Cassidy quando se afasta, apertando o passo assim que cruza o para-choque e começando a correr o bastante para que Cassidy não o alcance.

"Não!", berra Cassidy, disparando atrás, mergulhando para agarrar o bolso traseiro de Gabriel.

Por um instante, Gabriel desacelera, mas então o bolso se rasga e deixa sua bunda à mostra.

"Gabe, Gabriel, *não!*", grita Cassidy, caído no chão, mas já é tarde demais.

Se algum deles virasse os olhos uns dois metros para a direita, veria o branco de seu sorriso cortando a escuridão.

É isso. Lá vão eles.

Gabriel faz uma curva para atacar o carro velho pela lateral, enfiando o ombro na lataria com o máximo de força que tem.

Não é muita, mas é suficiente.

Cassidy a essa altura já se levantou e corre para lá, mas sua calça está desabotoada e é longa demais sem botas, e ele não chega a tempo. Nunca conseguiria chegar a tempo.

A caminhonete oscila para um lado, depois para o outro, e Gabriel aproveita o ritmo para empurrá-la com toda a força, até que um dos blocos de concreto segurando o eixo da frente explode, e o lado do motorista tomba inclinado como um cavalo de joelhos. Não, como um cervo que levou um tiro e, sem entender nada, vai de encontro ao chão.

"*Não!*", grita Cassidy, agarrando o eixo da roda no mesmo instante em que o bloco do lado do passageiro cede, levando junto os blocos de trás.

Por um instante impossível, Cassidy segura a caminhonete com as próprias mãos, gritando, a boca escancarada como nunca antes, escancarada a ponto de apavorar Gabriel, que corre e tenta agarrar o eixo da roda, manter o carro de pé, como se de repente aquela fosse a coisa mais importante do mundo.

Mas o carro não sabe disso e afunda através dos blocos, caindo de uma só vez.

Cassidy cai junto, mas deita ainda mais rente ao chão, com o rosto colado na neve para olhar debaixo do carro. Não sobraram rodas, pneus, nem freios ali. A picape está colada ao chão. Não há como vê-la por baixo.

Ele golpeia o chão com o punho cerrado várias e várias vezes enquanto Gabriel, a seu lado, apenas o observa.

"Cara, relaxa, tenho um macaco no carro, a gente pode...", diz Gabriel, mas Cassidy se põe de pé e o empurra com força.

Gabriel cai no chão e dali fica encarando o amigo.

Que está... tentando abrir o capô?

"Deixa eu ajudar", diz Gabriel, levantando-se e chegando perto, mas Cassidy o empurra para longe com uma cotovelada.

"Que bicho te mordeu?", pergunta Gabriel.

Cassidy está chorando, quase babando, sem conseguir respirar.

Gabriel se afasta um pouco e bate com o cotovelo sobre o capô uma, duas vezes, como se para fazer as molas se recordarem como devem funcionar.

O trinco ancestral acaba cedendo, e o capô se abre alguns centímetros.

Cassidy enfia a mão naquela fresta, força a ferrugem congelada do trinco e, com a outra mão, ergue o capô com um gemido de metal. Então ele cai para trás, cobrindo o rosto com as mãos, protegendo-se do que quer que tenha visto.

Gabriel olha daquela massa de desespero que é Cassidy em direção à caminhonete.

Não há motor, então ele enxerga até o chão.

É a Crow. Parte dela, pelo menos — seus cabelos, mesclados num bolo de sangue e miolos, misturados ao tecido de uma manta de inverno. O eixo que sustentaria o motor, bem junto de onde seria a caixa de marcha, parece ter caído sobre seu rosto, empurrando sua testa para dentro. E para fora.

Ela deve ter tentado se embolar para caber no compartimento vazio do motor, Gabriel percebe. Sabia que o carro ia cair e devia ter lutado para chegar até aquela parte, agarrando-se em tudo que fosse possível.

Quase deu certo. Era para ter dado certo.

Mas eles não conseguiram sustentar o carro por tempo suficiente. O carro que nem era para ter caído se não fosse aquela discussão imbecil. Se não fosse aquela tentativa de revidar o para-brisa quebrado, revidar o desaforo de Cassidy ter achado que ele tinha roubado o dinheiro e matado as cachorras, coisas com que ele nem tinha nada a ver.

Ainda assim.

Gabriel leva as mãos à boca, incapaz de respirar do jeito certo.

Cassidy volta da viatura com passos pesados. Com a Mauser.

Gabriel se coloca no caminho do amigo, cai de joelhos, oferecendo-se, mas Cassidy passa reto por ele e vai na direção da picape tombada na Crow.

Ele escancara a porta do passageiro e se enfia cabine adentro, fazendo subir uma nuvem de poeira.

"Cass, cara, eu não... O que que ela tava...", balbucia Gabriel.

E então ele percebe o que o amigo está fazendo. Exatamente o que Cassidy havia dito mais cedo: provavelmente tinha munição que servia na arma antiga. Algum dos vários cartuchos da bolsa roubada de Ricky.

Cassidy tenta o primeiro, e quando vê que não serve na arma, deixa cair e apanha outro.

"Você sabia que eu guardava o dinheiro aqui", diz ele a Gabriel como explicação.

"Cara, *cara*", responde Gabriel, levantando-se e erguendo as mãos como se elas fossem capazes de barrar as acusações, como se fossem à prova de balas, como se pudessem fazer essa história toda ganhar sentido.

Cassidy força outro cartucho na arma, arranca-o em seguida e o joga fora.

"Cala a boca", exclama ele. "Você nunca para de falar. Nunca cala a boca. Se pelo menos ouvisse uma vez na vida..."

"*Eu nunca machucaria ela!*", berra Gabriel.

Os dois escutam quando o cartucho seguinte encaixa na arma com perfeição, como se estivesse apenas esperando aquele momento. Cassidy puxa o ferrolho e sai do carro, a espingarda cruzada no peito, cabeça baixa como se estivesse mesmo se preparando para aquilo.

"A gente se conhece desde pequeno", diz ele, quase choramingando, fazendo o possível para que os lábios não tremam. "Eu te amava, cara. Você salvou minha pele tantas vezes, e eu salvei a sua também. Mas... mas agora era a vez *dela*, saca? Era *ela* que eu amava agora. *Ela* tava salvando minha pele. E eu a dela! Tudo tava *dando certo* pela primeira vez na vida, tá entendendo? E agora... agora..."

Dizendo aquilo, Cassidy leva a espingarda ao ombro e se posiciona para mirar na cabeça de Gabriel.

A respiração de Gabriel está falhada, e ele sacode a cabeça, não, não.

Quando já não há para onde correr sem ser pego pela espingarda, ele cai de joelhos outra vez. A arma acompanha o movimento, apontando bem para o meio de seu rosto.

"Então vai, cara", diz ele. "Atira, caralho. Eu nem mereço mais... *Atira, caralho!* Ninguém vai nem ficar sabendo, ninguém vai sentir minha falta! Você era o único que sentiria, na verdade. Mesmo que agora ache... *Vai, atira!*"

Para ajudar, Gabriel ergue o próprio queixo e fixa o olhar. Um segundo depois, começa a cantar, meio que no ritmo dos tambores que ainda vaza da viatura de Victor, mas também mais alto que eles. Uma outra cantoria.

"Cala a boca!", grita Cassidy, recuando, recuando de *ter* que fazer aquilo.

Mas, ao mesmo tempo, ele continua vendo a Crow, a Crow sob o chassi, debaixo do carro que *Gabriel* derrubou.

"Que merda você tá fazendo?", grita Cassidy para Gabriel.

"Minha canção de morte", dispara Gabriel. "Fica quieto, o próximo verso é difícil."

"Você tá inventando isso!", continua Cassidy. "Tudo que é sobre ser índio, você sempre inventa!"

"Porra, alguém tem que inventar", retruca Gabriel, retomando a canção.

Nem chega a ter palavras, é só aquela melodia ancestral soando cada vez mais alto, depois se atenuando para começar de novo.

"Eu não... eu não...", diz Cassidy, baixando a arma, vendo o amigo de joelhos, lágrimas inundando seu rosto de traidor, escorrendo pelas bochechas, pelo pescoço, pela camisa.

Cassidy chora também.

Ele enxuga as lágrimas e ergue outra vez a espingarda, sem firmeza alguma, mas está apenas a três metros de distância. Quase a mesma distância que Lewis estava de você quando atirou a segunda vez, na cabeça. E a terceira.

É a distância perfeita. A distância que eles merecem.

O problema é que o primeiro parece estar perdendo a coragem, deixando a raiva se esvair, sendo sugado por um poço de dor. Embora ainda esteja na beira daquela loucura, ele ergue o cano da espingarda como se estivesse confiante, mas logo baixa outra vez. Todos os músculos estão tensos. O que quer dizer que quando Cassidy vê um borrão esbranquiçado se mover atrás de Gabriel, assusta-se imediatamente. Ele dá um passo para trás e tenta firmar a espingarda, mas acaba puxando com toda força o gatilho que não conhece.

O estampido é o de um trovão, profundo, grave, que ecoa e rompe a noite ao meio, derrubando metade para cada lado, deixando Gabriel atônito em meio ao silêncio.

Ele olha para baixo, procurando no próprio peito o rombo que deveria estar ali. Então sente o rosto arder. Por fim, leva a mão à lateral da cabeça e ela sai empapada de sangue.

Sua orelha. Sua orelha tem um novo corte agora.

Gabriel sorri com espanto, dizendo "Na mosca", e olha de volta para Cassidy, mas ele já largou a espingarda e está balançando a cabeça em negação, com a respiração funda e pesada. Mas agora é por medo.

"O que foi?", pergunta Gabriel, ainda incapaz de sequer ouvir a própria voz, e vira-se para olhar para trás, na direção do que quer que esteja assustando Cassidy.

E — Gabriel está tentando entender, tentando não se apavorar — o que ele vê é o maior de seus medos: a garota com a bola de basquete, sua campeã. Sua filha em seu colete branco de treino. O nome da menina se forma em seus lábios um pouco de cada vez, como se tentasse manter o controle: *D, Den, Denorah.*

Ela ainda está de pé, com os cabelos encobrindo o rosto, os olhos encarando o sangue que mancha o colete, tentando entender se aquilo é verdade, se está mesmo acontecendo.

Gabriel cai, sem perceber seus dedos no chão, sem perceber qualquer coisa além do que acabou de acontecer, do que não pode ser desfeito, do que jamais terá conserto.

Sua menininha, ela... mais cedo naquele dia, na quadrinha atrás da casa, ela havia se posicionado na linha de arremesso, com a melhor postura possível, e feito todas aquelas cestas que lhe renderam 40 dólares.

Era impossível, criança alguma podia arremessar assim. Exceto ela. Por 40 dólares.

"Eu levo amanhã no jogo", disse Gabriel pela janela do carro, com o motor já roncando para trazê-lo até o suor.

"Até lá você já gastou", retrucou ela, com o mesmo gênio da mãe. "Além do mais, vão deixar você entrar no ginásio de novo?"

"Amistoso nem é jogo de verdade."

"Se eu tô na quadra, é jogo de verdade."

"Mas ainda nem tenho o dinheiro", explicou Gabriel, dando de ombros como se falasse a verdade, somente a verdade, nada mais que a verdade.

"E vai pegar com quem?", perguntou ela.

"Com Victor Yellow Tail", disse Gabriel. "Hoje à noite. Dinheiro de policial. É o melhor tipo, né?"

"É pra pagar o suor de Nathan?"

É.

Denorah entendeu na hora, agora ele percebe, mesmo que não queira. Ela entendeu, refletiu sobre o assunto e arrumou uma carona até ali para pegar o dinheiro antes que o fracassado do pai perdesse o que lhe devia. Antes que deixasse voar pela neve.

Mas acontece que Cassidy disparou uma 7,62 mm contra ela, antes mesmo que a menina pudesse dizer uma palavra, um tiro tão certeiro que sequer a lançou para a tenda atrás, apenas tinha estourado um pedaço de carne atrás dela.

Mas ela não é carne, ela é minha filha, repete Gabriel internamente, berrando internamente, incapaz de conter o grito que ecoa por dentro.

Exatamente, você diz em resposta a ele.

Gabriel dispara na intenção de segurá-la, mas ela tomba com o rosto no chão antes que ele dê dois passos. Ele cai de joelhos ao lado da picape, batendo a cabeça no chão, a boca colada à sujeira que os pneus reviraram da neve.

Sua menina, sua garotinha. Que levaria a equipe até as finais, que levaria a tribo inteira ao esporte profissional, às lendas. Todo mundo deixaria de pintar pegadas de búfalo e urso nas paredes das cabanas e começaria a pintar quadras de basquete. Ela era a única que podia firmar os pés, mirar a cesta e acertar dez lances livres um atrás do outro. Vinte. Cinquenta. Cem.

Ela ia conseguir sair de lá e se dar bem, de um jeito que Gabriel jamais havia conseguido. De um jeito que ninguém tinha. Ricky, por exemplo. Ou Lewis.

Será que ele realmente a tinha visto mais cedo, na hora do almoço, saindo da escola a pé, no frio, com aquele mesmo colete branco? Tê-la visto daquele jeito teria sido um aviso? Talvez uma visão? Será que Trina está estacionada perto do mata-burro? Será que ouviu o tiro? Será que saiu do carro e está prestando atenção com seus ouvidos de mãe, esperando o próximo disparo? Esperando passos correndo no escuro? Esperando que o ex apareça com mais uma desculpa?

Merda. Merda merda merda.

E *não*.

Não há desculpa possível. Não para isso.

Quando Cassidy cai de joelhos ao lado de Gabriel como quem diz *O que foi que a gente fez?*, Gabriel o empurra com tanta força que ele é derrubado e desliza na neve, com tanta força que o empurrão joga o próprio Gabriel contra a lateral de seu carro.

"Você *atirou* nela!", grita ele, pondo-se de pé, com os punhos cerrados. Gabriel está chorando ainda mais compulsivamente do que antes. Mas, ao mesmo tempo, está furioso, furioso o bastante para ir até o para-brisa espatifado e voltar com a garrafa térmica preta nas mãos.

"E você... você esmagou Jo com um carro...", devolve Cassidy.

"Não foi de propósito!", responde Gabriel, e então, como deveria, avança na escuridão para cima de seu melhor amigo da vida inteira, e quando Cassidy rasteja para trás, fugindo do que vem, Gabriel avança mais depressa e se coloca de joelhos sobre Cassidy.

A garrafa térmica ganha vida em sua mão, levíssima mas, ao mesmo tempo, com o maior peso do mundo. Ele a gira para firmar a pegada, para a pegada final, para encontrar a melhor forma de segurá-la ao fazer uma coisa assim.

"Você deu um tiro nela, cara", diz Gabriel, como uma sentença. Como se tentasse explicar. "Você deu um tiro em *Denorah*. Atirou na minha garotinha..."

Cassidy está com as mãos na frente do rosto.

Faz que sim com a cabeça. Verdade, verdade, ele fez aquilo.

Seu corpo se contorce e treme sob Gabriel, e é como se corresse eletricidade entre os dois. Como se fossem moleques de novo, aprendendo a dançar *break*.

"Me perdoa", diz Gabriel, afundando a garrafa térmica com toda a força daqueles anos de amizade.

Mas, por segurá-la errado, seu dedo mindinho acaba entre a garrafa e a testa de Cassidy.

A térmica escapa de sua mão e aterrissa no chão, o gargalo fincado na neve.

Cassidy baixa as mãos, com sangue escorrendo pelo rosto.

Através do sangue, ele olha para Gabriel e ambos estão chorando, sem poder respirar direito, sem querer respirar nunca mais.

Com a mão trêmula, Cassidy tateia a neve atrás da garrafa, alcança e a devolve a Gabriel, e você leva as mãos a sua boca ensanguentada, porque nem em seus sonhos mais secretos poderia imaginar essa parte, não é?

É perfeito, é fascinante.

Gabriel pega a garrafa, os dedos dos dois tocando em torno do metal preto, e ele passa tudo em sua mente de novo: D, no dia anterior, virando o rosto para ele com aquele sorriso convencido, o olhar descolado de quem vai acertar a décima cesta, feito Jordan, e dói tanto que ele fecha os olhos, descendo a garrafa outra vez, com um estalido. O choque seguinte soa úmido, o seguinte mais profundo, cavando e escavando cada vez mais.

Os músculos da perna de Cassidy são os últimos a morrer.

Gabriel se afasta, estremece, é apenas a silhueta vazia de uma pessoa.

Ao lado da cabeça de Cassidy, há uma das cachorras mortas, e junto dela uma cerveja ainda de pé.

Gabriel engatinha naquela direção, troca a garrafa térmica pela cerveja e a mata num único gole.

Ele ainda não consegue respirar. Tem a mão direita empapada de sangue, o rosto e a camisa estão manchados também, e ele não sabe se ri ou chora. As duas coisas parecem aceitáveis.

Gabriel luta para tirar a camisa, mas ela parece grudada ao corpo, então ele rasga o tecido e se levanta para atirá-la o mais longe que pode. Ela esvoaça e não vai para longe. Sem camisa agora e, como sempre, no mesmo time de Cassidy, ele caminha pela neve para chegar à caminhonete e, então, tropeça na Mauser.

Gabriel encara a espingarda, repousando o olhar ali por algum tempo. Finalmente recupera o fôlego, que invade sua cabeça e quase o deixa tonto.

A Mauser, sim, decide ele. A Mauser, já que ele é um rato também. Ele pode... pode só entrar para as estatísticas, pode confirmar o que os dados sobre suicídio indígena sempre dizem, não pode? Pode manter a média, assim ninguém vai precisar calcular novos dados. Ele pode... pode se juntar a Cassidy. Talvez até o alcance no caminho.

Ele apanha a Mauser, volta ao carro velho, aquele com a Crow morta embaixo, e remexe os cartuchos que ainda estão na bolsa de Richard, parando apenas ao perceber um olho que o encara.

"Jo", diz ele, como quem diz o óbvio.

O buraco de bala que fez no assoalho de Cassidy, tantos anos atrás, está esmagando a cabeça da Crow, fazendo seu olho saltar. Gabriel vira o rosto, sacudindo a cabeça. Mas seus dedos estão trêmulos demais para achar um cartucho decente. Ele acaba derrubando na neve o 7,62 mm que finalmente encontra. O peito explode numa gargalhada. Nem isso consegue fazer direito. Gabriel deixa a espingarda cair no chão, olha de volta para a fogueira e força os olhos para vê-la melhor. Ou para ver melhor o que encontra lá.

Denorah. Den. D.

Ele se afasta da caminhonete e se força a ir em sua direção. Para poder abraçá-la outra vez. Gabriel quer dizer a ela de novo o quanto jogou bem na temporada, e sonhar com como seria seu penúltimo ano no time da escola, seu último ano no torneio estadual. Quer contar de todos os jogos que ela teria ganho, todos os pôsteres que teriam feito com sua imagem. A coleção de tênis que levaria seu nome.

Você viu o novo modelo da Cross Guns?

É foda!

Pareço com ela quando entro na quadra com esses tênis?

E lá está ele, circundando a fogueira que crepita.

"D?", chama Gabriel.

Não porque seja ela. Porque não é. Nunca foi.

Gabriel corre os olhos para a massa disforme na neve que é seu melhor amigo, e depois de novo para a não Denorah.

É... é o *moleque*? Vestindo um colete que não devia estar vestindo, preto por fora e branco na parte secreta de dentro. Seus cabelos estão caídos sobre o rosto, podiam ser os de Denorah. *Eram* os de Denorah.

"N-Nate?", diz Gabriel. *"Nathan?"*

A Mauser o atingiu do lado esquerdo, bem baixo. Não era nenhuma parte vital, mas perto o bastante. Daquele tipo em que basta você seguir o rastro mata adentro e esperar que o alvo se esvaia em sangue.

Mas ele não está morto ainda. Não completamente.

"Você é duro de matar, hein?", comenta Gabriel, quase sorrindo.

O garoto se sobressalta e acorda, e talvez porque Gabriel está ali todo sujo de sangue, nas mãos, no rosto, o menino se contorce, tentando se afastar, empurrando os calcanhares, sacudindo a cabeça desesperado, dizendo não, não, e mais alguma coisa que repete em grande velocidade.

Po'noka?

Gabe estreita os olhos, caçando no fundo da mente o sentido daquela palavra antiga, então congela em meio aos pensamentos, esperando que aquilo se erga da neve, uma figura amarronzada contra a branquidão.

"Cervo?", pergunta ele, e, seguindo o olhar do garoto, se vira para trás, procurando, mas você já não está lá.

Quando Gabriel volta para o garoto, ele ainda está tentando fugir, deixando cada vez mais sangue na neve suja.

"Espera, espera, me deixa procurar seu pai", diz Gabriel, ajoelhando-se e erguendo as mãos vermelhas para mostrar que não é uma ameaça. Não dá certo.

O garoto continua se arrastando, cruza a tenda e se enfia por baixo da cerca do curral, manchando de sangue por onde passa.

"Não, escuta…", insiste Gabe, tentando segui-lo sem parecer assustador, mas parando assim que os cavalos começam a relinchar, apavorados, ao verem aquele invasor se arrastar. "Eia, quietos, quietos", diz ele, dando um passo adiante, mas o cheiro que traz consigo… Os cavalos se agitam, empinando, com as patas subindo e descendo na escuridão, e não há espaço para os quatro naquele curral, não é? Seus cascos batendo com toda força fazem tremer o chão, e Gabriel afasta o olhar, meio anestesiado, e então acaba encarando o sangue coagulado na neve que o garoto deixou atrás de si. Sangue do qual provavelmente precisa, ou teria precisado se os cavalos já não tivessem feito a ele o que fizeram.

"Bom trabalho…", solta Gabriel, afastando-se dali, chutando a neve com seus pés descalços, correndo as mãos pelos cabelos. Ele se senta no capô de Victor Yellow Tail e encara o fogo, os tambores soando, vozes cantando, sua mente a pleno vapor, os lábios balbuciando: por que achou que o moleque era D? Por que *acharia* isso? Tinha sido porque… porque o menino estava com um colete preto, certo? E, da última vez que Gabriel viu a filha, ela estava com um branco.

Mesmo assim, como era possível que uma regata do avesso e aquela cabeleira bagunçada fossem suficientes para ele confundir Nate com Denorah? Será que não estava pensando direito porque Cassidy tinha acabado de arrancar sua orelha? Porque Jo tinha acabado de… E por que diabos ela estava *debaixo* do carro? Por que sequer estava em casa? Ela não trabalhava quase sempre no turno da noite?

"Que merda tá acontecendo aqui hoje?", diz Gabriel, afastando-se do carro e olhando em volta.

"Po'noka?", repete ele, experimentando a palavra como se pudesse ser a chave de todo aquele mistério.

O que um cervo teria a ver com aquilo, afinal? Como uma cervo podia fazer com que eles se matassem? Por que um cervo sequer estaria preocupado com bípedes, a menos que os bípedes estivessem atirando nele?

E por que ele está pensando desse jeito? *Bípedes?* Tinha se afundado tanto nos próprios pensamentos que foi parar na tenda de Neesh outra vez, no meio daquele monte de história antiga de merda? Mas, se estiver nela, então vai estar junto a Cass, Lewis e Ricky, imagina ele. De volta ao tempo em que eram quatro.

Gabriel esfrega aquele ponto próximo ao olho.

"Um, dois, três indiozinhos", cantarola ele, e meio que ri, e meio que chora. Aquilo se transforma em tosse de novo, e quando não passa, ele se arrasta até o trailer, tenta abrir a porta que está trancada, e então segue para o banheiro externo. Ele só precisa de um lenço, um pouco de papel higiênico, qualquer coisa para assoar o nariz, senão vai morrer sufocado.

Quando abre a porta da casinha, Victor Yellow Tail está lá, o peito da camisa banhado de sangue, a cabeça pendendo para o lado, a arma na mão como se estivesse preparado para algo.

Uma cerva mãe vai usar os cascos quando possível, mas pode morder se for preciso.

Gabriel fecha os olhos, abre-os de novo, e lá ainda está Victor Yellow Tail, ainda morto.

"E só sobrou eu", murmura Gabriel, com um sorriso frouxo, e fecha a porta. Ela se abre outra vez, e ele volta a fechá-la, a fechá-la, a fechá-la, batendo cada vez com mais força até que nada daquilo tenha acontecido.

Mas aconteceu.

E ele sabe que é o único que resta, atolado até a cintura. É ele a quem vão acusar de ter feito aquilo, sem se importar com o porquê. Porque ele é um índio com Passagem na Polícia. Porque um Índio da Polícia Acabou Morto Também. Porque Ele Não Gostava da Noiva do Amigo. Porque Fundiu a Cuca no Calor de um Suor. Porque o Outro Amigo Assassino Tinha Levado um *Tiro* Recentemente. Porque o Homem Branco Roubou Toda a Terra Deles e os Deixou Passando Fome. Porque o Fiscal de Caça Não o Deixava Caçar a *Própria* Comida. Porque Seu Pai o Denunciou por Roubar uma Espingarda. Porque a Arma Estava Amaldiçoada Desde a Guerra. Porque porque porque. Ele fez aquilo por todas aquelas razões e mais outras que os jornais resolvessem inventar.

A menos que ele fuja.

A menos que fuja para as montanhas e viva por lá como seus ancestrais, nunca mais voltando nem mesmo para uma cerveja. Bom, talvez para ir a um dos jogos da filha? Talvez para ir até a cerca do túmulo de Boss Ribs? E para qualquer que seja o lugar onde enterrarem Cass? E Lewis?

Ele vai até a fogueira, espalmando as mãos na direção daquele calor incrível. Está tremendo, e os dentes batem uns contra os outros. Gabriel olha para a tenda, manchada pelo sangue de Nate, odiando a si mesmo por ter ficado feliz pelo fato de não ser o sangue de sua *filha*, e então observa a caminhonete velha, aquele chassi caído ao chão. Por fim, encara o corpo na neve.

Ele vai até lá, passando pelas cachorras, e ajoelha-se ao lado do melhor amigo.

"Somos só nós dois, cara", diz Gabriel a Cassidy.

Sentando-se, com a neve já nem mais fria, mesmo que um dos bolsos traseiros de sua calça esteja batendo, ele coloca as pernas sob a cabeça de Cassidy, segura seu rosto e baixa a própria testa ao que sobrou da testa do amigo, olhando rápido para o alto em seguida, para o céu mais distante possível.

"Não era ela, cara", diz Gabriel, batendo a testa na de Cassidy duas vezes, meio forte. Uma batida com amor. "Não era a D, C."

Cassidy apenas o encara. Seus olhos já não miram a mesma direção. Morto, é uma iguana. Gabriel fica esperando que a boca de Cassidy se abra, que uma grande língua role dela e dê um tapa em algo.

Não seria nem de longe a pior coisa da noite.

"Isso é... isso é um adeus, meu velho", diz Gabriel. "Eu vou... Eles vão achar que fui eu. E acho que eu mereço, pela Jo. E pelo moleque também. E você. Com certeza você, cara. Você deveria ter... deveria ter atirado um pouquinho mais para a esquerda."

Com a ponta do dedo médio, ele aperta a pequena cicatriz que tem junto ao olho direito, como faz desde criança.

"Você sempre foi ruim de tiro", continua Gabriel, fechando os olhos com força. "*Mas não era a D*", sussurra, feliz de poder dar a notícia. "Não era a D. Isso que importa. Ela tá bem. Agora eu... eu vou subir para viver com..."

Quando ele ergue os olhos na direção da neve que estala, depois não estala, ele vê você parada ali, com a Mauser na cintura e a mão esquerda correndo até a empunhadura, tateando o padrão entalhado. Dói tocar naquilo, a própria ideia de tocar numa *espingarda* dói, mas é o único jeito.

Você sente que seus olhos são daquele castanho e amarelo que deveriam ser, e que talvez estejam um tiquinho maiores do que faria sentido para esse seu rosto.

Gabe assente e pergunta: "Você que fez tudo isso, né? Com Lewis também, não foi?".

Você não lhe deve uma resposta. Não lhe deve nada.

"Alguém já disse pra você que seus olhos parecem com os de um cervo?", comenta ele. "Não a... não a cor. Mas... alguma coisa, não sei bem."

No sopé da colina, o bando já está a sua espera, reunidos como fantasmas, sem nenhum balido, nenhum chamado. O chão sob as patas deles está repisado, escuro, batido. O aroma é tão maravilhoso. Você não se cansa de senti-lo.

"O moleque te viu, né?", indaga Gabriel, rindo com vontade. "P-Po'noka, certo?"

"Ponokaotokaan*aakii*", responde você. *Mulher* com Cabeça de Cervo.

Gabriel pensa a respeito disso, entende o bastante, então encara você e diz que sim, que consegue ver.

Você lhe entrega a espingarda. Em oferenda.

"Por quê?", pergunta ele, afastando-se, mas por fim tendo de pegá-la quando você a atira no chão a seu lado.

Ele apoia a coronha na neve e se levanta com ela, perguntando outra vez: "Por que você fez isso tudo?".

Se você contar, ele vai morrer sabendo que tudo fazia sentido, que havia sido um ciclo se fechando. E isso seria mais do que você teve naquele dia de neve.

Você aponta com a cabeça na direção da espingarda que ele segura, dizendo no inglês amargo dele: "Faça isso ou vou atrás de sua cria de verdade".

Ele a encara por talvez cinco segundos, depois olha para a arma.

Quando Gabriel puxa o ferrolho, a cápsula de metal brilha por um breve instante.

"Eu tinha deixado cair no chão", comenta ele.

"Fede", diz você de volta, enrugando o nariz.

"Promete mesmo deixá-la em paz?", pergunta ele, engatilhando a arma de um jeito que faz você se arrepiar. "Não vai tocar nela? Ela... Você sabe que ela vai dar o fora daqui, não sabe? Consegue ver isso?"

Seria tão fácil ele apontar a arma em sua direção, não seria?

Mas ele não está pensando como um caçador. Está pensando como um pai.

"Certo, certo", diz ele, virando o cano da arma, pondo-o debaixo do queixo, tendo que erguer o rosto porque a espingarda é comprida demais. "Assim?"

A respiração de Gabriel está acelerada e rápida, preparando-se para aquilo, e então ele fecha os olhos, puxando o gatilho de uma vez.

Clique.

"Ai, merda", resmunga ele, virando a arma outra vez, meio rindo, o cano agora apontado diretamente para você, o dedo dele ainda no gatilho, o dedão desarmando a trava de segurança.

"Promete que não vai atrás dela?", pergunta ele uma última vez.

Você faz que não com a cabeça, então ele põe a arma outra vez sob o queixo. Mas para de novo e pergunta: "Espera aí, isso quer dizer que você não vai ou que não promete?".

Por fim, ele sorri ao ver seus olhos o encarando intensamente. Gabriel se inclina para trás um pouco e diz: "Sempre... sempre quis ser como aqueles Cheyenne sobre quem li, sabe? Sempre quis cavalgar de um lado para o outro na frente dos soldados, de um jeito que fosse... que fosse heroico. Como no tempo dos antigos. Não... não assim."

"Agora", ordena você.

"Tá bom, tá bom, relaxa...", diz ele, "pelo menos deixa eu...", e, em vez de usar a própria mão, Gabriel enfia o dedo do amigo morto no gatilho.

"Matei a mulher com quem ele ia se casar", explica ele, posicionando o dedo do melhor jeito possível. "Então assim... ele está revidando por ela, algo do tipo. Coisa de índio. Você entenderia se fosse... sabe? Se fosse uma *pessoa*."

Ele abre a boca e enfia o cano da arma fundo o bastante para que os olhos se encham de lágrimas. O metal raspa em seus dentes. A respiração é rápida e curta, como se fizesse diferença a quantidade de ar que tem nos pulmões.

"D, D, D", repete Gabriel com o cano na boca, e balança a cabeça uma vez para entrar no ritmo, e outra vez para ter certeza, e na terceira vez ele ergue sua mão sobre a do amigo, e galopa seus dedos um a um, até o último, o último que faz o gatilho disparar, e, no mesmo instante em que o disparo abre um buraco no topo da cabeça dele, você percebe que ele fez de seus dedos cascos de cavalo, que ainda é o exército atirando nele e finalmente tendo sorte.

A arma não está voltada para seu lado, mas mesmo assim a nuvem de sangue que se ergue acaba cobrindo seu rosto.

Você o esfrega, sem lamber os lábios, e volta o olhar para a estrada, ali na escuridão, depois do mata-burro.

Resta apenas uma, e uma que você jurou não atacar.

Matar um filhote é a pior coisa do mundo, você sabe.

Comparado a isso, quebrar uma promessa não é nada.

Nada mesmo.

Correio Mocassim

Imagine-se num filme de John Wayne. Imagine que esse seu repórter de confiança está com o ouvido colado ao chão para que possa ouvir o futuro.

O que ouço?

Ouço os ônibus saindo de Havre para o grande amistoso feminino desta noite, com certeza. Mas você não precisa ser um índio de verdade para saber que as Blue Ponies estão vindo para uma revanche muito aguardada, a fim de provar que o torneio passado foi vencido com habilidade e não por sorte.

Não, você vem a esta coluna atrás de notícia quente, não é? Então vamos a ela. Mas lembre-se: não fui eu quem contou.

Andam dizendo por aí que um olheiro dos bons, de um dos times universitários, foi visto, vestindo laranja brilhante, na lanchonete. E dizem ainda mais: depois que o almoço chegou, é bem possível que uma treinadora tenha pedido licença e sentado à mesa, comentando sobre o paradeiro dos cervos nas últimas semanas e arrematando a conversa, vamos dizer assim, com a menção do amistoso de hoje à noite.

Em tese, se esse olheiro conseguisse um troféu de caça logo pela manhã, isso deixaria sua agenda livre para a noite, não?

E, se estivesse livre o bastante, por que não aparecer no jogo de basquete escolar também, certo? Você achava que essa treinadora era de algum time colegial?

Que absurdo!

Técnicos do ensino fundamental sabem tão bem quanto os do ensino médio que todos os cervos estão reunidos no lago Duck a semana inteira. Os fiscais de caça bem que tentaram espantá-los de lá, para que se espalhassem pela reserva ou voltassem às áreas de caça dos anciões, mas cervos são cervos, certo?

Mas esta não é a coluna de Caça & Cia. Aqui está o que você não saberia em nenhum outro canto, a menos que tenha os ouvidos bem-informados como eu. Pode confiar: uma treinadora de basquete do fundamental pode ou não ter convencido certo figurão do basquete universitário a ver sua estrela em quadra. Você sabe qual. Já a viu em ação, atropelando jogadoras e jogadores bem mais velhos que ela. Nunca houve jogadora assim, niiksookowaks. Estamos testemunhando um momento histórico. Estarei lá, tentando espiar as anotações do olheiro.

E lembre-se: não fui eu quem contou.

Veio da reserva

SÁBADO

Denorah é capaz de dizer a ordem exata na qual o povo chegou na tenda do suor na noite anterior.

Primeiro Cassidy, claro. Ele mora ali. Não foi exatamente o primeiro a chegar, porque nunca sequer saiu. Seu pai chegou depois, estacionando com as rodas dianteiras na diagonal, num ângulo que achava descolado, como se estacionasse por acaso ao fim de uma simples derrapada, levantando poeira pelo lugar inteiro e esperando que as coisas se acalmassem para poder abrir a porta, descer da picape e tirar os óculos escuros feito um ator de cinema. Depois dessa entrada dramática, ou *nada* dramática, chegaram Victor e Nathan Yellow Tail, com a viatura estacionada de frente para a fogueira, como se marcasse território, e o rastro na neve indicando por onde tinha seguido, saindo da estradinha para poder dar a volta naquelas picapes todas que se achavam muito importantes.

Por fim, provavelmente já de manhã, depois de voltar do trabalho, Jolene teria chegado e estacionado bem atrás daquele carro velho de Cassidy que costumava ficar sobre os blocos de concreto, mas que estava no chão, como que envergonhado por algo.

Nenhum dos que estiveram no suor parece ter acordado ainda. Denorah até imaginaria que o motivo seria o de sempre — a cerveja pós-cerimônia que seu pai sempre chamou de "reidratação" —, mas nesse caso o carro de Victor não estaria lá. E de maneira alguma o *Capitão* Yellow Tail deixaria o *menor de idade* Nathan beber com seu pai e Cassidy, mesmo que Cassidy estivesse finalmente colocando algum juízo na cabeça, segundo a mãe de Denorah.

"Oi?", chama Denorah, ainda longe do lugar. Podia até ter gritado se quisesse, imagina ela. Pelo que consegue ver, o lugar está mortinho da silva. Até a tenda do suor está no chão, fumaça e calor enchendo o ar por cima dela, queimando os cobertores num fogo lento, completamente imprestável. Da próxima vez, terão que fazer o suor em outro lugar.

Ainda bem que a mãe de Denorah não viu a fumaça.

"Só vou deixar você fazer isso porque aquela Crow do mercado está lá", ela havia acabado de dizer a Denorah ainda no mata-burro, depois de conferir que o carro de Jolene estava ali. "Volto em uma hora, entendeu? Você deu sorte de eu precisar levar isso aqui pra Mona."

"Isso aqui" era uma travessa que tinha ido da casa de Tre para a de Denorah, porque Trina sempre fazia esse caminho quando ia fumar com Mona em seu trailer novo. Há um urso velho que sempre vem atrás das frutinhas das árvores que ficam atrás do trailer, e a mãe de Denorah está sempre falando daquele — como chama o coitado — velho urso bobo. Bobo ou não, o urso é a desculpa perfeita para sua mãe fumar mais um cigarro, mais um maço, outro pacote. Parece até que é uma prisioneira por vontade própria naquela janelinha de Mona, aquela que para Denorah sempre parece a cabine de um foguete, como se as duas tramassem uma grande fuga assim que Denorah estivesse fora.

"Uma hora, te encontro aqui", respondeu Denorah à mãe.

É meio militar essa repetição de comandos para evitar desencontros, mas, como parece aliviar a preocupação de sua mãe, ela segue o roteiro.

Ainda no mata-burro, com aquele lugar parecendo uma cidade fantasma ou um lixão, sem nenhuma cachorra correndo — nenhuma cachorra? —, Denorah olha outra vez para a estrada, procurando o carro da mãe. Mas depois da curva que ela faz à direita, só se vê neve, neve e mais neve, e, lá no fundo, há o brilho do lago onde seu pai disse que um amigo de corrida morreu, muito tempo atrás.

Mas seu pai tem uma história para cada lugar da reserva, não? Sobre alguém com quem costumava sair na época da escola, ou então sobre um veado que tinha caçado em tal ravina, ou um morro onde havia encontrado uma pilha de cápsulas de espingarda, ou um lugar onde certa vez tinha visto um texugo saltando pela grama e uma águia mergulhando para caçá-lo, pensando ser o maior cão-da-pradaria que jamais existiu.

Quando era criança, Denorah devorava todas essas histórias, mas depois, já mais velha, sua mãe havia dito para ela tomar cuidado com o que acreditava ser real. Mesmo assim, Denorah ainda acredita nas histórias sobre os amigos mortos. Talvez porque daria azar mentir sobre aquilo, imagina ela, e seu pai é um tipo de supersticioso que acha que ninguém nota. Por exemplo: aquele dia em que Ricky, Cassidy, Lewis e ele mataram todos os cervos naquela área proibida, ali perto do lago? Ele nunca na vida falou sobre aquilo com ela, nem para se defender, nem para contar a história inteira, explicar que não era bem assim, que a versão que o padrasto contou estava errada, que eles não tinham simplesmente aberto fogo e *bang bang bang*. E o motivo para nunca ter comentado o assunto, disso ela tem certeza, é que falar sobre isso em voz alta traria azar para a próxima vez em que fosse caçar um cervo ilegalmente, já que a caça ilegal era a única modalidade que havia sobrado.

Assim como ele nunca lhe contou sua versão sobre o massacre daqueles cervos, também nunca contou *como* o amigo morreu no lago. Dizia apenas que o corpo tinha sido encontrado lá. Falar sobre o que realmente tinha acontecido seria entrar na mira da Morte, pelo que ele acreditava. Então, como ele nunca falava sobre aquela história, ela meio que acreditava, mesmo com os avisos da mãe. Mas, mesmo que não falasse sobre isso em voz alta, seu pai ainda assim devia *pensar* no amigo morto, não? Como poderia ser diferente? Toda vez que vai ali encontrar Cassidy provavelmente para o carro no mata-burro e olha para o lago Duck. Ele contou que quando o *outro* amigo morto, Ricky, descobriu o *amigo morto no lago*, Ricky acabou indo parar na cadeia. Não que tivesse alguma coisa a ver com o caso — todo mundo sabia quem era o culpado —, mas porque precisou invadir uma daquelas casas de férias que tem por ali para denunciar o corpo, e a polícia não podia fechar o olho para uma invasão de propriedade, ainda mais com a propriedade danificada.

Toda aquela história tinha a ver com alguma lição que seu pai queria lhe dar, Denorah tem certeza disso, e era por isso que estava contando aquilo tudo. Mas ela não sabe se a lição é para que ela nunca chame a polícia ou para que evite encontrar cadáveres. Talvez as duas coisas? Provavelmente a dica é que, ao encontrar um morto boiando daquele jeito, melhor fingir que não viu e seguir em frente, deixando outra pessoa encontrar o corpo, ou ninguém.

Ela conhece a piada sobre índios serem que nem caranguejos num balde, um sempre puxando para baixo o outro, tentando subir para sair, mas acha que eles são mais parecidos com cavalos de tração, tentando manter o olhar no horizonte enquanto andam em sua fileira, sem ver o que está acontecendo bem do lado.

Falando em cavalos: e os de Cassidy?

Da última vez que tinha ido ali, seu pai havia deixado que montasse na malhada, que Jolene chama de Calico, feito um gato, mas aquilo tinha sido... no verão passado? Jolene já morava ali na época? Morava, morava, sim. Isso foi na época em que seu pai ainda a chamava de Dolly Parker, como se fosse a piada mais engraçada do mundo, e no começo Cassidy entrou na onda, fingindo cofiar a barba imaginária — afinal, se a namorada era a Dolly, então ele era Kenny Rogers, hahaha. Era tão sem graça que Denorah não tinha conseguido segurar o riso. O jeito como tiravam sarro de tudo fazia Denorah imaginar os dois vinte anos mais jovens. Tinha sido um dia divertido. Mas agora o curral está vazio, e a porteira, escancarada.

Contudo, Cassidy jamais venderia seus cavalos de criação. Deviam estavam pastando em algum lugar da campina e não voltariam antes do anoitecer.

Além do mais: quem se importa?

Denorah estava ali atrás de seus 40 dólares, não para fazer o Grande Censo Cavalar.

Ela assente para si mesma e continua avançando, descendo as curvas da estradinha, andando pelos rastros dos pneus porque a neve é escorregadia e ela não precisa torcer o joelho antes do jogo à noite.

Denorah está quase chegando à picape de Jolene quando a porta do motorista se abre e a mulher estica o pé direito no apoio de braço todo remendado com *silver tape* e dá um laço mais firme em seu tênis.

Os cabelos longos caem sobre seu joelho.

"Ei", Denorah se anuncia ainda de longe para evitar levar um tiro.

Jolene se vira no carro, tira os cabelos da frente do rosto, da frente de seu olho direito vermelho feito sangue, e *não é* Jolene.

"Eita!", exclama Denorah, estacando na mesma hora, olhando em volta para confirmar que está mesmo no terreno de Cassidy.

A Não Jo dá uma risadinha, voltando a ajeitar os cadarços.

"Quem é você?", pergunta Denorah.

"Relaxa", responde a Não Jo, "isso não é uma batida surpresa, menininha."

"*Menininha?*"

"Mocinha?" A Não Jo sai do carro, estira as costas, alonga os braços uma vez para cada lado, com os punhos para cima. Está espreguiçando o corpo inteiro. Ela está vestindo um short preto de ginástica e uma camiseta amarela desbotada, com as mangas e gola cortadas, um top marrom por baixo.

"Cadê Jolene?", pergunta Denorah, sem nem tentar esconder a desconfiança.

"Você é a filha de Gabriel", responde a mulher, inclinando um pouco a cabeça para analisar Denorah. "Parece *mesmo* com ele. O que não é uma ofensa."

"Você é Crow, né?", questiona Denorah.

"Seu pai seria bonito, quer dizer, se fosse menina", continua a mulher. "Meu nome é Shaney. Shaney Holds. A prima mais legal de Jolene. Talvez a melhor que já existiu nesse mundo, a opinião pública ainda não decidiu."

"E o que você tá fazendo aqui?"

"Sendo interrogada por uma criança?", diz a tal 'Shaney', sorrindo, então se volta cheia de pompa para a picape de Jolene e tira de lá uma bola de basquete, batendo-a entre as mãos a sua frente como se preparasse o começo de um jogo.

"Você joga, né?", pergunta ela, passando a bola a Denorah. "Seu pai disse que você é ótima."

"Onde ele tá, você sabe?", diz Denorah, correndo os olhos pelo terreno uma terceira vez.

"Vai ficar procurando o dia todo...", comenta Shaney, sorrindo.

"Como assim?"

"Aquele garoto... Nate?"

"Nathan Yellow Tail."

"Ele ouviu as cachorras latindo atrás de alguma coisa naquela direção", informa Shaney, apontando colina abaixo com o queixo, onde começam as árvores. "E o pai dele, o cara da polícia, achou que seria incrível e uma coisa bem de índio se todo mundo descesse lá a cavalo pra ver o que era."

"E meu pai *sabe* andar a cavalo?", pergunta Denorah.

"Só sei que foi bom eles terem ido", comenta Shaney. "Com os cavalos aqui, não posso ficar jogando. Acho que um deles fica desesperado com o barulho ou algo assim, não sei. Acaba assustando todos eles. Mas agora que não estão no curral..."

Ela estende as mãos na direção da bola e Denorah a arremessa de volta.

"Por que a tenda pegou fogo?", quer saber a menina.

"Usaram uma armação de plástico", responde Shaney, balançando a cabeça como se achasse graça. "Meio que derrete com o calor, né? Daí a coisa toda desabou nas pedras. Pediram pra eu ficar de olho, não deixar alastrar pela grama."

Denorah assente. Aquilo é algo que seu pai faria.

"Nathan foi a cavalo também?", pergunta ela, incrédula. "Ele tá sempre bancando o estranho..."

"Duzentos anos atrás, até eles montavam cavalos de guerra", explica Shaney, batendo a porta da caminhonete com o quadril. "Que tal 21 até eles voltarem? Quero ver se seu pai falou a verdade sobre você."

Denorah olha para a tabela despontando em meio à grama, a uns dez, quinze metros para a esquerda, ainda mais afastada do banheiro externo. É só uma tábua velha pregada num poste de luz, aquele tipo de quadra em que, se você não se afasta rápido o bastante depois de uma bandeja, acaba em uma chuva de farpas e lascas de madeira.

"Tenho jogo hoje", diz Denorah.

Shaney balança a cabeça, olhando para as árvores cinzentas, como se procurasse os homens.

"Pode ir pra dentro do trailer se estiver com frio", fala ela. "Ou sentar no carro. Acho que eles quebraram todas as cadeiras ontem na fogueira."

Ela tem razão: a cadeira ao pé das cinzas está fechada, aquela caída junto à tenda está inteiramente torta, e a outra foi arremessada de qualquer jeito no meio da neve e da lama.

"Você jogava?", pergunta Denorah. "Na escola, digo."

"Eu *arrasava*, menininha", responde Shaney, batendo a bola entre as mãos com força, e Denorah decide naquele momento que não vai ficar dentro de trailer nenhum, que não vai sentar tranquila no banco de carro nenhum.

"Tá bom, só um 21", diz ela a Shaney. "Até eles voltarem."

"Sua técnica não vai achar ruim?"

"Não se eu jogar como sempre jogo, aí ela não vai achar ruim, não."

"Quantos anos você tem?", pergunta Shaney, os pés de galinha no olho se enrugando num sorriso.

"Quantos anos *você* tem?", devolve Denorah.

Shaney faz um sinal com a cabeça para que Denorah a siga. Ela segue e, ao se afastar da estrada, vê que o para-brisa de seu pai tem um buraco estranho do lado do passageiro. Isso faz com que ela pare um instante, mas aquilo podia não ser nada. Conhecendo seu pai, ele na certa já teria inventado meia dúzia de histórias diferentes para explicar isso, cada uma mais épica e inacreditável que a anterior, nenhuma delas tendo sido culpa sua.

A sétima história talvez envolva aqueles 40 dólares e como ele precisa do dinheiro para consertar o vidro. A campeã dele vai querer que o pai morra congelado em janeiro?

Denorah segue as pegadas de Shaney através da neve dura. São pedras e pedaços secos, mas com isso elas chegam até lá sem encharcar os pés ou cortar as canelas na neve.

Shaney quica a bola bem alto no concreto, observando-a enquanto tira do pulso um elástico de cabelo, prendendo na altura da nuca. Quando a bola quica pela terceira vez, ela dispara em sua direção, agarra-a sem deter o passo e, fazendo uma ginga, finge subir uma vez e depois sobe mesmo, arremessando uma cesta perfeita, que cai feito dinheiro.

"Seu treinador deixa você jogar com essa base aí, parecendo o Reggie Miller?", pergunta Denorah, ajoelhada e amarrando o tênis.

"Jogada de Crow", responde Shaney. "Como vocês fazem aqui? Se preocupam mais com a base e toda essa chatice?"

Denorah muda de tênis, dando um laço firme e deixando as pontas com o mesmo comprimento. Não que seja supersticiosa, mas porque faz mais sentido amarrar o cadarço com simetria.

"Terminou a enrolação?", provoca Shaney ao pé da tabela, quicando a bola para Denorah.

A menina levanta rápido para receber a bola que vem na altura de seu estômago, evitando uma bolada na cara.

Shaney deve ser uns quinze centímetros mais alta que ela. Mas altura não garante a ninguém bom domínio da bola, pelo menos não nas escolas pequenas — com certeza não nas escolas de reservas. As meninas mais altas acabam treinando defesa, rebote, marcação, corta-luz, sempre usando os quadris e os cotovelos para isso. São todas coisas que um time precisa para ganhar o jogo, sem dúvida. Mas nada daquilo serve num mano a mano, que é disputa de velocidade e drible.

Denorah quica a bola para se acostumar com ela e com a quadra.

"Aquecimento?", sugere Shaney, saltando sem sair do lugar.

Denorah joga a bola de volta para ela e responde: "Pra você ver com que mão eu jogo, qual parte do garrafão prefiro?".

Shaney ri e rebate: "Nem tem garrafão aqui, menininha. É só a gente".

"A Blackfeet e a Crow...", comenta Denorah.

"Se você prefere ver desse jeito", diz Shaney, dando um passo na direção do que seria a linha de três, esperando que Denorah se posicione a sua frente.

Denorah toma o tempo necessário, não se deixa apressar.

"Não quero te deixar cansada pro grande jogo nem nada assim", fala Shaney numa leve provocação, soltando a bola a sua frente para Denorah conferir se quiser.

Denorah pega-a com as duas mãos, gira-a em sua direção, como se recebesse um passe, e faz uma cena, olhando em volta e dizendo: "Ué, tem mais gente na quadra e eu não tô vendo?".

"Atrevida! Gosto disso", comenta Shaney, pegando a bola de volta. "Parece com seu pai."

"Terminou a enrolação?", repete Denorah, firmando os pés, espalmando as mãos e batendo com os antebraços duas vezes nas laterais dos joelhos como se ativasse o modo de defesa.

Shaney bate a bola uma vez na altura de sua cintura, e então vira de costas, com a bunda para Denorah, já a empurrando, exatamente como se faz quando a altura é uma vantagem.

Mas, quando você está na desvantagem com relação a isso, precisa entrar no ritmo certo, avançar com um braço na lateral e bater a bola para longe.

Denorah recua um pouco como se estivesse caindo na desvantagem, então, na vez seguinte em que Shaney vem com um empurrão contra ela, com o quadril no peito de Denorah, a menina dá um passo para trás — puxando a cadeira, como a treinadora diz — e dá a volta com a mão direita, alcançando o rastro daquele couro laranja.

Mas Shaney não estava empurrando ninguém. Estava preparando a armadilha.

E o que faz em seguida é dar a volta pelo outro lado, as pernas compridas dando-lhe o que parece ser um primeiro passo ilegal, e quando termina esse passo, batendo a bola mais adiante, ela vai precisar correr para recuperá-la, mas Denorah já perdeu a posição defensiva e não tem mais o que fazer.

Ela nunca levou um drible daqueles.

Para piorar a situação, Shaney faz mais do que apenas arremessar na cesta. Ela segura a bola com as duas mãos, o cotovelo bastante recuado para direita, e apoia um pé no poste quando salta na altura do peito, aproveitando o impulso para subir ainda mais e girar no ar, conduzindo a bola por *todo* o caminho, como se lutasse contra as árvores para chegar àquele aro.

E faz a cesta, largando a bola suavemente com ambas as mãos, voltando ao chão e já correndo de costas para retomar o jogo.

Puta merda. Denorah tem certeza de ter isso estampado em seu rosto.

Vai ser um jogo e tanto.

CLÁSSICA AÇÃO DE GRAÇAS

Quinze a 15, e Denorah já não precisa mais ficar tirando o cabelo esvoaçante da frente do rosto, pois está grudado na sua cabeça de tanto suor.

Ela bate a bola para a esquerda, determinada, com Shaney avançando na marcação e, de algum modo, evitando que tropecem uma na outra, e então para, preparando o salto e fazendo o corpo enorme de Shaney pular junto. É uma das duas únicas estratégias que ela descobriu ser efetiva contra essa giganta da defesa. O truque é o seguinte: quanto maior o corpo, mais tempo ele demora para se restabelecer depois que se estira, mais tempo demora para seguir em outra direção.

Em vez de tirar os pés do chão, Denorah gira a bola ainda entre as duas mãos, senão Shaney é capaz de afastá-la para o meio da neve com um tapa, e se inclina para a direita, desviando do braço de Shaney que já desce para pegá-la.

Posicionamento é tudo. Quando se está em desvantagem, o melhor que se pode fazer é tirar partido do posicionamento. Não que tenha algum árbitro ali com o apito a postos, mas até uma Crow sabe que uma cotovelada, seja na nuca, seja no ombro de uma jogadora que já prepara o arremesso, é falta.

Naquele momento Denorah tira os pés do chão, disparando para a frente sob o braço esticado de Shaney, arremessando de bandeja, *bem* na cesta, tocando a tabela o mais levemente possível porque essa merda de tábua velha não é nada confiável, não para alguém que não tenha passado horas e horas e horas sem fim jogando nela, o relógio sempre perigando o fim do jogo.

"Golpe barato...", critica Shaney, sem muita ênfase.

"Dezesseis", declara Denorah, pegando o rebote antes que a bola caia na neve.

Ela volta quicando a bola até a borda da quadra e arremessa na direção de Shaney que, e Denorah se alegra em perceber isso, finalmente está ofegante também, a boca se mexendo como se fosse uma daquelas jogadoras que estão sempre com uma goma de mascar. Ou sempre ruminando, haha.

"Você joga desde quando?", pergunta Shaney. "Seu pai não chegou a dizer."

"Nasci na quadra", responde Denorah enquanto Shaney põe a bola bem baixa no chão, deixando que gire devagar entre as duas, dando tempo para que se aproximem.

"Então essa deve ser a coisa mais importante para você, né?", continua Shaney. "O basquete? É a coisa que você mais ama?"

Denorah a encara por um instante, olho no olho, como se a estudasse. "E você acha que pode tirar isso de mim?", diz ela, por fim. "Quer acabar com minha segurança antes do jogo de hoje à noite? Por acaso é uma Blue Pony disfarçada?"

"A vantagem é do time da casa, menininha."

"Você não tá *nem perto* de casa", retruca Denorah, na posição de ameaça tripla, o rosto baixo. No treino, a treinadora coloca a mão na testa de Denorah enquanto ela ensaia as jogadas, movendo a bola de um lado para o outro, em todas as direções, procurando os momentos de fazer o passe, de arremessar ou de sair num drible. Shaney faz o mesmo nesse momento, a palma áspera entre as sobrancelhas de Denorah. É ilegal, seria uma falta em qualquer jogo com árbitros, mas ao mesmo tempo faz com que o mundo gire mais devagar, permite que

Denorah veja aquele momento não a partir dessa posição de ameaça tripla, mas com algum distanciamento, como uma arte em livro-caixa, como se essa fosse uma batalha tão épica que estivesse pintada nas paredes de uma cabana, e dentro dela um velho de tranças está contando mais uma vez a história da Garota que jogou em defesa de todo o seu povo. Como a terra chacoalhava a cada drible a ponto de até mesmo a neve das montanhas deslizar na reserva, desabando pelas encostas e soterrando metade das árvores. Como a cada arremesso na direção do céu a bola se aproximava do sol, de modo que, quando caía de volta, era igual a um cometa, certeira entre o aro laranja. Como cada finta era tão convincente que o vento vinha tomar o lugar da jogadora, mas logo ficava confuso porque ela voltava e fazia o próprio vento se dobrar, disparando pelo outro lado feito um raio cortando o espaço.

É preciso ganhar esse jogo não apenas por orgulho, pensa Denorah, esforçando-se para dar mais gás, correr mais rápido, saltar mais alto. Aquela vitória é para sua tribo, para seu povo, para cada Blackfeet que já existiu ou que virá a existir. "Hoje você não vai ganhar", diz ela diretamente para o braço de Shaney em seu caminho.

"E você vai?", devolve Shaney, preparando o passo para acompanhar o movimento que acredita que Denorah fará.

"Vou", responde a menina, empurrando Shaney com a testa e abrindo espaço suficiente para si.

Ela aproveita o espaço para bater a bola de um lado para o outro, de um lado para o outro. Não é um movimento bem-visto, nem mesmo muito bem-feito, e é quase impossível replicar todas as variáveis que um arremesso daqueles envolve, mas também não se pode jogar sempre pela cartilha. Algumas vezes é preciso jogar feito o Reggie Miller. Ou, se for boa o bastante, talvez até feito a Cheryl.

Denorah prepara o salto, mas no mesmo instante se agacha, e Shaney abaixa os braços para pegar impulso, esticando-se para bloquear o arremesso, mas nesse mínimo instante que leva para baixar os braços e saltar, se preparar para o bloqueio, Denorah encontra o espaço para o arremesso.

Mesmo assim, por causa da altura de Shaney, Denorah precisa ajustar o arremesso no último segundo, e lançar a bola ainda mais alta do que pretendia, tornando o lance ainda mais improvável.

A bola passa *raspando* nos dedos de Shaney.

Denorah cai de bunda na neve um segundo antes de a bola quicar no aro, percorrer a circunferência inteira e então — quica, quica, vai, não vai — cair dentro da cesta. Ela rola pelo chão três vezes, comemorando, enchendo-se de grama e neve. Já passou mais horas de vida numa quadra do que fora dela, com certeza, e também já jogou com garotas de sua idade e mais velhas, e com garotos também, sempre que o ginásio ficava aberto domingo à noite. Também já fez mais jogadas decisivas em fim de jogo do que qualquer uma de seu time, mas, mesmo assim, esse arremesso, essa cesta perfeita, vale mais do que todo o resto.

"*Dois pontos*", grita ela, porque é assim que as duas têm jogado, e Shaney fica tão brava que arranca o elástico de seu rabo de cavalo e corre até a beirada do concreto, arremessando o elástico o mais longe que pode. Mas é muito leve. O ar cria atrito demais. O elástico voa um pouquinho, mas logo cai, quase a seus pés.

"Não pode me vencer", diz ela — *rosna*, na verdade.

"Dezoito", avisa Denorah, pondo-se de pé, sem tirar o olho de Shaney.

Enfurecida como está, há nela algo quase animalesco. Num jogo, seria o tipo de coisa que Denorah usaria a seu favor para chegar até a linha de arremesso. Mas aqui, no meio do nada, seria mais provável que ela recebesse uma cotovelada nas costelas.

O que só confirmaria que ela, afinal, está mesmo ganhando o jogo.

Shaney lhe entrega a bola, aproximando-se tanto que Denorah consegue ver os poros de sua testa suturada, de sua cicatriz bem ali, e Denorah faz uma finta tentando outra vez aquela cesta milagrosa, mas Shaney não cai no truque e fica em cima dela, bloqueando o arremesso.

Mesmo assim, Denorah se recupera — sempre dá para se recuperar se realmente quiser isso — e corre com a bola afastada do corpo o máximo que pode, erguendo-a um milésimo de segundo antes que seu passo seguinte venha ao chão.

É um belo lance, e bem no alvo, mas Shaney estava marcando aquela bola o tempo *todo*. Ela não apenas bloqueia o lance, mas o aniquila, captura a bola e a abraça, indo trombar contra o poste com tanta força que a madeira apodrecida da cesta acaba chovendo em sua cabeça.

Ela espana a sujeira do rosto, afasta a sensação de dor, enquanto os cabelos quase cobrem todo o seu rosto e os dentes reluzem por baixo daquele véu escuro.

"Tudo bem aí?", pergunta Denorah.

"Tudo certo", responde Shaney, largando a bola atrás de si como se lhe causasse aversão.

Com a ponta do pé direito, Denorah levanta a bola até suas mãos, num movimento que a treinadora odiaria — com a mão, com a mão, basquete se joga *com a mão* —, e, conforme a bola se ergue, ela lança um olhar na direção da fogueira extinta, da tenda fumegante, do curral, daquelas picapes abandonadas. O trailer, o banheiro externo. A reserva como pano de fundo.

"Cadê todo mundo?", pergunta Denorah para ninguém, apenas em voz alta.

"Ninguém vai aparecer pra salvar sua pele, menininha", retruca Shaney, já em posição.

É estranho que nem mesmo uma *cachorra* tenha aparecido, não? E o que teria acontecido com o para-brisa da picape de seu pai?

"Não sou uma menininha", responde Denorah.

Shaney faz menção de dizer algo, mas acaba deixando para lá.

"Minha mãe vai chegar em quinze minutos", acrescenta Denorah.

"Ela pode jogar a próxima", diz Shaney, batendo palma e pedindo a bola.

Denorah a rola em sua direção de forma tão lenta que as linhas nem mesmo se agitam.

Shaney a apanha assim que a bola chega perto o bastante, avança com o corpo inclinado para um lado, depois se volta para a frente como quem diz que acabou a brincadeira e dessa vez ela vai passar *por cima* de Denorah.

Como não pode se desgastar muito por conta do *outro* jogo à noite, Denorah recua, disposta a dar passagem, sacrificar um ponto em benefício de seu corpo, mas no último instante Shaney avança para a direita, na mesmíssima jogada que Denorah usou contra ela: dá um passo, estira o corpo e arremessa.

A razão pela qual Denorah não teve chances foi o tamanho de Shaney, o que Denorah não tem.

Um drible rápido e Shaney já está arremessando a bola.

Que bate contra a tabela e cai vagarosa pela cesta, balançando a rede do mesmo jeito que o beiço de um velho balança ao cuspir no chão.

"Boa jogada", comenta Denorah, com a bola sob o braço.

Suas pernas estão trêmulas, cansadas, o peito pesado e o sangue pulsando nas têmporas. Não era assim que deveria estar se preparando para o jogo da noite. Mesmo assim, se sua mãe aparecer na porteira, ela vai fazer sinal para que espere um pouco. Precisa terminar esse jogo.

Consiga ou não seus 40 dólares, o verdadeiro prêmio está aqui.

"Dezesseis a 18", proclama Shaney.

"Pode desistir se quiser", devolve Denorah. "Não é vergonha nenhuma. Sou mais jovem, mais rápida e jogo todo santo dia. Você já aguentou mais do que qualquer um."

Shaney ri em resposta.

"Você provavelmente deveria estar dormindo agora, não?", continua Denorah. "Ou você e Jo têm horários muito diferentes?"

"Dormi por dez anos", retruca Shaney.

Depois de tomar fôlego e tentar entender aquilo, *sem conseguir* entender aquilo — como poderia não ter pisado em quadra por dez anos e ainda assim jogar daquele jeito? —, Denorah passa a bola adiante.

Com a respiração pesada, Shaney assume a posição de ameaça tripla numa versão Crow, o que faz Denorah pensar, na verdade, se tratar de uma ameaça quádrupla. Shaney dá meia-volta e fica de costas para a defesa, firmando o corpo contra ela, apoiando o peso numa perna e se firmando nela. Não era a jogada mais bonita do mundo, mas, sem a regra dos três segundos, costumava ser uma jogada efetiva no mano a mano.

Mas Denorah já aprendeu que não deve tentar alcançar e bloquear a bola. É isso que Shaney está esperando. Talvez esteja apenas *fingindo* cansaço, se preparando para dar um giro, deixar Denorah para trás, correr até a cesta e fazer o ponto.

A menina estreita os lábios, deixa os dentes à mostra de um jeito que Shaney não consegue ver e sacode a cabeça negativamente como quem diz "não, sem chance". Não com *essa* defesa. Não *nesse* jogo.

Contudo, quando Shaney avança, ela não consegue manter o posto e acaba cedendo uns quinze, trinta centímetros.

De novo, de novo.

Denorah avança para recuperar terreno, os quadris primeiro, pois a treinadora sempre diz que os quadris são a parte mais sólida das mulheres, e quando o cabelo de Shaney cai em sua boca, ela apenas cospe, sem levar a mão aos lábios para tirá-lo dali, porque é preferível aguentar a nojeira do que perder o foco na disputa daquele ponto.

Mas...

Tem algo *úmido* no queixo de Denorah?

Dessa vez ela ergue, sim, a mão aos lábios e limpa o queixo.

Sangue?

Teria mordido a própria língua? Cortado o lábio?

Não.

Denorah dá um passo para trás e analisa as costas de Shaney.

"Ei", diz ela, parando o jogo. "Você está sangrando."

As costas da camiseta amarela esmaecida de Shaney estão cobertas de sangue, seu cabelo todo empapado.

"Foi quando você bateu no poste", comenta Denorah.

Shaney segue quicando a bola, regular feito um metrônomo. Com o cenho franzido sob o cabelo desgrenhado.

"Vamos jogar", diz ela.

"Mas..."

Shaney gira no vácuo, está jogando de um modo alucinado, avançando contra uma marcação imaginária.

Ela passa zunindo por Denorah, já com a bola sob o braço e posicionada a suas costas como se a protegesse de um roubo, e então, apenas porque percebe a possibilidade, por não ter estado nessa posição de recuo ainda, Denorah estica o braço e com facilidade tira a bola das mãos de Shaney, sem sequer avançar um passo.

Aquilo não é uma posição defensiva, mas um pedido de tempo.

A bola rola pelo joelho de Shaney e vai parar na grama congelada. Shaney, já em movimento, não tem alternativa senão seguir adiante. Pela segunda vez em todas aquelas jogadas, acaba se chocando contra o poste, sacudindo a tabela já meio apodrecida, fazendo chover mais lascas e sujeira. Denorah se afasta daquela chuva de lixo e vê que o salto de Shaney termina com ela caindo de costas no chão, como se alguém tivesse arrancado suas pernas no meio do pulo.

Ela logo se vira, a ponta dos pés e as mãos espalmadas no chão, os ombros girando devagar, cabelos encobrindo todo o rosto, e solta um berro com a boca rente ao concreto, gritando por mais tempo do que seus pulmões deveriam aguentar.

Denorah inclina a cabeça, como se observá-la de um ângulo ligeiramente diferente pudesse ajudar a entender melhor o que é aquilo.

"Ei, ei, você tá...", começa ela, indo em sua direção com a mão aberta, oferecendo ajuda, mas Shaney já se põe de pé com seu jeito atlético e desenvolto, o corpo relaxado e ameaçador.

Ela tira os cabelos da frente do rosto e... Seus olhos. Eles estão diferentes. Meio amarelados, com estrias castanhas partindo da pupila escuríssima. Mas o pior é que seus olhos estão grandes demais para seu rosto.

Denorah cai para trás, senta-se no concreto com as mãos apoiando a maior parte do peso do corpo.

Ela sabe que não vai conseguir jogar hoje à noite.

"O que... o que é você?", pergunta ela, com a respiração pesada de medo, não mais de cansaço.

"Sou o fim do jogo, menininha", responde Shaney, girando o pescoço e encarando o trailer de Cassidy.

Pai? Denorah chama em silêncio, o coração saltitando de esperança.

Ela olha para a direita na esperança de ver três ou quatro cavaleiros saindo por entre as árvores, as cachorras correndo à frente.

Mas não há nada.

"O fim do *seu* jogo, pelo menos", continua Shaney.

"Por que você tá fazendo isso?", Denorah quer saber, com a voz mais trêmula do que ela gostaria.

"Pergunte a seu pai", retruca Shaney, ainda olhando seja lá o que for no trailer, ou na tenda, ou naquela viatura.

"Meu pai? Por quê? O que ele fez? Ele nem te conhece."

"A gente se conheceu faz dez anos. Ele estava armado. Eu não."

Para provar o que diz, ela afasta os cabelos da testa suada e se inclina para que Denorah possa ver melhor.

"Ele... ele nunca faria..."

"Não deveria, não faria...", diz Shaney. "Mas *fez*."

"Me deixa... me deixa ir embora", pede Denorah. "Você venceu, tá bom? A gente pode... Isso é entre você e ele, então, tá bom? Por que você precisa de mim?"

Shaney pousa aqueles olhos estranhos em Denorah.

"Você é a bezerra dele", comenta ela, como se aquilo explicasse alguma coisa.

"Você não é Crow de verdade, é?", pergunta Denorah.

"Cervo", responde Shaney, sorrindo.

"Minha mãe já vai chegar", diz Denorah.

"Ótimo", retruca Shaney.

Denorah a encara ao ouvir isso.

"E se eu ganhar?", pergunta a menina, por fim.

"Você não vai", rebate Shaney. "Não tem como."

"Eu tava ganhando", lembra ela. "Ainda tô. Dezoito a 16."

Denorah se põe de pé, sem deixar de encarar o rosto aterrador de Shaney.

"Não quero saber o que é você", diz ela. "Nessa quadra, você é minha."

"E é exatamente isso que pretendo tirar de você", devolve Shaney. "Antes de tirar todo o resto."

Denorah vira as costas para Shaney e anda até a neve para recuperar a bola, então volta ao concreto e limpa as solas do tênis nas pernas do short.

"A bola é minha, né?", comenta.

Shaney não diz que sim nem que não, apenas aceita o jogo.

Denorah caminha até sua posição com os olhos fixos na tabela e diz: "A bola é minha e", apontando para a cesta com os lábios, "vou colocá-la bem ali, e não tem nada nesse mundo que você possa fazer".

Isso era, palavra por palavra, o que seu pai costumava lhe dizer quando era pequena e eles jogavam na garagem do avô, na época em que ela mal podia segurar a bola e ele precisava erguê-la na hora do arremesso, para que alcançasse a cesta.

De vez em quando, ele a colocava numa posição defensiva, soltava os ombros, movia a cabeça para a frente e para trás, olhando então para a tabela, e lhe dizia que ia arremessar bem ali, e não havia nada no mundo que Denorah pudesse fazer.

E aquele havia sido o começo de tudo, ela sabia.

"Qual o problema com as suas costas?", pergunta Denorah, amparando com o pé direito a bola que Shaney havia rolado em sua direção.

"Estou morrendo", responde Shaney, como se fosse a coisa mais óbvia e natural.

"Sério?"

"Mas não agora, não se preocupe."

Denorah fica sem saber o que fazer com a informação, então apenas olha para o canto oposto da quadra como se buscasse aprovação de seu time. Sente, então, o canto da boca se curvar no sorriso malicioso de seu pai. Seja lá o que for aquilo, vai rolar.

Shaney, seja lá o que *ela* for — um tipo de índio demônio ancestral, algum monstro que seu pai desenterrou de uma colina por aí, o fantasma de alguma mulher que ele abandonou num acidente de carro —, dá um passo adiante e assume posição de defesa, os longos dedos a postos, os dentes à mostra.

Denorah se vira de lado, batendo a bola com a esquerda e avaliando a jogada, e em sua mente pede desculpas à treinadora pelo lance que está prestes a arriscar.

Se algo pode ser dito sobre a treinadora é que ela *realmente* se importa com os fundamentos do jogo. Não quer nada extravagante, nada pomposo. Só nessa temporada Denorah já ficou no banco três vezes por ter se exibido demais. Uma das vezes foi por ter girado a bola em torno da cintura antes de avançar num contra-ataque, e não fez qualquer diferença o fato de a torcida ter ido à loucura. Outra vez foi por ter passado a bola entre as pernas da defesa, o que deixou a adversária tão irritada que ela acabou sendo expulsa no quarto seguinte.

A terceira vez que a treinadora colocou Denorah no banco foi por ter batido a bola às costas num momento em que isso não lhe dava qualquer vantagem. A treinadora estava certa — ela *havia* feito aquilo apenas para aparecer, para curtir o momento, cem por cento motivada pelo fato de que era *capaz*.

Tudo bem que no fim quase perdeu a bola, tendo que correr atrás para manter a posse.

Mas sozinha na quadra de casa ela tem treinado uma nova jogada.

E um terço das vezes, sem adversário, com a concentração mais focada possível e o vento a seu favor, ela consegue.

Tudo bem, houve apenas uma vez em que ela meio que emplacou. Conseguiu fazer tudo, menos a cesta no final.

Ainda assim, "Aposto que não ensinam isso na escola de cervos", diz ela, e antes que Shaney possa reagir — *aproveitando* aquele instante de confusão —, ela passa a bola com a mão direita pelo lado esquerdo do quadril, mais uma finta do que um drible, de modo que precisa mover um pouco a cintura para que a bola encontre espaço.

A bola quica uma vez, girando com efeito, e segue em linha reta na direção do canto da quadra à direita, e Denorah já está se movendo, mergulhando atrás dela, bloqueando com o corpo o avanço de Shaney, que vem em sua cola. Duas a cada três vezes que tentou isso em casa — tudo bem, dezenove vezes a cada vinte — não foi capaz de alcançar a bola, tendo que ir buscá-la no meio da grama e da neve. É quase impossível alcançá-la, ainda mais difícil revertê-la num arremesso. É uma jogada que a treinadora com certeza teria banido se por acaso a tivesse visto. É uma jogada que a torcida receberia com o maior alvoroço se a visse em quadra. O mais importante, entretanto, é ser uma jogada capaz de deixar qualquer adversário com o coração na mão, e Denorah sabe disso. E *ainda mais importante* é o fato de ser a última flecha de seu arco, já quicando pela quadra, quase indo para fora a menos que Denorah...

Ela *consegue* tocar a ponta dos dedos naquele couro rodopiante, com Shaney tão próxima que os cabelos dela esvoaçam em seu rosto. Reunindo toda sua habilidade, força e esperança, fazendo valer as horas que suou em treinamento, Denorah agarra a bola junto ao peito, as mãos firmes para não ser roubada, e gira sobre o pé esquerdo, o direito se erguendo cada vez mais.

Mas ela já está perto demais. A quadra é tão pequena. A velocidade que precisou alcançar para chegar à bola acabou lhe deixando quase sob o aro, e a única coisa que pode fazer é a primeira que Shaney fez *contra* ela: apoiar o pé o mais alto que pode no poste e usar o próprio peso a seu favor. Isso garante que seu tênis tenha aderência suficiente para que ela se afaste dali, girando o corpo no ar, a rede raspando em seu rosto, a boca aberta não num berro, mas num grito de guerra, com seu rosto cheio dos cabelos de Shaney porque ela está bem ali, saltando com Denorah, prestes a bloqueá-la não importa quão alto escale.

A única coisa que Denorah pode fazer, sua única esperança, é deixar a bola o mais distante possível de seu corpo, colocá-la *atrás* de Shaney, onde jogador nenhum esperaria, e, para isso, Denorah precisa segurá-la com uma das mãos apenas, fazendo-a girar com a ponta dos dedos, tocando de leve o outro lado da tabela, e então ela está caindo, caindo por metros, mergulhando feito flecha.

O golpe do concreto a estremece do cóccix ao pescoço e a faz morder a língua até sair sangue, mas mesmo assim ela consegue ver a bola atravessar a cesta com perfeição, uma bandeja incrível feita por uma jogadora que nem deveria ter aquele tipo de alcance, aquele tipo de verticalidade, aquele tipo de inglês.

Mas é sobre jogar com garra, como sempre diz a treinadora.

Ao sorrir, Denorah tem certeza de que seus dentes estão vermelhos.

"Dezenove", proclama ela, o nariz empinado como quem desafia a adversária a retrucar *qualquer coisa*, mas logo se encolhe inteira, num reflexo para se proteger de... de...

Mais chuva de lascas?

E um barulho. Que enche seus ouvidos.

Tiro.

Ela ergue o olhar para ver o que Shaney está encarando.

O trailer de Cassidy.

Não. O banheiro externo.

Victor Yellow Tail está de pé ali, cambaleando, a porta aberta atrás de si, o peito inteiro banhado a sangue e a arma disparando em sua mão direita.

O que ele acaba de acertar é o poste.

A tabela faz chover ainda mais daquela madeira apodrecida.

Shaney arreganha os dentes, seu corpo se estremecendo.

"Eu te matei", diz ela na direção de Victor.

"*Cadê meu filho?!*", murmura ele de volta — já sem garganta por onde falar — e tenta fazer pontaria outra vez, disparando.

Dessa vez é o concreto em frente a Shaney que se despedaça. Sua perna automaticamente se recolhe, e Denorah percebe que tudo que Shaney quer é fugir dali, correr até não poder mais.

Victor cai de joelhos, exausto pelo esforço dos tiros, por ter gritado e por sangrar tanto. Mas a arma continua erguida a sua frente.

Shaney vira o rosto como se dissesse "melhor não", mas ele puxa o gatilho.

O tiro acerta seu ombro direito, arremessando-a para fora da quadra em meio à grama e à neve.

Denorah se levanta sem saber o que fazer.

Em vez de cair imóvel, abalada pelo tiro como seria de se esperar, Shaney se agita em convulsão no meio da neve, berrando de dor, com os dedos da mão esquerda escavando o ombro e... e: não.

Seu rosto.

Sua cabeça.

Ela se curva, com os dedos enfiados na carne e músculo de seu ombro, e seu rosto *se alonga* com todo o esforço.

Sua face e queixo estalam com um som úmido e os ossos se despedaçam assumindo nova forma.

No fim, seus longos cabelos parecem se soltar, já não estão mais grudados ao couro cabeludo, e o rosto dela... disso... dela... essa cara é...

Não a de um cavalo, como Denorah supôs a princípio.

Não um cavalo, mas um *cervo*.

Mulher com Cabeça de Cervo.

Denorah vai outra vez ao chão, se levanta de novo e só pensa em correr, fugir dali, estar bem longe antes que qualquer coisa nova aconteça.

Ela acaba correndo direto na direção de Victor, o policial, a pessoa armada.

Ela desliza de joelhos a sua frente, segurando-se nele, e a mão direita dele pende a suas costas, a arma ainda quente contra a base de sua coluna.

"Na-Na-Nate", ele consegue dizer.

"*O que ela é?*", pergunta Denorah, aos prantos, agarrando-o pela camisa ensanguentada, mas então, com a mão esquerda, ele tira a garota da frente e a coloca atrás de si.

A Mulher com Cabeça de Cervo está de pé, caminhando em sua direção, o pescoço torcido para o lado para que ela possa enxergar melhor com o olho direito.

"Sai daqui", sussurra Victor para Denorah, "*foge*", e assim ela faz, quase que engatinhando, e quando a arma de Victor dispara outra vez, ela vai ao chão com o estalo *ensurdecedor* daquele tiro, caindo bem sobre a tenda fumegante.

É uma pilha de corpos.

O primeiro que vê é o de uma cachorra, com a boca aberta e os olhos encarando o vazio.

Ela se afasta, tentando sair, e então encontra o rosto esburacado e semicarbonizado de Cassidy.

Denorah grita, incapaz de respirar, incapaz de fazer qualquer coisa.

O cabelo que tem em suas mãos é... esse é seu pai.

Ela abre a boca, mas já não há som que saia de seu corpo.

Atrás e ao redor dela, Victor grita com a garganta ensanguentada, reagindo ao que quer que a Mulher com Cabeça de Cervo esteja fazendo a ele.

Denorah gira o corpo, encara o céu cinzento sobre si e sua mão direita encontra uma brasa. Ela recolhe o braço e leva a mão ao peito, e, ainda sem pensar, apenas por instinto, abre caminho através da tenda, com pernas e roupas grudentas de cinzas e sangue.

Do outro lado da tenda, encoberta pelo véu de fumaça, mas olhando fixamente através dele, está a Mulher com Cabeça de Cervo.

"*Você matou todo mundo!*", berra Denorah por entre a fumaça, a mão esquerda segurando a direita. "Você matou meu... meu..."

Em vez de responder — a forma de sua boca já não é mais capaz de palavras humanas —, a Mulher com Cabeça de Cervo dá um passo adiante, sobre o que restou do corpo destroçado de Victor, a cabeça dele pendurada por tendões. Tendo os olhos nas laterais da cabeça, precisa virá-la para enxergar o chão onde pisa.

Denorah dá um passo para trás, cai e se levanta já correndo.

Nos treinos, há um exercício que a treinadora passa para o time uma vez por semana, mais ou menos. Se passasse mais vezes, o time ficaria exausto demais para jogar. Mas, uma vez por semana, ela coloca todas as meninas alinhadas no meio da quadra e se junta a elas, preparada para arremessar a bola.

Antes de apitar o começo do treino, passa o tempo inteiro gritando como um sargento, provocando: *Vocês querem essa bola? Querem mesmo essa bola?*.

No começo ou no fim dos jogos, nunca é a jogadora mais rápida nem a mais forte quem consegue agarrá-la. É sempre a garota mais persistente. A que vai com garra e vontade. Que não deixa ninguém tirar a bola de si. Aquela que não se preocupa com o penteado, com a pele ou com os dentes. O segredo é desejar mesmo.

É esse exercício que Denorah está fazendo nesse momento.

A diferença é que agora é para valer.

UMA INDIAZINHA

O primeiro lugar para onde Denorah se dirige é a casa de Mona. Se cortar caminho até a estrada, logo consegue chegar a seu trailer, e com sorte pode ser que, bom, pode ser que o urso velho esteja por lá, pode ser que não tenha ido hibernar neste inverno, pode ser que fareje o cervo e fique de pé, ignorando as frutinhas.

É um bom plano — um plano idiota, muito idiota —, até que, mais de um quilômetro depois, com os pulmões explodindo, as canelas sangrando por correrem entre a neve, os pés encharcados e dormentes, Denorah para na borda de um precipício escarpado de mais de trinta metros.

O vento que sopra forte do fundo do despenhadeiro a joga para trás, salvando sua vida.

Lá embaixo há um velho curral caindo aos pedaços e alguma coisa de pedra, mas ninguém mora naquele sopé já há oitenta ou cem anos. É um daqueles lotes que alguém tentou fazer funcionar, mas os Blackfeet não são agricultores, não são fazendeiros.

"*Nããão!*", grita Denorah para o grande espaço vazio que ela não pode cruzar.

A menina olha para trás, mesmo sabendo que não deveria, e a uns quatrocentos metros, talvez menos, vê surgir o que a princípio parece a cabeça de um cavalo. Denorah sente o peito se alegrar, pensando que talvez seja seu pai em um dos cavalos de Cassidy. Mas aquilo era uma mentira. Aqueles homens nunca foram ver onde as cachorras tinham se enfiado, as próprias cachorras já estavam mortas àquela altura, todos estavam.

E aquela cabeça não é mesmo de um cavalo.

É Shaney, seja lá o que ela for. A Mulher com Cabeça de Cervo.

Ela se aproxima. Tem ombros humanos, braços de mulher, um deles tingido pelo sangue que escorre de um dos ombros. Veste um short largo de ginástica e meias altas. Os olhos enormes estão fixados em Denorah.

"*Corre, desgraça!*", berra Denorah em sua direção.

A Mulher com Cabeça de Cervo segue caminhando.

Denorah se agita, sem sair do lugar. Com as costas voltadas para o abismo, ela olha para a direita e para a esquerda, suas únicas opções.

Pela direita, há mais do mesmo: o que parece ser um longo caminho nevado que segue firme até o Parque é, na verdade, acidentado, cheio de barrancos e enormes quedas. Pela esquerda é a mesma neve por vários quilômetros, até que há o lago. O lago onde o amigo de seu pai se afogou, ou algo assim. E... o lago onde o outro amigo acabou preso...

"É isso", exclama Denorah.

Há *casas* na beira do lago. Cabanas de teto íngreme, com canoas atravessadas defronte à porta, como se isso fosse capaz de manter afastados os invasores. Ricky, o amigo de seu pai, certa vez havia invadido uma delas para avisar do corpo que achou boiando na água — para *telefonar* e avisar a respeito de um corpo na água.

Ou seja: um telefone.

Chegando lá, Denorah pode ligar para Mona, ela pode ligar para o escritório da fiscalização, para seu pai, seu novo pai, ela pode avisar do massacre, falar que há um policial ferido, muito ferido.

Denorah procura a Mulher com Cabeça de Cervo, outra vez desaparecida, arrastando-se pela neve que se acumula em seu caminho — ela segue andando em linha reta, como se estivesse acima da necessidade de contornar os montes de neve, como se não se dignasse a ceder ao terreno.

Firmando os passos do jeito mais cuidadoso que lhe é possível, pisando sempre nos espaços de onde o vento já varreu a neve, Denorah foge pela esquerda e se mantém abaixada o tempo todo, sempre escolhendo se ocultar atrás dos arbustos para não ficar à vista, mesmo que isso signifique que ela corra o risco de cair penhasco abaixo.

Ela se recorda de uma professora do primário contando a razão pela qual os índios tinham cabelo comprido — foi a srta. Grace, uma canadense loira com sotaque afrancesado —, na verdade era porque o cabelo comprido ajudava na caçada. Soltos, os cabelos longos se agitavam com o vento, disfarçando os traços humanos em meio à mata.

Claro que aquilo era besteira — cabelo não parece mato e os traços humanos são sempre humanos —, mas Denorah nunca tinha esquecido disso.

Já correndo, quase certa de que a Mulher com Cabeça de Cervo tinha antecipado por onde sua presa ia fugir, cortando caminho para pegá-la *bem ali*, Denorah leva a mão ao cabelo e arranca o elástico que prende sua trança, soltando o resto dos fios com os dedos.

Em pensamentos, ela ensaia o que vai dizer ao telefone.

Meu pai, Cassidy, ela matou todo mundo, você precisa...

Não. Tem que começar com Victor.

O... o policial, o capitão, pai de Nathan Yellow Tail, ele tentou atirar nela, mas ela... ela...

E mais: *Ela já tá com as costas machucadas. É lá que você tem que atirar. Se atirar pela frente, ela vai apenas tirar a bala.*

Como se Denorah fosse chegar ao telefone. Como se fosse conseguir seguir por mais três quilômetros até o lago. Como se não fosse tropeçar uma, duas vezes, rolar pela neve e dar de cara com a Mulher com Cabeça de Cervo.

Aliás, por que, a essa altura do inverno, haveria um telefone funcionando lá?

Mas para onde mais ela poderia correr?

Denorah sacode a cabeça, os cabelos agora soltos.

Ela imagina a treinadora apitando a suas costas.

E quando olha outra vez para trás, não enxerga nenhuma cabeça de cervo. O que não é garantia de nada, diz ela para si mesma.

Corra, corra.

E ela corre em disparada, felizmente. Porque, quando olha outra vez por sobre o ombro, lá está a Mulher com Cabeça de Cervo, talvez a uns trinta, quarenta metros.

Ela para e vira a cabeça de lado, fitando Denorah com um de seus olhos enormes.

"Eu ganhei de você", balbucia Denorah, nem perto de poder ser ouvida, e se força a seguir por uma subida íngreme até chegar a um lugar meio arruinado, na... na...

Casa abandonada de alguém. Um lugar caindo aos pedaços, já sem janelas, com as paredes descascando. Dois carros velhos parecem ter sido abandonados. Há um celeiro ou armazém desmoronado, com apenas uma parede ainda de pé. As únicas estruturas que seguem firmes, sem ligar para o vento, a neve e a solidão, são três vagões de carga enferrujados, um atrás do outro, do tipo usado como depósito. Do tipo que seu padrasto insiste para que toda a reserva use, porque é uma das únicas coisas que os ursos não conseguem arrombar. Quem quer que os tenha colocado ali, parecia estar brincando com um conjunto de trem gigante. Não, é óbvio: estavam tentando criar uma barreira para a neve. Dando algo para a neve bater a fim de impedi-la de se acumular contra a casa, mas os vagões têm a altura de um trem de verdade, apoiados sobre blocos de concreto, rodas ou algo assim.

"*Olá!*", grita Denorah na direção da casa, que está claramente abandonada.

E o que ela escuta atrás de si são passos? São *cascos*?

Ela se lança ladeira abaixo, escorregando de bunda pela neve até chegar ao fim da colina. Quando olha para trás, vê a Mulher com Cabeça de Cervo descendo em linha reta, sem um deslize sequer, porque cervos sempre sabem onde firmar as patas.

Denorah vira-se para a frente, em desespero, e pensa em se esconder atrás de um dos carros, circundá-los enquanto a Mulher com Cabeça de Cervo a persegue por trás, mas bastaria um deslize para que fosse alcançada. Quanto à casa, seria um beco sem saída. Ela morreria encurralada num quarto tão logo a Mulher com Cabeça de Cervo chegasse à porta.

Denorah sacode a cabeça, não há o que fazer ali. Aquele é apenas um lugar de passagem. Ela faz isso, mas, no último momento, decide que *mergulhar* sob o vagão do meio pode ser um jeito de atrasar a Mulher com Cabeça de Cervo. Se ela caminha sempre em linha reta, pode ser que não se abaixe para passar sob as coisas, né?

Não custa tentar.

Denorah avança, com a Mulher com Cabeça de Cervo à distância de dois carros apenas, e se espreme para passar pela crosta de neve que o vento formou entre... bom, provavelmente não entre rodas, mas não importa.

Ela lamenta no mesmo instante por ter se colocado nessa situação e se desespera, escavando a neve com as mãos e forçando caminho com as pernas até que abre passagem e chega em... um bolsão seco na neve sob o vagão. Um lugar quase mágico. Silencioso, mas não inteiramente escuro: a luz do sol atravessa os milhões e milhões de cristais de neve que se acumulam a sua volta, fazendo com que as paredes tenham um brilho azul feito gelo.

Mas não é uma caverna, ela percebe. É uma tumba. Um túmulo.

Reunindo forças, Denorah se lança contra a parede azul mais distante, tomando fôlego para atravessá-la, mas cada braçada de neve que varre da frente, esperando encontrar o caminho livre, só revela mais e mais neve. Ela arqueja sem ar nos pulmões e tenta respirar, mas encontra apenas neve por todo lado, neve em sua boca. Sente o estômago revirar, agita-se e tenta firmar os pés da melhor forma possível para dar um *empurrão*. E só encontra mais neve.

Exceto por sua mão. Sua mão atravessou, está livre.

Então ela mergulha, avançando a braçadas por toda a neve acumulada, não exatamente se livrando dela, mas cavando o suficiente para que um buraquinho se abra em direção ao céu. Denorah leva a boca até a borda daquele funil e suga o máximo de ar que consegue. Mais de uma vez.

Como planejado por quem quer que tenha colocado os vagões ali, e como ela não chegou a suspeitar, a neve se acumulou de maneira profunda, estendendo-se por quase um metro.

Denorah se arrasta para fora, o gelo cortando a pele de seu pescoço, de seu peito, estômago, coxas e canelas.

Chegando enfim à superfície, apoia-se nas mãos, tira os cabelos da frente dos olhos e espia através da fenda que criou ao se arrastar, e que deve se manter aberta ainda por alguns minutos.

Do outro lado do túnel, embaçados pela parede de gelo azul, estão os tênis e meias longas da Mulher com Cabeça de Cervo. Mas eles não se movem. Pela primeira vez, estão parados.

O quê?, pergunta Denorah a si mesma.

Ela se põe de pé para correr, mas não corre. Em vez disso, espia outra vez pelo túnel.

Vê novamente os tênis e meias da Mulher com Cabeça de Cervo. Ainda parados.

"Mas que merda tá acontecendo?", exclama Denorah, olhando para os lados e se assegurando de que aquilo não é uma armadilha, que a Mulher com Cabeça de Cervo não está se aproximando pelas laterais.

Será que... será que Shaney ficou meio idiota quando sua cabeça virou de cervo? Será que está *agindo* mais feito cervo, e não feito uma pessoa?

Denorah encara a borda daquele morro por onde acabou de se arrastar.

Despontando em meio à neve, há uma escada de ferro que leva ao topo do vagão.

É o que meninas espertas fazem, diz ela para si. Quando um assassino ou assassina está em sua cola, elas sobem num lugar de onde não podem fugir.

Mas ela precisa espiar. Tem que saber.

Denorah balança a cabeça, uma e outra vez, então dá um passo para trás e corre para subir aquele morro de gelo, agarrando-se no último degrau.

Ela consegue dar três passos antes de afundar outra vez naquela duna.

Após dez crepitantes segundos, ela consegue se erguer pela neve até a escada, agarrá-la com uma das mãos e puxar o corpo para fora.

Denorah sobe até o topo, lançando uma das pernas sobre o vagão e recobrando o fôlego.

Ela está ensopada dos pés à cabeça, o que não é nada agradável.

E lá em cima venta ainda mais. É claro.

Denorah se abraça e continua avançando, procurando um ponto de apoio seguro antes de soltar o peso do corpo. A *última coisa* de que precisa é cair dentro do que quer que tenha ficado no interior desses vagões.

Ela rasteja pelo último metro, segurando os cabelos com a mão para que não esvoacem à frente, revelando sua posição.

A Mulher com Cabeça de Cervo continua parada ali, com aquela cabeça desajeitada meio inclinada para o lado, o olhar fixo no vagão.

Denorah sorri.

Você tem medo de trens, ela não diz em voz alta.

Mas é verdade.

Cervos, que é o que deve ser a Mulher com Cabeça de Cervo no fundo e provavelmente cada vez mais, têm pavor de trens. Seu pai havia lhe contado isso. Era uma história de um de seus tios-avôs, sobre a vez em que os homens da cidade afugentaram um bando de cervos na direção dos trilhos, disparando contra os cervos assim que o trem passou. A intenção não era usar o trem de obstáculo, queriam apenas aproveitar o barulho para encobrir os tiros, porque era proibido atirar na cidade, mas no fim das contas o trem se transformou em uma muralha. Um ou dois cervos que conseguiram fugir, segundo seu pai, acabaram contando para os outros sobre A Verdade a Respeito dos Trens, e foi isso, não havia mais como usar trilhos de trem em caçadas.

Claro que trens de verdade são ainda mais assustadores, mesmo que esse aqui não tenha rodas. Mesmo que os vagões não estejam sequer conectados. Mesmo que não haja nem mesmo *trilhos*.

Cervos podem ser fortes e rápidos, conclui Denorah, mas não parecem ser muito bons em buscar soluções. Ainda assim, a Mulher com Cabeça de Cervo não vai demorar muito para perceber que esse trem tem apenas três vagões, que não solta faíscas, que não enche o mundo com seu barulho.

A Mulher com Cabeça de Cervo abre a boca e solta um balido baixo, como se testasse a situação, como se expressasse sua dúvida, como se chamasse a manada em seu socorro. Sem receber resposta, recua como se o transe causado pelo trem começasse a perder força.

Denorah dá meia-volta, segue para a escada e, com uma mão de cada vez, desce até a montanha de neve. Seguindo o mesmo caminho por onde veio, arrasta-se para fora.

Ainda nada da Mulher com Cabeça de Cervo.

"Psiu, maluquete", diz Denorah, o dedo do meio acenando um *até logo* — outra coisa que aprendeu com o pai, que fazia aquilo sempre que passavam pela polícia.

O lago, diz ela mentalmente.

Agora ela é capaz de chegar ao lago Duck.

Na única vez que arrisca olhar para trás, não há sinal da Mulher com Cabeça de Cervo dando a volta nos vagões. Mas deve haver, disso ela sabe. Deve haver.

Denorah apressa o passo.

GAROTO DO COÁGULO

Era para ter atravessado a estrada de terra há dez minutos, ela tem certeza. Talvez vinte.

Parece até... parece que todas as estradas desapareceram. Como se a reserva tivesse voltado uns cem anos no tempo, até uma época sem carros. Como se aquele curral em ruínas por onde passou talvez estivesse de pé ainda, a casa de alvenaria a seu lado soltando fumaça pela chaminé.

Ou isso ou Denorah é mesmo uma garota da cidade, que conhece a quadra como a palma de sua mão, mas não entende nada desse espaço a céu aberto.

As árvores parecem todas iguais. A neve é igualzinha a todo o resto da neve.

Mas tem o lago.

A cada cem, duzentos metros ela sobe até um ponto mais alto do caminho para vê-lo rebrilhando à distância.

A que horas será que escurece? Às 16h?

A treinadora vai pirar quando vir que a estrela do time não apareceu para o aquecimento antes do jogo. Mas isso é bom. Quer dizer, não: isso não tem importância. A essa hora a mãe de Denorah provavelmente já vai ter ligado para a Guarda Nacional. Ela vai ter caminhado pela estradinha que entra no terreno de Cassidy, encontrado os corpos chamuscados, visto o sangue tingindo a quadra e Victor Yellow Tail, duplamente morto, caído perto do banheiro externo.

Além disso... tem as pegadas na neve, não tem? Denorah olha para trás para confirmar.

Com sorte, a Mulher com Cabeça de Cervo ainda está presa no lado errado do trem fantasma. Mas: é melhor não contar com isso, pensa Denorah. Pode ser que a Mulher com Cabeça de Cervo esteja bem perto. Não olhe agora. Ok, não fique olhando toda hora.

Denorah cai de joelhos e logo se força a levantar, a seguir em frente. Nessa fuga, perdeu o fôlego pela primeira vez quando o trailer de Cassidy ainda nem tinha sumido de vista. A segunda vez ela já nem lembra. Só é capaz de seguir correndo porque precisa sobreviver. Porque precisa sobreviver e por causa do condicionamento físico que a treinadora sempre diz que pode garantir a vitória.

Tudo isso e uma esperançazinha: as casas no lago.

Talvez encontre um velho doido que foi lá pescar no gelo e acabou ilhado pela neve. Ou um bando de adolescentes pode ter invadido uma das cabanas para fazer festa, como de costume. Denorah pode tentar... pode pegar uma das motos de neve, dar o fora dali e fugir para o Canadá.

Será que tem algum trilho dali até lá? Denorah já não está contando com ursos para se salvar, mas com trilhos de trem.

Corra, corra, diz para si.

Faltam três segundos para o fim do jogo, *vai*. Mais um pouco.

Seus pulmões já não parecem queimar, estão congelados, e ela tem certeza de que há sangue pisado em sua garganta, o que a treinadora chama de queijo de pulmão. Mas Denorah devia ter colocado aquilo para fora há pelo menos dois meses, quando os treinos começaram. Além do mais, ela tem intolerância à lactose, e pensa nisso ao se lembrar do queijo de pulmão, tentando fazer piada com isso. A piada mais solitária e depressiva do mundo.

Quando inspira, Denorah puxa junto um longo fio de cabelo, e tem que parar para arrancá-lo da garganta, vomitando no processo.

Ela não vai conseguir.

O lago parece estar sempre na mesma distância. Como pode?

Denorah cerra os olhos para se recompor, para se perceber em meio a essa dor imensa, a todo esse frio. De longe, como se visse outra pessoa, ela sabe que está de joelhos, que tem as mãos sobre o rosto.

A estrada tem que estar ali em algum lugar. *Vai estar.*

O problema é que ela está pensando no caminho como se estivesse de carro, quando a distância é percorrida com facilidade. Mas ela está a pé, ensopada de gelo, e com certeza não está caminhando em linha reta, e a estrada, *na verdade*, faz a curva para o outro lado. É provável que ela tenha seguido reto depois daquela curva, e deve ter se afastado mais da estrada.

Sem pânico, menina. Pega a bola, respira fundo e confere o relógio.

Denorah baixa as mãos e olha para o sol encoberto.

Ela imagina que ainda lhe restam três horas. Três horas antes que a Mulher com Cabeça de Cervo apareça no meio da escuridão, que vai estar por toda parte.

Você vai morrer bem antes disso, ela lembra a si mesma, baixando o rosto outra vez. E vê uma face castanha que a observa mais adiante, a uns cinco metros, aos pés de um monte de neve.

Denorah sabe que não deve recuar, que não deve gritar, mas bem lá no fundo sente todos seus grandes planos despencarem das prateleiras frágeis de metal, espatifando-se no fundo da alma.

É o fim.

Denorah se levanta, o cabelo esvoaçando, punhos se abrindo e fechando ao lado do corpo, pois ela está prestes a se engalfinhar como se a vida dependesse disso — se for provocar uma garota da reserva, é bom já levar o kit de primeiros socorros junto — mas então... então...

É apenas um veado. Um veado-mula. Ela sabe disso porque, quando era pequena, na época em que ainda precisava ficar de pé no banco do carro para conseguir olhar para fora, seu pai havia ensinado Denorah a distinguir os veados-mula dos veados-de-cauda-branca.

Tem a ver com o tamanho, claro, e também com a forma das galhadas se forem machos, mas tem a ver sobretudo com a cor. Aqui na região, os veados-mula são sempre de um castanho-escuro e não têm tantos anéis claros em volta dos olhos, da boca e focinho. Além disso, de acordo com seu pai, são mais saborosos também, mas é mais fácil identificar a coloração do que correr atrás de um para lhe dar uma mordida.

Esse diante de Denorah apenas a encara com seus olhos pretos. À espera de entender o que ela é, sua cauda tiquetaqueia os segundos.

E então seu olhar a ultrapassa. Fixando-se atrás dela.

"Não...", diz Denorah, virando-se no mesmo instante.

Lá está a Mulher com Cabeça de Cervo, sulcando a neve, sua cara enorme abrindo o caminho.

Denorah vira-se outra vez para espantar o veado-mula dali, mas percebe que ele já se foi, com certeza saindo em disparada por algum leito de riacho congelado. É, isso mesmo: na mesma hora, o animal salta como se impulsionado por um trampolim escondido, aterrissando num pedaço de terra firme que Denorah apenas pode invejar. No instante em que pousa, seus cascos já pegam tração e o levam adiante.

"Pica a mula, camarada", diz ela, também fugindo dali.

Há uns quatrocentos metros entre ela e a Mulher com Cabeça de Cervo, se tanto.

Como era mesmo aquela história de ninar que seu pai contava sobre o veado-de-cauda-branca? Ele dizia tê-la ouvido de seu avô, mas depois Denorah descobriu que ele nunca chegou a conhecer o bisavô dela — não estiveram vivos na mesma época. Então ele a ouviu de *algum* avô. Seja como for, quando ele a contava parecia tão real. Segundo ele, o veado tinha ficado com os anéis brancos em volta da boca e nariz porque sempre entrava sorrateiramente em Browning para beber o leite das garrafas que o povo deixava na porta de casa, ainda na época em que não havia cães de guarda na reserva, apenas gatos. Por isso o veado-de-cauda-branca conseguia entrar na cidade com tanta facilidade: ninguém latia. Mas os gatos eram bons também. Os ratos tinham tanto medo deles que depois de um tempo tiveram a ideia de viver dentro das paredes das casas, e assim os gatos já não podiam mais pegá-los, por isso foram todos embora. Isso aconteceu dois ou três dias antes que o primeiro cachorro chegasse na cidade, com aquela cara de besta, procurando um lugar onde pudesse mijar.

Denorah odeia o fato de já ter acreditado nisso tudo um dia. E tem vontade de chorar por não acreditar mais.

Foi isso, sim, os veados tomaram leite e isso os deixou com a boca tingida de branco.

Porra.

Corra, corra.

Sabe que não deveria, mas acaba olhando para trás do mesmo jeito.

Nenhuma Mulher com Cabeça de Cervo. E isso significa que... que Denorah pode ficar ali esperando que ela apareça de algum buraco na neve ou pode continuar correndo para ganhar mais vantagem.

E ela corre e corre mais.

O que ela quer agora, já que o lago não parece se aproximar nem um pouco, é encontrar a estrada antes que sua mãe passe por ela, encontrá-la e acenar de longe para a mãe, não deixar que ela sequer reduza a velocidade, apenas saltar no carro com ele em movimento, trancar as quatro portas e mandar que continue. Vai, vai, acelera, no caminho eu explico, *vai*.

Denorah cai no chão, levanta-se outra vez, cai de novo, levanta de novo e vê o horizonte tremular. Não por causa do calor, mas por estar exausta. Com frio. Com a adrenalina esvaída das veias. Por já estar se esforçando há muitas prorrogações.

Mas... tem uma coisa: A Mulher com Cabeça de Cervo é *Crow*, não é?

Denorah se levanta, junta forças e continua a correr.

De jeito nenhum que vai deixar uma Crow vencer. Não hoje, não aqui.

Mesmo que o mundo esteja borrado. *Mesmo* que os pulmões de Denorah parem de funcionar. *Mesmo* que ela não consiga mais sentir as pernas. Mesmo que esteja vendo desenhos de livro-caixa ganhando vida a sua frente.

Ela diminui o passo, sacode a cabeça e esfrega os olhos.

A arte de livro-caixa continua ali. A menos de cinco metros.

Um índio moribundo sobre um cavalo, com suas costas curvadas, coisa que ela vê nas barracas em todo *powwow*: O Fim da Linha. A única diferença é que o pônei de guerra, exausto, normalmente tem apenas a silhueta desenhada, ou é todo branco para que se vejam as duas pernas do índio moribundo.

O cavalo é uma pintura.

O animal ergue a cabeça e vê-se obrigado a relinchar para Denorah.

"Calico?", arrisca ela, certa de ser uma visão de quase-morte.

Calico relincha, os beiços estalando ao final, e Denorah corre os olhos pelo pescoço da égua.

Enrolados em sua crina comprida, bem firmes, há dedos. Além deles, no lombo de Calico, o sangue gotejando por todo o flanco da égua, vê então o cavaleiro moribundo...

"*Nathan!*", berra Denorah, correndo em sua direção, mal percebendo que eles estão numa elevação exatamente no meio da estrada que ela tanto procurava.

Ela toca sua perna esquerda com a mão, e isso é o bastante para acordá-lo. Ele olha em volta antes de baixar os olhos em sua direção.

"D", responde ele, esboçando um meio-sorriso confuso.

"Você tá... o que... me deixa...", diz Denorah, sem saber por onde começar, ou como começar a conversa.

Nesse momento, Calico vai para o lado, afastando-se de Denorah.

"Po'noka", diz Nathan, endireitando-se na égua.

Denorah segue a direção de seu olhar e vê o que ele está encarando: algo atrás dela.

A Mulher com Cabeça de Cervo.

Bem perto.

Dois lances livres de distância, e andando em linha reta, puta da vida. Provavelmente porque era para Nathan estar morto, e não moribundo.

"*Foge, foge, foge!*", Denorah se apressa em dizer.

Ele se estica para puxá-la, para levá-la consigo no lombo de Calico, mas o esforço quase o derruba no chão, e, ao tentar abraçá-la, parece que ele vai se partir em dois. Parece que vai se rasgar *ainda mais*. Denorah estende as mãos para firmá-lo sobre a égua.

"*Não*", diz ela, "eu vou... eu vou guiá-la até o lago. Fala pra... Vai pra cidade, consegue fazer isso? Só corre até a porra da cidade e avisa todo mundo que... Sabe o escritório da fiscalização? Então... procura meu pai, diz pra ele que eu fui pro lago, onde aquele tal de Júnior se afogou, o lago Duck, diz pra ele..."

"Seu... seu pai...", Nathan consegue dizer. "Ele... não morreu?"

"Meu *outro* pai!", berra Denorah, então agarra a cabeça de Calico, vira-a na direção certa e dá um tapa em suas ancas, gritando enquanto faz isso.

Calico dispara feito um raio, chega até a dar um grau no começo, e Denorah tem certeza de que não se chama assim quando é um cavalo que empina, mas tanto faz, ela não tem tempo para se preocupar com aquilo.

A Mulher com Cabeça de Cervo dá um passo estrada acima.

Ela olha para Nathan e Calico, pensando se vai atrás deles.

"*Ei, você aí!*", chama Denorah, o que faz a cara comprida de cervo se voltar para ela. "Tá 19 a 16", continua a menina, apontando para o próprio peito e depois para a Mulher com Cabeça de Cervo. "Achei que a gente ia terminar a partida."

Denorah captura a atenção de um daqueles olhos gigantes e amarelos. Sem esperar mais, corre em disparada.

Agora já não é treino, já não é amistoso, ela sabe. É ladeira abaixo, os pés dormentes na neve batida, correndo até a água.

São os verdadeiros três segundos finais de jogo.

AONDE VÃO OS ANCIÕES

Não faz sentido que só agora Denorah esteja chegando perto de onde o lago deve estar. Faz *anos* que está correndo, não há dúvidas. Talvez a vida inteira. E, ao mesmo tempo, não está correndo. Pelo menos três vezes, ela foi ao chão e se ralou toda, largada na neve, prestes a desistir. Tem o queixo esfolado em carne viva, as palmas das mãos sangrando, e não está nada feliz por sentir os pés. Parece ter agulhas neles.

Mentalmente, balbucia desculpas à treinadora. As jogadoras devem sempre poupar as pernas em dias de jogo. Denorah sabe que vai ficar sem andar por uma semana. Ou mais.

Mas, antes disso, precisa sobreviver.

Da última vez que caiu, quando resolveu fechar os olhos um segundinho e descansar, recobrar o fôlego, dois segundos, vai, o chão duro tão confortável contra a lateral de seu rosto, e ela acabou despertando no susto e vendo a Mulher com Cabeça de Cervo já bem perto, as suas costas.

Ela está caminhando pela estrada também, mesmo que serpenteie em curvas, com subidas e algumas ribanceiras. Se aquilo fosse justo, se a Mulher com Cabeça de Cervo ainda estivesse respeitando suas regras, estaria caminhando em linha reta, não? Estaria se atolando pelo caminho. Cervos também atolam, não atolam?

Mas cervos também usam as estradas, Denorah sabe disso. Já viu isso acontecer, vários cervos em fila, as cabeças baixas como se enfrentassem uma grande tempestade de areia, a Grande Depressão dos Cervos.

"*O que você quer de mim?*", grita Denorah, com os pés firmes no chão, inclinando-se para a frente, tamanha a força de seus berros. "O que foi que eu te fiz?"

Pela primeira vez, a Mulher com Cabeça de Cervo aperta o passo.

Denorah recua, prepara-se para correr e dispara outra vez.

E agora? O que ela precisa fazer? E como pôde se desencontrar da mãe? Não tem outra estrada aqui, tem? Se ao menos seu pai estivesse com ela. Ele conhecia todos os atalhos e picadas, todas as estradinhas por onde passar com uma picape.

Denorah cai outra vez, deixando na estrada mais uma porção de carne de suas mãos e joelhos, mais sangue de sua boca, e então se ergue de novo, mas sem correr, apenas tropeçando.

Ela não vai conseguir chegar ao lago antes de anoitecer. Não vai nem conseguir chegar ao lago.

E... e Nathan provavelmente caiu do cavalo pouco depois de se afastar. Conhece cavalos tanto quanto Denorah e, além disso, já estava quase morto.

Então sobraram Denorah e a Mulher com Cabeça de Cervo. Mano a mano.

Denorah recua uns passos e vê aquela cabeçorra despontar na estrada, orelhas viradas para trás.

Ela sacode a cabeça como quem diz não, não, por favor, e quase cai outra vez, tendo que se apoiar nas mãos esfoladas para não tombar de uma vez por todas.

Dez, vinte passos adiante, ela encontra uma abertura em meio às árvores cinzentas a seu lado. É um... *portão*.

Denorah olha para trás e, por um instante, não vê a Mulher com Cabeça de Cervo, então não tem nem o que pensar: sobe no cano enorme que passa por baixo da estradinha e salta para o alto da cerca. Acaba caindo nos arames e tombando do outro lado, rezando para que seus rastros não estejam aparentes. Sem olhar para trás, Denorah cambaleia pelo caminho, com a mão direita dormente, tateando um ponto da barriga onde sente dor, talvez pelo arame farpado. Mas, a essa altura, isso é o de menos. A estrada é larga, mas parece não ter sido utilizada por sabe-se lá quantas nevascas ocorreram no ano.

Ela tenta se manter no meio da estrada elevada, mas quase perde o rumo e sai da pista, enfia-se no meio das árvores, acaba se apoiando nelas para seguir em frente.

Não olha pra trás, não olha pra trás.
Segue em frente, vai, só continua.

Pode ser que encontre um orelhão, ela pensa, as ideias já se embaralhando na cabeça, as árvores se tornando borrões, um paredão indistinto de troncos. Denorah segue tateando a parede em busca de uma passagem. Quando encontra, vinha tão certa de que aquela parede se estenderia ao infinito que acaba caindo pela passagem, rolando morro abaixo, batendo em pedras, moitas e galhos.

Dez segundos de queda depois, contorce-se feito uma bola de dor, olhando ladeira acima.

Ah. Era um barranco. A estrada deve ter feito uma curva à direita para evitar que as picapes caíssem como ela caiu. Mas, ao contrário de um carro, Denorah tinha ido direto.

Ela se agarra em uns galhos para se levantar, galhos que lhe cortam o rosto inteiro, até os lábios. Será que esse é o tal *capim-de-mula* que seu pai tanto fala? Não: que costumava falar.

"Mas eu sou um touro", diz ela, bêbada de dor, pondo um pé defronte ao outro. Então repete esse procedimento complicado por uma dezena de metros e percebe que aquela deve ser a sensação de morrer, não é?

Dói, dói e depois para.

É suave no fim. Não só a dor, mas o mundo.

E pelo menos ela vai poder morrer com aquela certeza: o *mundo* a matou. Não a Crow. Não a Mulher com Cabeça de Cervo. Não aquela coisa que pegou seu pai.

"Desculpa", ela lhe diz em pensamento.

Não por ele ter morrido do jeito que morreu, mas porque ela nunca o defendeu quando o arrastavam para fora do ginásio. Porque fingia não o conhecer. Porque tinha vergonha. Porque... porque ainda se sente aquela menininha de pé no banco do carro a seu lado enquanto ele dirige, com a mãozinha em seu ombro, a cabine cheia de suas histórias que eram todas verdadeiras, ela sabia.

Porque porque porque.

Sua respiração falha e ela para na mesma hora, a mão apoiada numa faia, vidoeiro, ela não é boa em distinguir essas árvores do inferno, árvore só é boa para fazer quadras de basquete. Mas essa aqui, ainda assim, oferece apoio. Ela dá um tapinha em seu tronco como quem agradece e olha adiante, vendo o lugar onde vai morrer.

É um campo de... espinhos de gelo? Não, isso nem existe.

Ossos.

"Mas o quê...?"

Ela... ela não pode estar *tão longe assim*, pode? Marias,[1] local daquele massacre ou algo assim? Não é possível que os ossos dessa época ainda estejam no mesmo lugar, certo?

Ossos não duram tanto.

A não ser que... a não ser que ela já tenha morrido há alguns metros e os últimos passos que deu foram em direção a seus antepassados. Será que é assim que a morte funciona?

Denorah olha para trás — nada a chama de volta — e continua em frente, pé ante pé, para desvendar o derradeiro Grande Mistério Indígena.

Aqui é outro mundo, do tipo que a faz prender a respiração. Não para evitar que o ar entre em seus pulmões, mas porque é sagrado. Há esqueletos por toda parte. Não de índios, isso ela já percebeu, nem de gente, mas de... gado? Seu novo pai uma vez contou como os ursos acumulavam sua caça, mas essas despensas ficam sempre nos bosques, não em clareiras feito esta.

---

1   Um dos eventos mais trágicos da história do estado de Montana, o Massacre de Marias ocorreu em 1870, durante as Guerras Indígenas nos Estados Unidos. Cerca de duzentas pessoas indígenas Blackfeet, a maioria mulheres, crianças e idosos, foram mortas.

Não, isso aqui é outra coisa, algo pior.

Cervos.

Denorah se convence daquilo, juntando os ossos mentalmente como num quebra-cabeças.

Cervos, com certeza.

Há até mesmo uma galhada despontando por ali, limpíssima e nevada, e... Ela olha em volta com mais ansiedade, mais desespero.

Não é possível que seja *aquele* lugar, é? Aquele sobre o qual o pai nunca lhe contou, onde ele e os amigos fuzilaram um bando de cervos dez anos atrás?

Mas é.

Denorah engole em seco, ajoelha-se, deixa a mão percorrer a curvatura de uma costela já bem polida por tanta neve, até chegar a uma parte em que o osso está partido. E o mesmo com a costela a seu lado. Partidos à bala. Talvez até por um tiro da arma de seu pai.

Ela ergue os olhos para o alto da ribanceira, quase como se ouvisse os tiros, como se visse seu pai, Cassidy, Ricky e Lewis cheios de si, empolgados com tanta sorte, achando-se uns grandes caçadores.

Ela sente o coração bater e então ele parece parar em seu peito.

"Pai", diz Denorah.

Foi aqui que aconteceu.

E em uma parte dessa história, o final que o novo pai contou, seu pai de verdade e os amigos acabaram jogando o troféu de caça, aquele cervo enorme, de volta pela ribanceira, depois de implorar para ficar apenas com ele, por favor, nem mesmo um pouco da carne, nem mesmo o bezerrinho.

Foi quando ela soube que era uma história real. Era a cara de seu pai pedir exatamente isso: os chifres.

Mas se aquela história era real, então... queria dizer que seu pai tinha mesmo, de verdade, feito aquilo, não? Em vez de ser ele a se proteger dos tiros, deitado no chão do acampamento, balas voando por todo lado, furando o couro das tendas como ela sabe que aconteceu aos Blackfeet, a todos os índios de todos os lugares, era seu pai quem *disparava as balas*, talvez até rindo da loucura que era aquilo, rindo porque podiam, ali no meio do nada, fazer o que bem entendessem.

"Sinto muito", diz Denorah para a costela de cervo que está tocando e fecha os olhos.

Esse é um bom lugar, diz para si. Um lugar bom o bastante. Pode muito bem deitar aqui com eles, não pode? Se a aceitarem.

Quando abre os olhos, dez ou vinte segundos depois, é por ouvir neve estalar atrás de si.

Suas costas oscilam, mas ela precisa fazer aquilo. Precisa se virar e olhar.

Mulher com Cabeça de Cervo.

De perto, sua cabeça parece ainda mais estranha.

Mas ela não tem os olhos em Denorah. Esqueceu-se inteiramente dela.

A Mulher com Cabeça de Cervo cai de joelhos também, as mãos humanas estiradas sobre os ossos de cervo, baixando o focinho até tocar um crânio e ficando ali.

A respiração de Denorah está pesada, ela já não pode se mover.

De repente a Mulher com Cabeça de Cervo se põe de pé, gira a cabeça enorme para todos os lados atrás de... atrás de...

Ali.

Um pedaço de mato congelado como todo o resto.

Mas não para ela.

Ela se aproxima do lugar, ajoelha-se com suas pernas humanas e baixa a cabeça.

"Você... tava aqui naquele dia, não tava?", pergunta Denorah, e a Mulher com Cabeça de Cervo vira o olhar em sua direção, com os olhos em fúria.

Denorah arrisca estender uma das mãos, como se a filha do assassino da Mulher com Cabeça de Cervo fosse capaz de fazer algum bem. Mas na hora se lembra do corpo esfacelado de Victor Yellow Tail. E de Cassidy. E de Jolene. E de seu pai. Ela recolhe a mão de volta ao peito, mantendo-a ali.

Então a Mulher com Cabeça de Cervo debruça-se sobre a mão direita espalmada na terra, como se sentisse algo no chão.

Denorah também consegue sentir um tremor.

"O que é isso?", pergunta ela sem nem pensar, enquanto a Mulher com Cabeça de Cervo já escava a terra, aflita, a boca de cervo soltando um ruído estridente e desesperado.

Denorah, sacudindo a cabeça, inclina-se apenas o suficiente para ver o parto: uma perninha castanha chutando a terra, depois de dez anos sem se decompor, e logo um corpinho raquítico surge sob a terra, o que faz a Mulher com Cabeça de Cervo cavar ainda mais rápido, com ainda mais desespero.

E ali está um filhote de cervo, úmido e trêmulo.

Ela o coloca entre os braços humanos, apoiando-o contra o peito, o pescoço frágil incapaz de sustentar a própria cabeça, seu queixo nos ombros da mãe.

O corpo inteiro da Mulher com Cabeça de Cervo estremece, e ela suspira maravilhada por aquele contato pele-a-pelo.

E é nesse momento que um tiro de espingarda explode o mundo.

Estilhaços de neve se erguem bem atrás da Mulher com Cabeça de Cervo, pólvora pairando ali enquanto o som ecoa. Denorah olha para o alto do barranco e vê... vê...

"Você chegou", exclama ela, surpresa.

Seu novo pai, com sua roupa de caçador.

E isso significa... significa que *Nathan* conseguiu chegar. Feito Paul Revere gritando "os ingleses estão chegando", ele foi até Browning mesmo se esvaindo em sangue. Deve ter corrido direto ao escritório da fiscalização e conseguido se manter acordado somente até contar a Denny Pease que sua nova filha, sua filha adotiva, estava perto do lago, o Duck, e que havia também um... monstro...

Seu novo pai sabia bem para onde devia ir e como chegar. Havia apenas um lugar onde a filha de Gabriel Cross Guns poderia estar. Onde *sua* filha poderia estar.

O tiro seguinte atinge o chão *bem na frente* da Mulher com Cabeça de Cervo, como se mostrasse ser capaz de atirar atrás dela e também à frente. Ou seja: o próximo seria nela.

A Mulher com Cabeça de Cervo entende o recado e resiste ao instinto de fugir. Em vez disso, enrola o corpo em torno do filhote e dá as costas à ladeira, esperando que seu corpo seja grande o suficiente para proteger o bezerro. Porque é isso que uma mãe cervo faz, não é? É a única coisa que você quer fazer esse tempo todo, desde que descobriu ter voltado de repente a esse mundo. Mas... era tanta raiva, tanto ódio que você acabou se perdendo nisso e...

Denorah olha para o alto da ribanceira, vê o olho de seu novo pai fazendo pontaria, vê a mira da espingarda e logo corre o olhar para a Mulher com Cabeça de Cervo, para o bezerro, e então percebe que seus dois pais já estiveram no alto desse morro, os dois com arma em punho, e os cervos *sempre* estiveram ali embaixo, e isso deve acabar... isso *tem* que acabar, diz o ancião em meio à tenda sob estrelas, o ancião que conta a história para as crianças sentadas a sua volta. Isso *tem* que acabar, diz ele, afastando as tranças para o lado, e a Menina, ela sabe disso, ela sente isso. Vê seu pai de verdade morto na tenda calcinada, com o topo do crânio explodido, mas o vê também no alto da ribanceira dez anos antes, disparando no bando de cervos contra o qual não tinha o direito de atirar, e ela odeia o fato de ele estar morto, ela o amava, ela *é* ele em cada detalhezinho, mas seu novo pai não vai trazê-lo de volta atirando naqueles cervos, e, enquanto ela bater a bola atrás de si na quadra, sem necessidade dessa firula, seu pai de verdade ainda vai estar presente ali, não vai? Ele sempre vai estar presente em seu sorriso malicioso. Porque ninguém vai conseguir destruir aquilo.

Então... esse é o momento que o ancião encara uma a uma as crianças que estão com ele na tenda, um cobertor de estrelas embalando a todos, esse é o instante que ele conta às crianças em volta da fogueira o que a Menina faz, por Po'noka, mas também pela tribo inteira: o que ela faz é se arrastar com os joelhos ensanguentados e colocar o próprio corpo pequeno entre a espingarda e aquela cerva que matou seu pai.

Ela estende a mão direita na direção da ladeira, palmas e dedos bem abertos — o ancião a imita para demonstrar —, e diz em alto e bom som: "*Para, pai! Não!*".

Essa é a primeira vez que ela o chama assim?

"É", narra o ancião. É, sim.

Pouco a pouco, o cano da espingarda se ergue, a coronha indo repousar na lateral do quadril de Denny Pease. Lá em cima, ele não passa de um vulto. Só mais um caçador.

Por um longo tempo, a Mulher com Cabeça de Cervo fica imóvel, curvada ao redor do filhote, mas em certo momento vira a cabeça, pronta para receber o tiro que vai furar suas costas, pronta para perder as pernas uma vez mais, para que o ciclo inteiro recomece.

Mas, em vez disso, a figura humana lá em cima agita a mão direita de um lado para o outro, a palma para baixo, desse jeito assim, o ancião mostra.

É assim que os índios dizem quando algo terminou. Era o que o velho fazia sempre que encerrava os encontros com Gabe, Cass, Ricky e Lewis, quando tentava colocá-los no caminho certo, mantê-los vivos. Era o que teria dito a seu neto se tivesse a chance.

Chega, já é o bastante. Isso tudo pode acabar agora se você quiser.

A Menina concorda com a cabeça, sabe o que aquele sinal de mão quer dizer. Ela se vira para a Mulher com Cabeça de Cervo a seu lado, mas a Mulher com Cabeça de Cervo está convulsionando mesmo sem ter sido alvejada. Ela tomba de lado no chão, ainda agarrada ao bezerro, protegendo-o do que quer que venha a acontecer.

E o que acontece é sua queda brusca na neve, suas pernas e braços em convulsão, chutando, contorcendo-se, estalando. Por fim, sua perna direita rasga a pele humana e vem coberta de um pelo castanho espesso. Então, um braço se rompe, e dele surge um casco preto reluzente.

Uma cerva se ergue da neve e baixa a cara até o filhote, lambendo seu focinho para que ele se ponha de pé, firmando os cascos, e aquela é a última vez que os dois são vistos, caminhando mata adentro, a mãe e o bezerro, com a manada inteira ao longe, esperando para recebê-los, para acolhê-los pelas estações vindouras.

Como esse é o fim da história, o ancião ergue a mão direita outra vez, igual à Menina fez naquele dia, e todas as crianças o imitam. Então, do mesmo jeito que a Menina fez quatro anos depois, quando seu time perdeu o estadual depois de duas prorrogações, ele cerra o punho ainda erguido. Aquele gesto que a Menina vai fazer com o punho no final daquele jogo eterno é em honra ao time Crow, que finalmente descobriu um jeito de bloqueá-la — a primeira marcação que conseguiu fazer isso, e uma das últimas também.

Essa demonstração de espírito esportivo, de respeito e de honra foi estampada em milhares de cartazes em todas as quadras de todas as escolas, por todo o território que um dia já foi seu.

Não é o fim da linha, as manchetes repetirão. Nunca foi o fim da linha.

É o começo.

AGRADECIMENTOS

Não daria para escrever este romance sem Ellen Datlow — não faço ideia de como escreveria qualquer coisa de terror se ela não fosse ela —, então, Ellen, muito obrigado sempre. Também não faço ideia de como escreveria *este* romance sem o impacto que *The Antelope Wife*, de Louise Erdrich, teve em mim. Se bem que é assim com tudo que ela escreve. Suas histórias, personagens e cenas estão cravados em meu coração. Se qualquer pedaço for arrancado, eu sangro até a morte. Também há *Mulher Cervo: uma Vinheta*, de Elizabeth LaPensée, que adquiri na primeira Comic Con Indígena. Ou será que foi Lee Francis IV que me deu uma cópia quando eu estava lá? Já não lembro bem, mas de um jeito ou de outro me vi de conchinha com aquele quadrinho, não conseguia parar de pensar nele. E seria uma enorme lacuna se eu não citasse o sétimo episódio da primeira temporada de *Mestres do Horror*, "Deer Woman", de John Landis. Gostei demais de como aquela mulher deu coice em todo mundo que precisava levar um coice naquela história. Quero que toda mulher indígena seja assim. Também desejo que todas vivam, de verdade. Algumas delas são minhas irmãs, sobrinhas, e todas são minhas primas e tias. E Joe Lansdale é sempre meio que um modelo de como escrever, de como colocar coração e humor e ação e tudo de bom em cada página, não importa o gênero. E... de algum modo, agradeço também ao poema "A Birth", de James

Dickey, que ou está entranhado até a raiz dessa história, ou faz parte de meu DNA de escritor de um jeito que não tenho como negar. Os passos tímidos que o cavalinho dá naquele poema, para dentro de meu mundo, é o jeito como os cervos caminham neste romance. Eles sempre ficam de olho em mim enquanto pastam, é o que quero dizer, e se eu não agir direito, eles vêm atrás de mim. E eu provavelmente nem vou ouvi-los chegar, já que sempre escuto música no talo. Por exemplo: quando comecei a escrever esta história, a música que não parava de tocar era "Trucker", do D-A-D. Mas, chegando perto do fim, passei a precisar de gente, não de música. Acho que Matthew Pridham e Krista Davis foram os primeiros a ler, mas Matthieu Lagrenade, Reed Underwood, Bree Pye, Jesse Lawrence e Dave Buchanan não ficaram muito atrás. Agradeço a todos. Espero ter me lembrado de todo mundo. Senão, escreva seu nome aqui: _____. Obrigado, _____. Obrigado também a Alexandra Neumeister, David Tromblay, Theo Van Alst e Billy J. Stratton. Nenhum de vocês leu a história enquanto eu a escrevia, mas ter conversado com vocês sobre vários assuntos acabou levando a escrita para um lado e não para outro. Obrigado por todas essas conversas. E, por falar em conversa, eu mesmo não falo Blackfeet, mas Robert Hall e Sterling HolyWhiteMountain deram um jeito de que eu fizesse tudo direito, além de ajudarem com um monte de detalhes sobre Browning e a Reserva Blackfeet, que eu não conhecia, <u>porque não cresci lá</u>. O que não quer dizer que não dei uma incrementada. Mas isso é responsabilidade minha e não deles. Obrigado, Robert e Sterling. E, tá bom, vai, obrigado a Sylvester Yellow Calf, você está em cada página. E Pat Calf Looking, meu tio-avô, talvez você esteja também em algumas delas. Quando estava perto de terminar, dei um curso sobre casas mal--assombradas na pós-graduação, o que foi muito útil. Não vou listar todos os alunos que participaram do curso, senão esses agradecimentos não vão acabar nunca (já estou até abusando deste "um parágrafo"...), mas nossas discussões em sala foram tão fundamentais para mim, para dar corpo a este romance, quanto algumas discussões mais antigas e nem tão antigas assim sobre casas mal-assombradas com

Nick Kimbro. Além deles, agradeço a meu cunhado Oliver Smith, que forçou a vista para dar conta de uma pesquisa que precisou ser feita na última hora em uma noite de escrita madrugada adentro. E obrigado a Migizi Pensoneau, por me ajudar na descrição de Great Falls… não exatamente do jeito "certo", porque costumo mudar coisas conforme escrevo, mas pelo menos "não tão errado". Assim espero. Nunca se sabe. Obrigado a Jill Essbaum, que ainda não sabe que surrupiei a linha de abertura de seu *Hausfrau* e adaptei para a reserva, tomando uma ou outra liberdade no processo. Mas, sério, Jill, obrigado por sempre ser minha corda de segurança nessa escalada. Seria impossível escrever se eu não descesse em segurança, né? E, por falar em descer de uma montanha são e salvo: agradeço a meu pai, Dennis Jones, por me tirar de casa toda manhã antes do sol nascer, quando o escuro faz tudo adquirir uma aura azul brilhante, e no silêncio é possível ouvir os cervos tão perto que parecem estar ao alcance das mãos. Mas são fantasmas, não são? São muito mais espertos do que jamais serei. Então, basicamente, o que eu faço é voltar de lá com histórias. Pelo menos histórias duram mais do que carne de caça. Uma delas é de meu tio-avô, Gerry Calf Looking. É sobre aquela vez em que um bando de cervos chegou em Browning e passou um trem bem na hora certa. E aposto que, ou algumas das histórias de John Calf Looking estão neste livro, ou roubei o jeito como ele as contava. Mas também roubei o jeito como Delwin Calf Looking dizia para preparar a mira quando a gente saía para caçar cervos, então, sabe: roubar faz parte do meu estilo, tá? Ou, melhor dizendo: sempre presto atenção ao que ouço. Agradeço também a uma das leituras finais de Mackenzie Kiera, que não deu apenas uma olhada no livro, mas mergulhou nele, vendo-o por dentro, guiando-me por todos os cômodos desta história, um dos quais é a sala da casa que hoje alugo. Ela tem esse pé direito alto, o teto inclinado, e esse diabo de lâmpada que não se resolve se acende ou apaga. Então, muito obrigado, lâmpada ridícula e talvez mal-assombrada. Eu jamais teria olhado através das pás do ventilador se não fosse por você. E também obrigado — essa talvez seja a primeira vez que faço isso, e ainda tenho tempo de apagar, porque quem poderia acreditar em mim? — à cachorra que acompanhou o crescimento de meus filhos, Rane e Kinsey. Grace, Harley é você. Você é minha menina. Quem mais? Obrigado também a um camarada com quem trabalhei num armazém já faz muito tempo. Butch. Eu te enfiei nessa história também, cara, e te dei o nome de Jerry. Mas é só porque você faz falta. Você também está na história "Discovering America", que escrevi acho que há mais de vinte anos. Não consigo parar de escrever sobre você. E, depois de toda essa trabalheira para fechar o livro, depois de ter roubado e copiado um monte de coisas, das cordas de segurança e mensagens tarde da noite, de todas as pessoas me convencendo a não cair pelas tabelas a cada ideia nova, agradeço a BJ Robbins, primeiro por torná-lo melhor, por fazer as perguntas certas que eu torcia para que ninguém viesse a fazer, e, em segundo lugar, por botar fé suficiente no romance para levá-lo ao editor certo. Joe Monti era e ainda é esse editor. Como o nome na capa é o meu, talvez você não consiga notar o tanto que suas mãos também moldaram esta história, este livro, mas, de verdade, o romance não tomaria a forma final que tomou, esta que você está segurando *agora*, se ele não tivesse feito uma cara de dúvida e sugerido "E se isso fosse assim e não assado?". E ficou assim no final. O assado — no que que eu estava pensando? Mas às vezes alguns livros precisam do editor certo para darem os últimos passos na direção em que *precisam* andar. Obrigado, Joe; obrigado, BJ; obrigado, Lauren Jackson, a melhor publicitária do mundo; obrigado a Madison Penico por me ajudar a escrever direito linhas tão importantes; obrigado, primeiros, segundos, últimos e atuais leitores; obrigado a todo mundo, em especial aqueles que estou esquecendo, os animais sobre os quais estou mantendo segredo, mas, sobretudo, como sempre, obrigado a minha linda e maravilhosa e perfeita e genial esposa, Nancy, por me proteger do mundo vezes sem conta e me permitir encontrar tempo para escrever um livro ou três. Eu não escreveria nada se não fosse por sua proteção. Mas, sério, agradeço, mais que tudo, por você ter me notado em meio a um areal quando a gente ainda tinha 19 anos, e sustentado o olhar apenas um instante a mais, um instante que se manteve para nós dois, e ainda nos reserva uma vida inteira.

STEPHEN GRAHAM JONES nasceu em Midland, no Texas. É autor best-seller do *The New York Times* de romances, novelas e quadrinhos, entre eles *Night of the Mannequins*, *Mongrels*, *The Last Final Girl* e *Mapping the Interior*. Autor premiado, já recebeu o Bram Stoker Award, o Texas Institute of Letters Award for Fiction, o Independent Publishers Award for Multicultural Fiction, além de ter sido finalista do Shirley Jackson Award e do World Fantasy Award. Adora lobisomens, basquete e filmes *slasher*. Atualmente, mora em Boulder, no Colorado, com esposa e filhos. Saiba mais em stephengrahamjones.com.

*A música acabou. E a história também.
Eu não estava lá. Mas a imaginei assim, não um vestido
vermelho manchado com fita nos saltos, mas como o cervo
que adentrou nossos sonhos na alva aurora e soprou
névoa nos pinheiros, seu filhote uma bênção
de carne, os ancestrais que nunca partiram.*
— JOY HARJO —

DARKSIDEBOOKS.COM

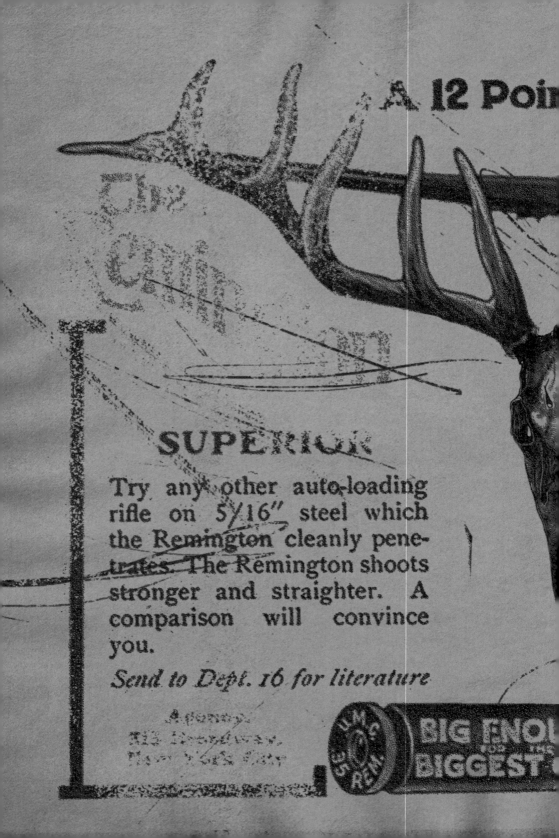